WUNDERRAUM
Lesen ist ankommen.

Buch

Sie kam 1887 auf einem Adelssitz zur Welt und durfte doch nie Prinzessin sein. Mit zwölf steckte man sie auf Geheiß ihres Vaters für mehrere Monate in eine Streckapparatur, um sie dem Schönheitsideal der Zeit anzupassen. Erfolglos. Edith Sitwell hat geliebt, aber nie geheiratet. Sie wuchs zu einer spitzzüngigen Dichterin und Schriftstellerin heran, lebte ein selbstbestimmtes Leben und machte aus sich ein in Brokat, Seide und Samt gehülltes Gesamtkunstwerk. Reisen führten sie nach Berlin, Paris, Hollywood und New York. Überall wollte man sie sehen, alle Welt wollte mit ihr sprechen. Die berühmtesten Zeitgenossen zählten zu ihren Bekannten, sie wurde unzählige Male von Starfotograf Cecil Beaton porträtiert, war mit Aldous Huxley und Marilyn Monroe befreundet und zelebrierte legendäre Feindschaften mit ihren Kritikern. In ihrem bewegten Leben spiegelt sich das Bild einer Epoche, die sowohl in politischer wie in kultureller und gesellschaftlicher Hinsicht von tiefen Brüchen und Umbrüchen geprägt war.
Der Roman verknüpft das Leben der historischen Figur Edith Sitwell (1887–1964) mit den fiktiven Lebensgeschichten von Emma und Jane Banister, Tochter und Enkelin des obersten Gärtners von Renishaw Hall, dem Familiensitz der Sitwells. Emma Banister ist bereits seit gemeinsamen Kindertagen mit der jungen Edith befreundet und arbeitet dann eine Zeit lang als Hausmädchen auf Renishaw. Ihre Tochter Jane, die Erzählerin des Romans, begleitet Edith Sitwell in den späteren Jahren als Bedienstete und Vertraute und bleibt bis zu ihrem Tod an ihrer Seite.

VERONIKA PETERS

DIE DAME HINTER DEM VORHANG

ROMAN

WUNDERRAUM

*Gabriel Cosack in dankbarer
Erinnerung gewidmet.*

»I always was a little outside life.«
Edith Sitwell

(aus »Colonel Fantock«)

1
Wir nennen es Tee

London, 1964

Von der Straße aus ist nicht viel mehr zu erkennen als ein dunkler Schemen. Sie sitzt dort oben und beobachtet alles, was hier unten vor sich geht. Die grob gewebten Stores ihres Schlafzimmerfensters sind einen Spalt auseinandergeschoben, gerade so weit, dass sie nach draußen schauen kann, ohne selbst gesehen zu werden. Jedenfalls glaubt sie das. Den anderen Passanten, dem jungen Mann mit dem Geigenkasten unterm Arm, der Frau mit dem hinkenden Hund oder den drei Nachbarmädchen, die auf dem Bürgersteig Himmel und Hölle spielen, ist bestimmt nichts aufgefallen. Aber mich täuscht sie nicht. Sie ist während meiner Abwesenheit aufgewacht und in den Rollstuhl gestiegen, allein oder mit Hilfe von Schwester Farquhar. Ich vermute Letzteres, denn gestern Abend war sie sehr schwach.

Eins der Kinder lacht laut und schadenfroh, ein anderes brüllt: »Du bist so gemein!«

»Esther, Susan, Lilly, sofort rein mit euch!«, schreit die Nachbarin von der anderen Seite über die Straße. Die Mädchen gehorchen augenblicklich, wütend kläfft der Hund, als kleine Füße dicht neben ihm über das Pflaster rennen.

Der Schatten am Fenster bewegt sich. Vielleicht notiert sie gerade etwas in eins der kleinen schwarzen Hefte, verarbeitet den hinkenden Hund zu einem Vers, die schreiende Mutter oder den Mann mit der Geige zu einer Szene. Möglicherweise schreibt sie auch ein Spottgedicht, vielleicht endlich einmal eins über mich.

Wenn sie denn heute die nötige Kraft für Spott und Dichtung aufbringen kann – wenn nicht, wird sie Zuspruch brauchen. Und dafür bin ich zuständig.

Kurz bevor ich das Haus erreiche, winke ich zu ihrem Fenster hinauf. Nichts rührt sich. Wie zu erwarten. Ich lächle, weiß genau, dass sie auch das zur Kenntnis nimmt. Den Einkaufskorb stelle ich kurz auf dem Boden ab, als ob ich ihn kaum noch halten kann. Sie soll sehen, dass der Korb heute schwerer ist als gestern. Sie wird daraus schließen, dass ich neben Fisch, Gemüse und Gebäck für Schwester Farquhar und mich auch Brandy gekauft habe, zwei Flaschen.

In einer halben Stunde, wenn ich den Tee serviere, wird sie überrascht tun und behaupten, sie habe gar nicht mitbekommen, dass ich wieder da sei, und ich werde es auf sich beruhen lassen.

Wir spielen dieses Spiel schon lange, in vielen Wohnungen, an vielen verschiedenen Orten. Und wahrscheinlich hat sie es in ihrer Jugend schon genauso mit meiner Mutter gespielt.

Ich kenne Dame Edith, wie niemand sonst sie kennt. Besser als ihre Brüder und Freunde, viel besser als diese angeblichen und tatsächlichen Berühmtheiten, die bei uns ein und aus gehen und so vertraut mit ihr tun. Ich helfe ihr abends aus den Kleidern, wasche den faltigen alten Rücken, sehe sie nackt und ungeschützt. Ich halte ihre Launen aus, höre mir die Geschichten und Zornesreden an, bleibe bei ihr, wenn die namenlose Unruhe sie quält, versuche Trost zu spenden, wenn sie Trost braucht.

Meine Familie dient ihrer Familie bereits in der dritten Generation.

Lang-kurz-kurz-lang. Nach dem Klopfzeichen lasse ich ein paar Sekunden verstreichen, bevor ich mit dem Tablett das Zimmer betrete. Das gibt ihr Zeit, sich auf die Art und Weise zu präsentieren, die ihr in dem Moment passend erscheint.

Und da sitzt sie, mit dem Rücken zum Fenster, ganz und gar in ein Buch vertieft, das auf ihrem Schoß liegt, als läse sie schon den ganzen Tag darin. Die breite Pelzstola hat sie um die knochigen Schultern gelegt, den tannengrünen Turban mit den drei Straußenfedern über das schüttere Haar gestülpt, die weiche Alpakadecke, die ihr Cecil zum Geburtstag geschickt hat, liegt über ihren Knien, und ihre nackten Füße stecken in den mit gelben Perlen bestickten Straußenlederpantoffeln aus New York. Unter der Pelzstola sehe ich ein Stück ihres weißen Flanellnachthemds aufblitzen. Sie hat also nicht nach Schwester Farquhar geklingelt, sondern sich alleine angezogen.

Nicht vielen Menschen gelingt es, in einem derartigen Aufzug Würde auszustrahlen.

Es geht ihr eindeutig besser als gestern Abend.

»Höchste Zeit für eine Pause, Dame Edith!«

Sie schaut auf wie jemand, der nur widerwillig in die Gegenwart zurückkehrt, lächelt huldvoll.

»Ach, du bist es, Jane! Hattest du eine angenehme freie Zeit heute?«

Ich sage nicht: »Ich war für Sie unterwegs, Dame Edith«,

sondern: »Ich war einkaufen, und die Sonne hat geschienen.«

»Schön für dich.«

»Und wie war Ihr Tag bislang?«

Sie legt theatralisch den Handrücken an die Stirn und stöhnt: »Ich sterbe vor Durst!«

»Das dürfen wir auf keinen Fall zulassen!«

Ein amüsiertes, beinahe jugendliches Lächeln huscht über ihr Gesicht.

»Tee?«, frage ich.

»Ja, bitte!«

Wir haben uns stillschweigend drauf geeinigt, es weiterhin Tee zu nennen, und ich bemühe mich, es auch so aussehen zu lassen: serviere den Brandy in der Silberkanne, füge Milch hinzu, bis die Farbe in etwa stimmt. Dann reiche ich ihr das Gemisch an, achte darauf, die Untertasse erst loszulassen, wenn die zitternden Finger fest um das feine Porzellan geschlossen sind.

Wir sind in diesen alltäglichen Verrichtungen ein gut eingespieltes Gespann, sie und ich.

Dame Edith hebt die Tasse an ihre Nase, schließt die Augen, saugt vernehmbar die Luft ein, kräuselt ihre Oberlippe, einen Hauch zu beseelt. Vielleicht hat Schwester Farquhar sich heute Morgen doch erbarmt und ihr einen Schluck zum Frühstück gestattet. Gegen die Schmerzen, gegen den Kummer, gegen das Grübeln und Vermissen.

»Gut so?«, frage ich.

»Wunderbar!«, antwortet sie. »Meine Rettung! Was würde ich nur ohne dich tun? Verloren wäre ich, ganz und gar verloren!«

Madame zelebriert wieder ihre hymnischen fünf Minuten,

denke ich und sage unfreundlicher, als ich es eigentlich will: »Ist schließlich meine Pflicht.«

Der jämmerliche Ton, den sie daraufhin anschlägt, lässt mich meine leichte Gereiztheit augenblicklich bereuen. Manche Dinge lerne ich anscheinend nie.

»Pflicht? Tust du es denn nicht gerne, Jane? Sind wir nicht auch Freundinnen?«

Ich nicke. »Aber ja. Das wissen Sie doch.«

»Wirst du bei mir bleiben, bis ich sterbe?«

»Gestorben wird noch lange nicht, Dame Edith! Ich verbiete es!«

Ihre noch immer schöne schlanke Rechte, heute mit zwei Aquamarinen am Mittelfinger vergleichsweise bescheiden geschmückt, flattert anmutig durch die abgestandene Luft des Schlafzimmers, die Tasse in ihrer Linken klappert dabei bedenklich auf dem Unterteller. Ich berühre ihren Arm, ganz leicht, so dass es ebenso ein Versehen sein könnte.

»Meine liebe Jane«, sagt sie leise.

Manchmal geht sie mir furchtbar auf die Nerven. Sie kann launisch und boshaft sein und aus allem ein Drama machen, aber es ist wahr: Ich bin gerne für sie da. In ihrer Gegenwart habe ich mich noch nie gelangweilt. Selbst ihre spitze Zunge gefällt mir, solange sie sich nicht gegen mich richtet. Trotz all ihrer Marotten, der hysterischen Überspanntheit ist sie auch gütig und großherzig. Vor allem aber behandelt sie Leute wie mich nie als Menschen zweiter Klasse. Sie richtet nicht nach Herkunft, Besitz, der Art zu lieben oder dem gesellschaftlichen Erfolg – und am allerwenigsten danach, wie jemand aussieht.

Vielleicht, weil sie nur zu gut weiß, wie sich das anfühlt.

Versonnen setzt sie die Tasse an die Lippen, leert sie in einem Zug, reicht sie mir zurück.

»Ich bin immer noch so durstig«, jammert sie.

»Sie müssen auch essen!«, sage ich streng.

»Wa wawa wa wawa«, äfft sie mich nach. Aber dann zieht sie doch mit spitzen Fingern ein Scheibchen Räucherlachs von einem der Toasts. Ich gieße Champagner in den Silberbecher und reiche ihn ihr. Fast ohne zu kauen spült sie den Fisch hinunter.

»Sehr gut!«, lobe ich.

Sie schnauft, leicht verächtlich, aber auch ein bisschen verschmitzt, ringt sich sogar dazu durch, erneut zuzugreifen. Es gibt Tage, da nimmt sie außer der Milch im Brandy nichts Nahrhaftes mehr zu sich.

Als ich ihr den Teller noch einmal hinhalte, hebt sie abwehrend die Hand und schnalzt mit der Zunge. Der Kater hebt den Kopf vom Kissen in ihrem Bett, wo er in sich zusammengerollt geschlafen hat, und kommt angelaufen. Bevor ich ihn davon abhalten kann, ist er auf ihren Schoß gesprungen, maunzt, reibt seinen Kopf an ihrer Brust und lässt sich mit einem Happen Fisch belohnen. Ich verdrehe die Augen.

»Ich bitte dich, Jane, hast du kein Herz? Er ist ganz ausgehungert, der arme kleine Kerl!«

Shadow, der für einen Siamkater viel zu fett ist, langt mit der Pfote nach einem weiteren Bissen. Edith zupft mehr Lachs vom Brot und teilt ihn sich mit dem Kater.

»Siehst du, wir essen beide! Du musst uns loben!«

Ich schüttle den Kopf und reiche ihr schweigend den Becher.

Die Tiere sind ein Dauerthema. Mir sind sie ein Gräuel, aber für Edith gibt es kaum noch etwas, das ihr so viel

Freude bereitet wie diese nervtötenden Katzen, die überall herumlungern, wo wir gerade wohnen. Zurzeit treiben sich vier Stück im Haus herum, sind lästig wie zehn, schlagen ihre Krallen in Polster und Strümpfe, kreischen mitten in der Nacht wie fieberkranke Kleinkinder. Und während ich kein Auge zutue, lauscht Dame Edith weinbrandselig den Gesängen ihrer Lieblinge. Der bösartige Kater, der mich jedes Mal giftig anfaucht, sobald ich nur in seine Nähe komme, ist ihr erklärter Favorit.

»Offensichtlich bin ich keine Person, die sich dazu eignet, von Menschen geliebt zu werden«, sagte sie neulich zu Miss Elizabeth und fügte hinzu, dass allein Shadow ihr in aufrichtiger und fragloser Liebe zugetan sei. Natürlich bin ich einiges gewöhnt nach siebenunddreißig Jahren mit ihr, aber in diesem Moment schnürte es mir doch den Hals zu.

Das Schlucken fällt ihr mit jedem Tag schwerer. Heute schafft sie immerhin fast die Hälfte vom Lachs, der Rest verschwindet in Shadows unersättlichem Maul. Für mich bleibt Toast mit Butter, da sie auf keinen Fall will, dass etwas weggeworfen wird.

»Bedien dich!«, befiehlt sie, und ich gehorche.

»Schwester Farquhar wird schimpfen«, sage ich, aber Edith lacht nur. Ein albernes helles Kichern, das so gar nicht zu ihrem Alter passt. Dann wird sie schlagartig ernst, richtet sich in ihrem Rollstuhl auf und wirft mir einen finster-gefährlichen Blick zu, wird die scharfzüngige, bewunderte und gehasste Dichterfürstin, die sie in ihren schlimmsten und zugleich besten Jahren war: die Frau, die erbarmungslose Rachefeldzüge gegen ihre Kritiker führte – die im kriegsgebeutelten London vor versammeltem Publikum seelenruhig ihr Gedicht zu Ende rezitierte, während draußen die deutschen Bomben niedergingen. Wie sehr habe ich sie in diesem Augenblick geliebt und verehrt, als sie uns alle mit nichts als der Kraft ihrer Worte in ihrem Bann hielt: »Lautlos fällt der Regen auf die blutgetränkten Felder, wo die kleinen Hoffnungen gedeihen …« – jeder Einzelne im Saal folgte atemlos ihrer Stimme, niemand geriet in Panik, als das Donnern der Explosionen näher kam.

»Welches Recht hat Schwester Farquhar, sich zu echauffieren? Ich mag alt und klapprig sein, aber ich bin immer noch eine unabhängige Frau, ich kann tun und lassen, was ich will! Schließlich finanziere ich das alles hier mit meiner Arbeit, bezahle Farquhars Gehalt und auch deins, Jane, nicht anders als das Brot, das du mir aufdrängen willst. Verschont mich also mit euren Bevormundungen!«

Das entspricht nur bedingt den Tatsachen, aber ich erwidere nichts. Zurzeit kommt das Geld, das Woche für Woche in einem feinen Büttenkuvert vor meiner Zimmertür liegt, von Lady Ellerman. Edith hat zwar immer auch freigebig ausgeteilt, wenn sie selbst etwas hatte, aber solange ich mich erinnere, wurde sie immer wieder von Freunden, Förderern, ihren Brüdern oder anderen Familienmitgliedern unterstützt. Ohne diese Hilfe hätte es Hering statt Lachs gegeben, Fusel statt Champagner und niemanden, der sie bedient oder ihre Korrespondenz erledigt. Natürlich weiß sie, dass ich das weiß, aber wozu soll ich sie kränken? Stattdessen fülle ich stumm den restlichen Brandy in die Tasse und stecke mir das letzte Stück Toast in den Mund, während sie gierig trinkt.

»Danke, Jane, ich danke dir sehr!«, sagt sie. »Du bist nicht wie diese boshaften Kreaturen dort draußen, die nur auf einen Moment der Schwäche warten, um sich auf mich zu stürzen, widerwärtige Lügen über mich zu verbreiten und …« Abrupt bricht der Satz ab, als ihr Blick auf das Ölgemälde über der Kommode fällt, eines der unzähligen Porträts, die von ihr gemalt wurden. Anscheinend hat sie vergessen, was sie sagen wollte. Ich atme auf. Ihre Schimpftiraden sind schwer zu ertragen, wenn sie sich erst einmal in Rage geredet hat.

Während ich das Geschirr zusammenräume, starrt sie noch immer auf das Bild, eine junge Frau von dreißig Jahren: das Kinn auf der rechten Hand aufgestützt, den Zeigefinger an die Wange gelegt, ein ebenso nachdenklicher wie wissender Blick, der leicht spöttisch am Betrachter vorbei ins Weite zielt. Von all den Edith-Porträts, die ich gesehen habe, ist mir dies das liebste. Gut sieht sie darauf aus, so anziehend, wie sie es in natura nie gewesen ist.

»Jane?«

»Ja?«

»Ich habe es nicht herablassend gemeint, dass ich dich bezahle und über dich bestimmen kann.«

»Das weiß ich, Dame Edith.«

»Edith genügt.«

»Wir beide wollen doch jetzt nicht die gut eingespielten Bahnen verlassen.«

Sie lächelt schalkhaft aus ihrem Rollstuhl zu mir herauf und sieht für den Bruchteil einer Sekunde der jungen Frau auf dem Ölgemälde fast wieder ähnlich.

Beim Verlassen des Zimmers drehe ich mich, das Tablett in der Hand, noch einmal nach ihr um. Sie hat den Kopf auf die Brust sinken lassen, ihre Hände streichen gedankenverloren über den hellen Pelzbauch des Katers, der sich lang ausgestreckt über ihre Oberschenkel geworfen hat und mit den Krallen nach ihrer Stola hakelt.

»Ich bin gleich wieder da, Dame Edith. Bleiben Sie noch ein bisschen wach, heute lohnt es sich.«

Sie antwortet nicht, aber ihre Hände verharren mitten in der Bewegung und bedeuten mir, dass sie mich sehr wohl gehört hat. Egal, wie erschöpft sie ist, jetzt wird die Erwartung sie vom Wegdämmern abhalten.

Tage ohne Post gab es früher nicht, da nahm die Lektüre der Briefe, Karten und Publikationen, die ins Haus kamen, den ganzen Nachmittag und nicht selten auch noch einen Teil der Nacht in Anspruch. Sie regte sich auf, sie schimpfte, sie lamentierte, sie liebte es.

Obwohl der Bote immer schon am Vormittag kommt, darf ich die Post seit etwas über einem Jahr erst nach dem Tee ankündigen. Sie hat mir keinen Grund für die Anweisung genannt, und ich habe sie nicht danach gefragt. Ich vermute, sie will länger darauf hoffen und sich vorher gestärkt haben, damit schlechte oder gar ausbleibende Nachrichten ihr die Stimmung nicht verderben.

Aber heute sieht alles gut aus: Den Brief von Cecil habe ich ganz oben auf den kleinen Stapel gelegt, zur glanzvollen Ouvertüre. Er kommt normalerweise persönlich und unangekündigt ins Haus, schreibt Edith nur, wenn er sie zu einer seiner Gesellschaften einlädt oder sie zum Fotografieren in sein Studio bittet. Beides versetzt sie in Hochstimmung. Gleich unter Beatons Umschlag findet sich eine Notiz, die Lady Ellermans Besuch für morgen Nachmittag ankündigt, auch das wird sie freuen, und vor allem bedeutet es frisches

Geld. Ein Brief von der Universität Durham, korrekt adressiert mit all ihren Titeln, so wie sie es gern hat, und zum Abschluss eine Ansichtskarte aus Italien: Ihr Bruder Osbert schickt die besten Wünsche, denkt also an sie, auch wenn er gegenwärtig, nach allem, was ich mitbekomme, weiß Gott genug Probleme am Hals hat mit seiner schlechten Gesundheit und seinem kapriziösen Liebhaber.

»Sonntagmittag soll ich schon wieder zu Cecil kommen«, beschwert sie sich, als sie den Stapel durchgesehen hat. »Was für eine Strapaze!«

»Strapaze« ist zwar eigentlich das richtige Wort, aber ich sehe, dass sie sich über die Maßen freut, nicht vergessen worden zu sein.

»Dieser ulkige Amerikaner wird auch dort sein, wie hieß er noch? Dieser Capote, den die kleine Marilyn so gemocht hat. Cecil schreibt, dass ich kommen MUSS, in Großbuchstaben. Da kann ich ihm die Bitte unmöglich abschlagen. Oder, Jane?«

»Natürlich werden Sie hingehen, Dame Edith.«

»Aber wie sollen wir das ohne Elizabeth schaffen?«, fragt sie und schaut mich mit gespielter Verzweiflung an.

»Machen Sie sich keine Gedanken«, sage ich. »Ich werde Sie begleiten, und alle werden ganz reizend sein.«

Das war es dann also mit meinem freien Sonntag. Miss Elizabeth jagt noch immer in Paris hinter Ediths verschollenen Besitztümern her, Schwester Farquhar weigert sich, abends außer Haus zu arbeiten – dessen ungeachtet meckert sie, wenn zu viel Gin in Ediths Glas landet. Es bleibt also wieder an mir hängen. Abgesehen davon, dass es mit jedem Mal schwieriger wird, sie in den Krankenwagen hinein- und die Stufen zum Atelier hinaufzubekommen, sind die Gesellschaften bei Cecil die Anstrengung wert. Auch für mich. Ich darf ihn, trotz meines Standes, als einen alten und guten Freund betrachten. Was habe ich bei ihm schon für interessante und aufregende Menschen getroffen! Mich, die Dienstbotentochter aus der Provinz, hat die Königinmutter einmal für jemanden aus Cecils Künstlerkreisen gehalten und nach meinem Namen gefragt, Aldous Huxley hat mir nach Mitternacht mit Ediths Füllfederhalter eine weinselige Widmung auf den Unterarm gekritzelt, Adele Astaire hat direkt vor meiner Nase mit ihrem Bruder Fred getanzt … Allein in Cecils Salon habe ich vermutlich mehr herausragende Persönlichkeiten kennengelernt als meine Mutter in fünfzig Jahren auf Renishaw.

Wobei Mutter recht einsilbig werden konnte, wenn sie beschlossen hatte, etwas lieber für sich zu behalten. So weiß ich manches über ihre Kindheit und Jugend, aber so gut wie nichts aus der Zeit danach.

Als mein Vater zum Beispiel gilt ein Mann namens James Smith, ein langjähriger Gärtnereigehilfe meines Großvaters, der meine Mutter auf dem Krankenbett geehelicht hatte, um nur vier Wochen später an Tuberkulose zu sterben. Das ist im Grunde schon alles, was ich über ihn weiß. Es gab kein Foto von ihm in unserem Haus, wir pflegten kein Totengedenken, gingen nicht einmal am Jahrestag an sein Grab. James Smith blieb meine gesamte Kindheit hindurch so etwas wie ein rätselhafter Unbekannter, der zufällig in meiner Geburtsurkunde erwähnt wurde. Meine Mutter bestand darauf, dass wir weiterhin den Namen Banister statt des »Allerweltsnamens« Smith führten, egal, was in den Papieren stand, und allein das gab mir Rätsel auf. Nachfragen meinerseits wurden von meiner Mutter stets gleichlautend abgeschmettert: »Das ist eine zu traurige Geschichte, Janie, lass uns nicht darüber sprechen.«

Ich kann rechnen: Zwischen dem Hochzeitstag meiner Eltern und meiner Geburt liegen knapp sieben Monate. Das muss natürlich nichts heißen, man wäre aber schon mehr als naiv, wenn man sich nicht zumindest darüber wunderte.

Weitere Fragen, die ich mir stelle: Weshalb durfte meine Mutter mit mir im Gärtnercottage wohnen bleiben, auch als Großvater Victor längst nicht mehr am Leben war? Wovon hat sie unseren und später ihren alleinigen Unterhalt bestritten? Von den gelegentlichen Näharbeiten wohl kaum. Meine Angebote, sie zu unterstützen, sobald ich eigenes Geld verdiente, wies sie jedenfalls kategorisch von sich mit dem Hinweis, sie zehre von Rücklagen und sei versorgt.

Gern und oft erzählte sie mir, wie es zu der ungewöhnlichen Freundschaft zwischen ihr und Edith gekommen war, der sie später auch ihre Anstellung im Herrschaftshaus verdankte. Aber all diese Berichte endeten mit der Zeit, kurz bevor meine Mutter aus dem Dienst ausschied. »Und dann habe ich geheiratet, meinen Mann verloren, ein Kind bekommen, und den Rest kennst du.« Jede Aufforderung, mehr zu erzählen, wurde mit einem freundlichen Kopfschütteln zurückgewiesen. Im Dorf ging das Gerücht um, Emma Banisters Dienstende habe etwas mit der großen Feier von Ediths einundzwanzigstem Geburtstag zu tun gehabt, zu der aus allen Teilen des Landes Gäste angereist gekommen waren. Meine Mutter dementierte das.

In welcher Beziehung sie zu Sir George stand, Ediths Vater, dem Dienstherren meines Großvaters und für einige Jahre auch der ihre, war mir ein weiteres Rätsel. Dass sie sich zum Beispiel nie am Tratsch über den Baronet beteiligte, der für mich als Kind ein sehr sonderbarer Kauz war und dessen Marotten das Personal mit Gesprächsstoff versorgten, war schon auffällig. Wenn es nämlich darum ging, sich über Lady Ida den Mund zu zerreißen, stand meine Mutter immer in vorderster Linie.

Und dann gab es diese eigenartige Szene zwischen meiner Mutter und Sir George, bevor ich von Renishaw wegzog.

Kurz vor meinem achtzehnten Geburtstag tauchte Edith, die damals bereits fast vierzig war und seit vielen Jahren in London lebte, im Gärtnercottage auf und trug uns die Idee vor, mich als Hausmädchen anzustellen.

»Vertraust du mir deine Tochter an, Emma?«

Statt Edith zu antworten, wandte sich meine Mutter an mich: »Willst du das? Mit Miss Edith nach London gehen?« Ohne auch nur eine Sekunde zu zögern antwortete ich: »Ja!«, obwohl ich nicht die geringste Ahnung hatte, auf was ich mich einließ. Zu diesem Zeitpunkt war ich bereits über drei Jahre mit der Dorfschule fertig und wusste nicht viel mit mir anzufangen. Ich bewunderte Edith für ihre Unabhängigkeit, stellte mir ihr Londoner Leben und ihre vielen Reisen glamourös und abenteuerlich vor und wollte dringend raus aus der mich anödenden Enge des Gärtnercottages.

»Ich gehe mit Miss Edith überallhin, wo sie mich brauchen kann«, erklärte ich.

»Gut«, sagte meine Mutter. Sie nickte Edith zu, die über meinen Eifer belustigt zu sein schien, und ging ohne ein weiteres Wort aus dem Zimmer. Schnurstracks lief sie aus dem Gärtnercottage, durch die Anlagen die Allee zum Haupteingang hinauf, Edith und ich hinterher. Oben angekommen, verlangte sie, Sir George zu sprechen, einfach so, als sei das für sie ein völlig normales Anliegen. Ich traute meinen

Augen kaum, als er meiner Mutter persönlich in der großen Eingangshalle entgegenkam, gleich nachdem sie ihm gemeldet worden war. Der große schlanke Mann mit dem ergrauten Bart würdigte Edith und mich keines Blickes, bat meine Mutter allerdings nach einer förmlichen Begrüßung in die Bibliothek, als sei sie die Fürstin von irgendwas.

»Was ist denn jetzt los?«, fragte ich. Ediths Antwort war ein Schulterzucken. Ich musterte sie schüchtern von der Seite, wie sie da so mager und riesengroß in ihrem bodenlangen schwarzen Piratenmantel neben mir stand, finster den Marmorboden anstarrte und sich wütend eine Strähne ihres streng in der Mitte gescheitelten Haars hinter das rechte Ohr strich. Wollte ich wirklich im Dienst dieser Person die nächsten Jahre verbringen? Ja, das wollte ich.

Nach etwa zehn Minuten, während derer wir schweigend gewartet hatten, öffnete meine Mutter die Tür und bat uns herein. Im Türrahmen legte Edith mir ihre Hand zwischen die Schulterblätter und schob mich mit sanftem Druck in das mit Polstermöbeln und weiß gestrichenen Bücherregalen vollgestellte Zimmer, wo Sir George mit einer ähnlich finsteren Miene wie seine Tochter hinter einem kleinen hölzernen Sekretär in der Fensternische saß und auf uns wartete.

Edith, die an diesem Punkt ihres Lebens bereits mehrere Bücher publiziert hatte, wurde von ihrem Vater immer noch behandelt, als sei sie ein junges, unerfahrenes Ding.

»Ein Mädchen von meinem Gut willst du beschäftigen? Du kannst dir von deiner Verseschmiederei ja nicht mal die Miete leisten.«

Edith antwortete ihm nicht. Während ich vor Aufregung beinahe das Atmen vergaß und einen unbeholfenen Knicks andeutete, blieb sie etwas abseits stehen, steif wie ein Brett, die Arme vor der Brust verschränkt, mit dem steinernen Gesichtsausdruck, den ich später noch oft zu sehen bekam, wenn es um ihre Eltern ging.

»Wie dem auch sei«, sagte Sir George. »Folgende Vereinbarung wurde getroffen ...«

Scheinbar ungerührt ließ Edith die Ausführungen ihres Vaters über sich ergehen. Sir George setzte uns über das Ergebnis seiner Unterredung mit meiner Mutter in Kenntnis, nüchtern, als handele es sich um die Neuaufteilung der Tulpenbeete: Ich durfte zu Ediths Unterstützung mit nach London gehen, er übernahm mein Gehalt sowie die Finanzierung meiner Erstausstattung, sofern ich im Gegenzug versprach, mich ausschließlich um seine Tochter und nicht um die mit ihr zusammenwohnende Ex-Gouvernante zu kümmern. An dieser Stelle hörte ich Edith neben mir heftig ein- und ausatmen, auch meine Mutter zuckte kurz zusammen.

»Sind wir uns da einig?«, fragte Sir George.

Ich verstand überhaupt nichts mehr, nickte aber: »Sehr wohl, Sir George«, weil mir in dem Moment nichts anderes in den Sinn kam, als totales Einverständnis zu signalisieren.

»Edith?« Der Baronet klang sehr unwirsch, als er seine Tochter ansprach.

»Sehr wohl, Sir George«, wiederholte sie meine Worte mit beißender Kälte in der Stimme. Der Hausherr sprang aus seinem Sessel auf. »Du wirst mir ...«

»Bestens, dann ist ja alles geklärt, schönen Tag noch, Sir George, und herzlichen Dank für Ihre Unterstützung«, fuhr meine Mutter dazwischen, zog sowohl Edith als auch mich jeweils am Arm hinter sich her aus dem Raum, ohne ein weiteres Wort zu verlieren. Der Baronet ließ sich das gefallen, und ich war ziemlich sicher, dass das mit einer irgendwie besonderen Beziehung zu meiner Mutter zu tun hatte, ohne den Gedanken zu Ende zu denken.

Als die Bibliothekstür hinter uns geschlossen war, reichte mir Edith lächelnd die Hand, als sei nichts weiter vorgefallen.

»Wir sehen uns dann also nächste Woche in Bayswater, deine Mutter hat die Adresse«, und zu meiner Mutter gewandt: »Ich passe gut auf sie auf, Emma, versprochen!«

Ich sah ihr nach, wie sie die Treppe zum Oberstock hinaufeilte. Meine Mutter sagte: »Nichts wie raus hier!« und marschierte dem großen Ausgang zu, ohne die Dienstbotentreppe auch nur anzusehen.

Die Versprechen, die ich Ediths Vater gab, waren schlicht gelogen – von Anfang an hatte ich nicht vor, mich daran zu halten. Ich war der Ansicht, Edith könne gut selbst entscheiden, was ich als ihr Hausmädchen zu tun oder zu lassen hatte, und was diese ehemalige Gouvernante anging, teilte ich die Einschätzung meiner Mutter, die es schließlich wissen musste: Helen Rootham war das Beste, das Edith hatte passieren können.

Trotz all der Schwierigkeiten, denen wir uns wegen Helen in den folgenden Jahren ausgesetzt sahen, muss ich zugeben: Auch mein Leben wäre völlig anders verlaufen, hätte es die zumindest zeitweise sehr glückliche Verbindung dieser beiden Frauen nicht gegeben. Ich wäre wohl nie über Sheffield hinausgekommen, hätte kaum mehr als das monatliche Kirchenblatt zu lesen gehabt und würde jetzt als alternde Haushaltshilfe mein Dasein bei im besten Falle nicht bösartigen Menschen fristen. Was ohne Helen aus Edith geworden wäre, mag ich mir gar nicht vorstellen.

Von einem auf den anderen Tag wurde ich also »Ediths Mädchen«, wie meine Mutter es nannte. Ich war schrecklich aufgeregt angesichts dieser für mich völlig unerwarteten Wendung, die mein Leben nahm. Auch ließ mir die sonderbare Szene zwischen Sir George und meiner Mutter keine Ruhe. Einige Nächte lang lag ich schlaflos im Bett und versuchte, abwechselnd Beweise und Gegenbeweise für den Verdacht zu finden, der sich aufdrängte. Am Morgen meiner Abreise nach London hielt ich es nicht mehr aus und fragte meine Mutter frei heraus: »Ist Sir George mein Vater?« Sie reagierte so heftig, wie ich es nie zuvor und nie mehr danach erlebt habe: »Bist du völlig verrückt geworden, Kind? Der Baronet hat damals sehr viel mehr für mich getan, als seine Fürsorgepflicht als Gutsherr ihm geboten hätte. Aus Zuneigung zu meinem Vater und aus Mitgefühl mit mir, so jung verwitwet und obendrein noch schwanger, wie ich war. Unsere gesamte Familie wird ewig in Sir Georges Schuld stehen, und gerade du solltest ihm dankbar sein. Mehr gibt es dazu nicht zu sagen.«

Ich glaubte ihr damals und glaube ihr bis heute, was eine mögliche Vaterschaft des Gutsherrn angeht, aber es sind doch einige Fragen geblieben, die ich zu ihren Lebzeiten zu stellen versäumt habe.

Vielleicht sollte ich endlich mit Edith über all das offen sprechen, solange es noch möglich ist. Sie kannte meine Mutter seit Kindertagen, die beiden haben eine lange, wechselvolle Geschichte miteinander, von der ich trotz allem vermutlich noch längst nicht jede Episode kenne.

Wenn wir unsere Puzzlestücke aus dem oberen und dem unteren Trakt von Renishaw Hall zusammenfügen, kommt womöglich ein vollständiges Bild dabei heraus, und wir lösen eine der anderen Rätsel.

Was aber dann?

»Jane Banister! In welcher Hemisphäre verweilst du? Kümmere dich um mich!«

Edith schaut mich interessiert und belustigt zugleich an. Die Pelzstola ist ihr von der rechten Schulter gerutscht, auch der Turban sitzt schief. Ich zucke entschuldigend mit den Achseln, trete näher, will Stola und Kopfbedeckung wieder zurechtrücken, da umklammert sie mit einer erstaunlich schnellen Bewegung meine Hand. »Verrate mir erst, woran du gerade gedacht hast!«

So sanft es trotz des Klammergriffs geht, entziehe ich ihr meine Rechte und sage: »An all die Rätsel von früher.«

»Oh!«, sagt sie, lässt ihre Hände in den Schoß fallen, sieht plötzlich ebenso wachsam wie besorgt aus.

»Denken Sie denn nicht auch manchmal an früher, Edith?«, frage ich.

»Ich wünschte, ich dürfte vergessen, was gewesen ist, aber wie du sehr wohl weißt, bin ich momentan gezwungen, über mein Leben nicht nur nachzudenken, sondern auch zu schreiben«, antwortet sie.

»Ist das denn so schlimm?«, frage ich.

»Ja«, sagt sie. »Das ist es.«

Es muss noch jemand anderes ihre Geschichte erzählen. Jemand, der sie liebt.

Ich.

2
Ein schönes Kind

An einem milden Spätsommerabend im Jahr 1887 saß die fünfjährige Emma Banister, die dann später meine Mutter wurde, vor einem dampfenden Teller Sheperd's Pie im Gärtnercottage von Renishaw und hörte gebannt einer Unterhaltung ihrer Eltern zu.

Emma Banisters Mutter Alice, meine künftige Großmutter, war vor ihrer Hochzeit mit Victor Banister, dem obersten Gärtner auf Renishaw, mehrere Jahre als Küchenmagd im Haupthaus tätig gewesen und half dort gelegentlich aus, seit Emma entwöhnt war. So hatte sie nachmittags beim Apfelgelee-Einkochen erfahren, dass die junge Gutsherrin Lady Ida in Scarborough, im Haus ihrer Schwiegermutter, ein gesundes Mädchen zur Welt gebracht hatte, das auf den Namen Edith Louisa getauft worden war.

»Da hat sie doch tatsächlich einmal etwas leisten müssen, die feine Dame. Bei Presswehen zeigt sich, dass die Natur keine Stände kennt.«

Victor ignorierte den giftigen Kommentar seiner Frau und bestand darauf, das Glas zu Ehren des jungen Paars und seiner Erstgeborenen zu erheben: »Auf Sir George, Lady Ida und die kleine Edith Louisa. Möge ihr Leben reich gesegnet sein, und möge bald ein männlicher Erbe das Glück der Familie vollkommen machen!«

»Pah!«, schnaubte Alice und blieb für den Rest der Mahlzeit untypisch einsilbig.

Emma machte einen Versuch, das Gespräch wieder in Gang und in die von ihr gewünschte Richtung zu bringen: »Wann werden sie denn mit dem Kind zurück nach Renishaw kommen?«

Alice zuckte mit den Schultern. Victor fragte: »Warum möchtest du das wissen, Emma?«

»Einfach so«, antwortete Emma, obwohl es gelogen war.

Wovon Alice und Victor nämlich keine Ahnung hatten: Emma kannte die junge Gutsherrin persönlich und pflegte eine verschwiegene, aber nichtsdestoweniger glühende Kinderschwärmerei für sie. Auch wenn sich diese Verehrung wenig später ins Gegenteil verkehren sollte, konnte meine Mutter noch fünfzig Jahre danach von ihrer ersten Begegnung mit Lady Ida erzählen, als sei es erst gestern gewesen.

An jenem Morgen war Alice Banister mit einer fiebrigen Erkältung im Bett geblieben, und Victor hatte die kleine Emma mit zur Arbeit genommen, damit seine Frau etwas Ruhe bekam.

»Warte kurz, bis ich James erklärt habe, was er mit den Rosen machen soll, dann gehen wir zu den Obstbäumen«, hatte Victor Emma angewiesen, als die beiden bei den Treibhäusern angekommen waren. Emma kletterte auf ein niedriges altes Mäuerchen neben dem Eingang, ließ ihre Beine baumeln und vertrieb sich die Zeit damit, in die Wolken zu schauen.

Nach einigen Minuten kam Victor aus dem Treibhaus zurück und erklärte Emma, dass er, wenn er die Gloria Dei so behandelt sehen wolle, wie er es für richtig hielt, seinen

Gehilfen James bei der Arbeit beaufsichtigen müsse. Es würde also noch dauern, bis sie weiterkönnten.

»Willst du nicht lieber solange mit reinkommen?«

»Nein!«, rief Emma trotzig. Sie mochte die stickige Luft in den Treibhäusern nicht und ärgerte sich, dass ihr Vater das vergessen hatte.

»Du wirst dich langweilen, so alleine.«

»Kann ich im Garten herumlaufen? Dann langweile ich mich nicht.«

»Aber geh nur so weit, dass du die Glashäuser noch sehen kannst, und pass auf, dass du dem See nicht zu nahe kommst!«

Emma versprach, brav und vorsichtig zu sein, und hüpfte fröhlich singend davon. Bei den Kräuterbeeten balancierte sie über die Einfassung, dann lief sie über die Grünfläche vom weißen Garten in den blauen Garten, wo im Sommer alles voller Schlüsselblumen war. Sie gelangte zu der Wiese mit dem kleinen Pavillon, der sie mit seinen kreisförmig angeordneten Säulen und der halbnackten Steinfrau in der Mitte an ein Bild aus ihrem Märchenbuch erinnerte. Zunächst dachte sie darüber nach, sich in den Pavillon zu setzen und entführte Prinzessin zu spielen, entschied sich dann aber dafür, den kleinen Wald hinter der Wiese zu erforschen, der so verwunschen aussah.

Nachdem sie eine Weile ausprobiert hatte, wie viele Sprünge sie von einem Stamm zum anderen benötigte, legte sie sich rücklings ins Gras, obwohl es noch ein wenig kalt und feucht war. Über ihr funkelte und glitzerte es, die Sonne fand ihren Weg durch das dichte Buchenlaub, ließ Lichtflecken über Emmas Arme und Beine tanzen. Gerade dachte sie darüber nach, woran man es wohl merken würde, wenn man in einen Feenwald geraten war, da kam etwas Großes, Leuchtendes aus dem Durchbruch zwischen den Hecken seitlich des Pavillons auf sie zugeschwebt. Emma sprang erschrocken auf. Das große Etwas stoppte, riss die Arme hoch und stieß einen schrillen Schrei aus.

Im ersten Moment glaubte Emma, es sei tatsächlich eine Fee gekommen, so wunderschön und überirdisch-fremd erschien ihr die große schlanke Person mit den dunklen Locken und dem wehenden weißen Seidenkleid. Als sie genauer hinsah, wurde ihr jedoch klar, dass es sich bei dieser Erscheinung eher nicht um ein Zauberwesen handelte. Sie kannte Feen aus ihrem Märchenbuch, die liefen nicht einfach so über Wiesen und rissen dann furchtsam die rot verweinten Augen auf, wenn ein kleines Mädchen vor ihnen stand. Feen hatten immer lächelnde Gesichter, sie boten Menschen die Erfüllung geheimer Wünsche an, jedenfalls die guten unter ihnen. Dies hier war eine menschliche Person, wenn auch keine von der Sorte, mit der Emma schon einmal zu tun gehabt hatte. Emma machte einen etwas wackeligen Knicks und streckte der Frau die Hand entgegen, weil ihr das in jedem Fall angemessener erschien, als wegzulaufen.

Die Fremde ergriff die Kinderhand, ging dabei vor Emma in die Hocke, so dass ihre beiden Gesichter nahe beieinander waren.

»Hast du mich erschreckt!«, japste die Dame, atemlos vom Laufen oder vom Weinen oder von beidem zusammen.

»Tut mir leid«, murmelte Emma, der das Herz bis zum Hals schlug. Sie schaute an sich herunter, entdeckte braungrüne Schmutzflecken auf ihrer alten Schürze, fühlte das Kittelkleid feucht an ihrem Rücken kleben und bereute es, am Morgen nicht etwas Besseres zum Anziehen bekommen zu haben, etwas, das nicht mehrfach geflickt war, in dem sie nicht nach »Kobold« aussah, wie der Kosename ihres Vaters für sie lautete.

Die schöne Fremde verströmte einen Duft von Veilchen und Jasmin, ihre Hand fühlte sich unfassbar zart und weich an, viel weicher als die rauen, abgearbeiteten Hände von Emmas Eltern. Vielleicht war sie so etwas wie ein Zwischenwesen, der Vater ein König, die Mutter eine Fee. Gab es so etwas wie Halbfeen? Während Emma angestrengt über diese komplizierte Frage nachdachte, schaute die Dame sie an, als überlege sie ebenfalls, welcher Spezies das Kind wohl angehörte.

»Wie heißt du?«

»Emma«, sagte Emma und rang mit sich, ob sie es wagen dürfe, irgendetwas zu unternehmen, um die Fremde aufzuheitern. Falls sie tatsächlich eine Halbfee war, würde sie vielleicht zumindest einen kleinen Wunsch erfüllen können.

»Was für ein wunderhübsches Kind du bist!«, sagte die Erscheinung, und Emma war beeindruckt. Ihr Vater hatte zwar schon oft gesagt, sie sei das schönste Mädchen von ganz Derbyshire, aber es aus diesem Mund zu hören, war doch etwas anderes.

»Ich bin übrigens Ida und wohne neuerdings in diesem schrecklichen dunklen und kalten Haus da drüben hinter all diesem komischen grünen Gestrüpp. Weißt du zufällig, wie man das Zeug nennt?«

Emma spürte, wie ihr die Röte ins Gesicht schoss, denn ihr war plötzlich klargeworden, wen sie da vor sich hatte.

»Eibe, man nennt das Eibenhecke«, wisperte sie heiser. Ihr Vater schnitt diese Hecken mit großem Aufwand zu klaren geometrischen Formen, und es würde ihn sicher aufregen, wenn er mitbekäme, dass die neue Gutsherrin sie als »komisches Gestrüpp« bezeichnete.

»Du scheinst dich ja gut auszukennen. Was treibst du eigentlich hier?«, unterbrach die Dame Emmas Gedanken.

»Meine Mutter ist krank, und mein Vater hat erlaubt, dass ich hier bin.«

Emma konnte vor lauter Aufregung kaum sprechen.

»Und wer ist dein Vater, dass er dir das erlauben darf?«

»Mein Papa ist der Gärtner. Er sagt, wenn im Frühjahr die Gloria Dei nicht gut gepflegt werden, dann sind sie im Sommer nur halb so prächtig. Deshalb arbeitet er im Treibhaus, und ich bin hier draußen.«

Lady Ida kicherte. Emma fand das zwar seltsam, aber aus irgendeinem Grund schien ihr Gestammel der Lady zu gefallen. Die Gutsherrin sah jetzt auch gar nicht mehr aus wie jemand, der geweint hatte. Das war, selbst wenn vermutlich kein Wunsch erfüllt werden würde, in jedem Fall gut.

»Was darf ich mir unter einer gut gepflegten Gloria Dei vorstellen?«, fragte Lady Ida lächelnd.

»Das ist eine Rose!«, antwortete Emma, froh, dass sie etwas Sinnvolles zu sagen wusste. »Die Blütenblätter sind gelb und haben einen rosafarbenen Rand. Sie riechen so stark, dass das ganze Zimmer duftet, wenn man sie in eine Vase stellt.«

»Ich liebe Rosen!«, begeisterte sich Lady Ida. »Eure Gloria Dei scheinen mir ja ganz besonders prachtvoll zu sein. Ich will sehr viele von diesen Rosen haben, sie werden mir den grässlichen alten Kasten, in dem ich diesen Sommer über eingesperrt bin, vielleicht ein bisschen erträglicher machen. Jedes Zimmer soll damit bestückt werden! Sag das deinem Vater!«

Emma nickte zaghaft. Sie wusste, dass er für den Blumenschmuck im Haus gar nicht zuständig war. Außerdem betrachtete er es als sein besonderes Privileg, seine Aufträge von Sir George persönlich entgegenzunehmen, solange die Herrschaft auf Renishaw weilte.

Der junge Herr liebte seine Gartenanlagen, schätzte die Fähigkeiten des leitenden Gärtners und suchte gern das Gespräch mit ihm. Für Emmas Vater galten Sir Georges Direktiven hinsichtlich der Gartengestaltung als unumstößliches Gesetz. Und war sie nicht auch viel zu weit in Richtung des großen Hauses gelaufen? Emma sah sich besorgt nach den Treibhäusern um, die irgendwo hinter den Bäumen und Sträuchern verborgen lagen. Was ihre Mutter zu dieser Begegnung sagen würde, wenn sie davon erführe, wollte sie sich lieber gar nicht erst ausmalen. Alice hatte schon bei der Hochzeit von Sir George und Lady Ida keinen Hehl aus ihrer Abneigung gegen die Braut gemacht: »Diese hochnäsige Person wird ihn spüren lassen, dass sie die Tochter eines Lords ist und er bloß ein Baronet, so etwas geht selten gut!«, hatte sie geschimpft.

Emma würde auf jeden Fall Ärger bekommen, wenn das hier herauskam, so viel stand fest.

»Dann bist du also die Gärtnerstochter, wie interessant«, sagte Lady Ida.

»Hm hm«, bestätigte Emma und überlegte, was daran interessant sein konnte für eine Person, deren Vater ein Lord war.

»Bist du hier auf Renishaw geboren?«

Emma nickte.

»Dann warst du sicher schon in meinem eiskalten muffigen Haus, kleine Gärtnerstochter, oder?«

Lady Ida deutete hinter sich, wo über den Rändern der Hecken die dunkelgrauen Zinnen des Gutshauses zu erkennen waren. Sie wird mich einladen, dachte Emma und antwortete: »Nein, Mylady, leider noch nie im richtigen Haus, aber mit meiner Mutter war ich schon ein paar Mal in der Küche.«
»In der Küche? Wie schrecklich!«
»Dort ist es gar nicht schrecklich! Es riecht nach Kuchen, und kalt ist es da auch nie.«
Lady Ida lachte so schrill auf, dass Emma erschrak.
»Dann sollte ich vielleicht doch mal endlich die Dienstbotenbereiche aufsuchen und mich als die neue Hausherrin vorstellen, die alle erwarten.«
Der veränderte Tonfall ihres Gegenübers war Emma nicht geheuer, aber sie versuchte, sich davon nicht irritieren zu lassen.
»Mrs Hobbs wird sich freuen, wenn Sie kommen! Vielleicht gibt es ja gerade Zimtschnecken oder frisches Brot. Bestimmt macht sie Ihnen Tee oder eine heiße Schokolade!«
»Wer ist Mrs Hobbs?«
»Na, die Köchin«, antwortete Emma. Wie konnte die Lady denn ihre eigene Köchin nicht kennen?
»Ja, genau«, sagte Lady Ida, wenig überzeugend. »Kannst du mir noch mehr aus der Küche erzählen?«
»Was möchten Sie denn wissen?«, fragte Emma.
»Alles, was dir so einfällt!«, befahl Lady Ida.
»Na gut«, sagte Emma. Sie begann mit einer ausführlichen Beschreibung der goldbraun gebackenen Wildpasteten, die es an Ostern gegeben hatte. »Marge, also das Küchenmädchen, hat Blätter aus Teig geformt und sie über die

Pasteten gelegt, ein richtiges Kunstwerk war das, wir haben geklatscht, als sie aus dem Ofen kamen. Glücklicherweise haben die Herrschaften oben nur wenig davon gegessen, so dass meine Mutter und die anderen etwas mitnehmen und davon kosten durften. ›Schön dumm, diese Herrschaften‹, hat meine Mama gesagt. Die Pasteten waren nämlich das Beste vom …« Emma brach mitten im Satz ab. Verlegen warf sie der Lady einen Blick zu. »Verzeihung.«

Doch Lady Ida zeigte keinerlei Zeichen von Verärgerung. Im Gegenteil. Sie nickte Emma aufmunternd zu: »Erzähl weiter!«

Emma war erleichtert und beeilte sich, ein neues Thema zu finden.

»Ich weiß noch eine Geschichte! Die mit dem Ferkelchen an Weihnachten.«

»Ah. Weihnachten war ich glücklicherweise noch gar nicht hier. Was war mit diesem Ferkel?«

»Ich kam mit meiner Mutter in die Küche und sah, wie es da aufgespießt über dem Feuer hing, und da musste ich plötzlich so laut weinen, dass alle mich ganz erschrocken angeguckt haben, weil sie dachten, ich bin verletzt.«

Lady Ida lachte laut. Es war zwar nicht Emmas Absicht gewesen, lustig zu sein, aber wenn es die Dame aufheiterte, dann war es ihr recht.

»Ich kannte nämlich dieses Ferkelchen.«

Wieder gluckste die Lady, als sei auch das ein guter Witz.

»Vor den Feiertagen bin ich mit meinem Vater im Stall gewesen, um die frisch geworfenen Jungen der großen Sau anzusehen. Ich durfte die Kleinen sogar auf den Arm nehmen, sie waren ganz zappelig und rosa und niedlich, und ich wollte unbedingt eins haben, aber das ging nicht.«

Emma erinnerte sich, dass sie sowohl bitterlich um das Schweinchen geweint als sich auch fürchterlich vor diesem toten Etwas am Spieß gegruselt hatte. Dann aber war sie von Mrs Hobbs mit wunderbaren Butterkeksen getröstet worden und hatte sich wieder beruhigt. Mrs Hobbs hatte allerdings dazu gesagt, dass es den Herrschaften gar nicht auffallen würde, wenn Emma ihnen etwas von der Nachtischplatte wegessen würde, deswegen ließ Emma diesen Teil ihrer Geschichte lieber aus und sagte:

»Das Spanferkel sah wirklich zum Fürchten aus, mit schwarzen Augenlöchern und Petersilie in der Schnauze! Manchmal droht meine Mutter mir damit, dass sie ein Spanferkel holen geht, wenn ich nicht brav bin, aber das glaube ich ihr nicht.«

Lady Ida klatschte in die Hände: »Herrlich! Ich werde dafür sorgen, dass es nächste Weihnachten kein Spanferkel gibt!«

Emma strahlte. »Wirklich?«

»Versprochen! Ich werde sogar dafür sorgen, dass ich selbst an Weihnachten nicht hier bin. Erzähl noch etwas!«, sagte Lady Ida.

Derart angespornt gab Emma die nächste Küchengeschichte zum Besten. Sie bewegte sich dabei mehr und mehr von ihren tatsächlichen Erlebnissen weg, flocht Dinge ein, die sie nur vom Hörensagen kannte, hier eine kleine Übertreibung und dort eine bunte Ausschmückung, plapperte wie ein Wasserfall und genoss die Aufmerksamkeit der schönen Dame.

Vermutlich hätten die Lady und das Kind noch länger miteinander geplaudert, wären nicht plötzlich Stimmen zu hören gewesen. Zuerst dachte Emma, der Vater oder sein

Gehilfe wären auf der Suche nach ihr, dann aber wurde ihr klar, dass die Rufe vom Haupthaus her kamen.

»Schscht! Sei leise!«, zischte Lady Ida. Sie ließ sich hinter einem dicken Buchenstamm ins Gras sinken, zog Emma neben sich.

Emma wollte fragen, was das zu bedeuten hatte, aber sie traute sich nicht. Eng an die Lady gedrückt blieb sie am Boden hocken, spürte die raue Borke in ihrem Rücken und Idas Hand in ihren rechten Unterarm gekrallt. Beide lauschten auf die sich langsam nähernden Stimmen.

Emmas Herz schlug jetzt wieder heftig. Sie hatte große Angst, war aber gleichzeitig entschlossen, ihre neue Freundin bis aufs Blut zu verteidigen, gegen wen auch immer.

»Wer kommt da?«, flüsterte sie.

»Wahrscheinlich jemand vom Personal«, antwortete Lady Ida leise. »Ich weiß nicht, wie sie alle heißen, aber sie dürfen mich nicht finden. Ich will mich nicht zurückbringen lassen zu diesem irren Scheusal!«

Emma starrte die Lady erschrocken an. »Was?«

»Ich meine meinen grässlichen Gatten, Dummchen«, erklärte Lady Ida und klang dabei mehr wütend als verängstigt.

Emma war zwar ein bisschen erleichtert, dass es wohl keine mädchenmordende Monster waren, mit denen sie es zu tun bekäme, wunderte sich aber doch, dass eine Dame derart über ihren Ehemann sprechen durfte. Emmas Vater hatte oft von Sir George erzählt und mochte ihn gern. Emma selbst kannte den Gutsherren zwar nur vom Sehen, aber sie hatte ihn sich immer als lustigen Menschen vorgestellt, der sich für italienische Gartenanlagen begeisterte und allenfalls auf harmlose Weise wunderlich war. Dass dieser Mann jetzt auf einmal eine solche Gefahr sein sollte, dass man sich vor ihm verstecken musste, wollte ihr nicht in den Kopf.

Dennoch blieb Emma stumm neben Lady Ida im Gras hocken und rührte sich nicht, bis die Stimmen vorbeigezogen waren.

Als nichts mehr zu hören war, erhob sich die Lady mit graziler Leichtigkeit, zupfte an ihrem Kleid und strich sich ein winziges Blütenblatt vom Busen.

»Na, dann werde ich mich jetzt mal wieder auf den Rückweg machen«, sagte sie in einem lockeren Plauderton, als sei das angesichts dessen, was in der letzten halben Stunde gewesen war, eine Selbstverständlichkeit.

»Danke, dass du mich nicht verraten hast, Kleine. Jetzt kann er schön rätseln, wo ich gewesen bin, wenn ich gleich zur Tür hereinspaziert komme. Das geschieht ihm recht!«

»Aber ich dachte, Sie wollen auf keinen Fall zu ihm zurück!«

»Ach, Kind, wenn wir Frauen immer könnten, wie wir wollen, dann sähe die Welt ganz anders aus.«

Sie beugte sich zu Emma hinunter, hüllte sie zum Abschied noch einmal in Veilchen- und Jasminduft und küsste sie auf beide Wangen.

»Du wirst niemandem etwas von uns erzählen, nicht wahr? Es könnte einen falschen Eindruck erwecken, das verstehst du doch, oder?«

Emma verstand gar nichts, aber das spielte in diesem Moment keine Rolle.

»Ich verrate nichts. Versprochen!«, antwortete sie und beschloss für sich, dass sie damit wohl auch von dem Auftrag, die Rosen für die Zimmer der Dame zu bestellen, entbunden war.

Lady Ida streckte Emma die Hand entgegen, Emma schlug ein und war sich sicher, damit einen unverbrüchlichen Pakt zu besiegeln. Die Lady und sie würden fortan heimliche Gefährtinnen sein.

Lady Ida hatte sich bereits einige Schritte von Emma entfernt, da drehte sie sich noch einmal um, legte beide Hände auf ihren Bauch, der sich unter dem Kleid leicht rundete, und sagte: »Ich bete, dass mein Kind auch so wunderhübsch und lieb sein wird wie du! Willst du auch dafür beten, dass ich ein schönes Kind bekomme?«

»Ja!«, antwortete Emma.

Sie nahm ihr Versprechen ernst und betete von da an täglich um Schönheit für das Kind der Lady, obwohl sie sich sicher war, dass derartige Gebete in diesem Fall überflüssig waren. Ohne Frage würde dieses Kind bezaubernd werden.

In den folgenden Wochen ging Emma wieder und wieder in Gedanken ihre Begegnung mit Lady Ida durch. Sie dachte sich Sachen aus, die sie noch hätte tun oder Sätze, die sie noch hätten sagen können; sie verbesserte die Worte, die sie tatsächlich mit der Lady gewechselt hatte, so lange, bis Erinnerung und Fantasie nicht mehr zu unterscheiden waren.

Gespannt wartete sie auf Nachrichten aus dem Herrschaftshaus, merkte sich jedes Wort, das sie über Lady Idas Zustand aufschnappte, sobald dieser öffentlich gemacht worden war. In jeder freien Minute trieb sie sich im Garten herum, hielt Ausschau nach der Gutsherrin, konnte aber nur einmal durch ein Loch in der Eibenhecke beobachten, wie die verehrte Dame in den vollgepackten Landauer stieg und davonfuhr. Nach Scarborough, wie es hieß, dort sollte sie ihr Kind zur Welt bringen.

Als dann in der letzten Oktoberwoche endlich die Nachricht ihrer Rückkehr nach Renishaw im Gärtnercottage eingetroffen war, hielt Emma es kaum noch aus. Sie wollte Lady Ida wiedersehen und vor allem: Sie musste dringend dieses Baby anschauen, für das sie Tag für Tag gebetet hatte. Weil Emma sich aber bewusst war, dass man als Gärtnerkind nicht ohne Weiteres das Herrschaftskind besuchte, überlegte sie fieberhaft, welche List sie anwenden konnte, um ihr Ziel zu erreichen. Ihre Versuche, an Neuigkeiten über Mutter und Kind zu gelangen, scheiterten regelmäßig an Alices Abneigung gegen die Gutsherrin. »Interessiert mich kein bisschen, wie es dieser hochnäsigen Person geht«, schimpfte Alice. »Seit sie wieder hier ist, hat sie einen Wutanfall nach dem anderen, wie man hört. Das arme kleine Kindchen kann einem leidtun.«

Emma war fest davon überzeugt, dass es ein Missverständnis sein musste. Ihre Mutter war ohne Zweifel falsch informiert worden.

Tags darauf erkundigte sich Emma gespielt beiläufig bei ihren Eltern, ob es eine Möglichkeit gab, sich das Haupthaus mit den vornehmen Möbeln und kostbaren Gemälden, von denen man ihr erzählt hatte, einmal anzuschauen. Alice antwortete mit einer ausführlichen Belehrung, dass jeder seinen Platz habe und ihrer sei nun einmal nicht dort oben zwischen den feinen Sachen der adeligen Herrschaften.

Victor, der Emmas Enttäuschung bemerkte, versuchte sie zu trösten: »Wenn du groß bist, kannst du Kammerzofe bei Lady Sitwell werden und den ganzen Tag die schönen Dinge betrachten.«

»Jetzt, Papa! Ich will jetzt da hin!«

»Das geht leider nicht, Kobold«, sagte Victor. Er lachte

über den seltsamen Wunsch seiner Tochter und ließ sich von Alice, die Emma einen missbilligenden Blick zuwarf, noch einen Becher Ale einschenken. Damit war das Thema erledigt.

Emma stellte fest: Von ihren Eltern konnte sie keine Unterstützung erwarten, sie musste es alleine schaffen.

Eine Woche später stahl sie sich aus dem Gärtnercottage und lief durch die Anlagen, um hinten durch den Dienstboteneingang ins Herrschaftshaus zu gelangen. Bereits im kleinen Innenhof wurde sie vom Kammerdiener Sir Georges, Mr Moat, der dort eine Zigarettenpause einlegte, abgefangen und wohlwollend, aber nachdrücklich nach Hause geschickt.

Zwei Tage danach fand das Küchenmädchen Marge Emma frühmorgens im Wäschezimmer, wo sie sich in einem großen Korb versteckt hatte. Marge zerrte das Kind in den Aufenthaltsraum, wo die versammelte Dienerschaft über die kleine Einbrecherin lachte. Als Alice später, bleich vor Sorge und Zorn, ihr verloren geglaubtes Kind abholte, fand sie Emma am Dienstbotentisch vor einer Tasse heißer Schokolade und einem Teller mit Keksen ins Gespräch mit Mrs Hobbs vertieft. Alice weinte und schimpfte gleichzeitig.

»Was ist nur los mit diesem Kind?«, schluchzte sie.

Emma bemühte sich, aufrichtig zerknirscht zu wirken, und nahm sich auf dem Heimweg vor, beim nächsten Mal unbedingt in den oberen Bereich des Hauses vorzudringen, bevor sie geschnappt wurde. Alice drohte ihr derweil mit Hausarrest, doch Victor, dem abends vom verbotenen Ausflug seiner Tochter berichtet wurde, konnte seine Frau einmal mehr besänftigen: »Lass sie doch, Allie. Emma ist außergewöhnlich klug und selbstständig, sie weiß schon, was sie tut. Außerdem hat Mrs Hobbs das Kind gern, und von der Herrschaft kommt doch sowieso nie jemand in die Küche. Warum sollte sie also nicht ab und zu dort sein, wenn sie es doch so gerne möchte? Sicher kann sie einiges lernen, das ihr später von Nutzen sein wird.«

Als am ersten Dezemberwochenende eine größere Gästeschar auf Renishaw erwartet wurde und Alice Banister bei den Vorbereitungen helfen sollte, durfte Emma sie frühmorgens begleiten. Auf dem Weg zum Haupthaus erzählte Alice, dass bald wieder Ruhe auf Renishaw einkehren werde, da die Herrschaft nach diesem Wochenende abreise, um den Winter in Scarborough zu verbringen. Emma hatte Mühe, sich ihre Aufregung nicht anmerken zu lassen. Wenn es ihr an diesem Tag nicht gelang, Lady Ida und das Baby zu sehen, würde es auf absehbare Zeit keine Gelegenheit mehr dazu geben!

In der Küche herrschte bereits hektische Betriebsamkeit. Drei Mädchen waren im Gemüseputzraum damit beschäftigt, Kartoffeln, Rüben oder Zwiebeln zu schälen. In der Hauptküche parierte Marge am Mitteltisch das Fleisch, daneben dampften randvoll gefüllte Puddingschüsseln, hinter ihr brodelten riesige Töpfe auf dem Herd. Ein halbes Dutzend Menschen sprang geschäftig durch den Raum, mittendrin brüllte die Köchin Kommandos, als gelte es die Schlacht um Renishaw zu gewinnen. Emma hatte, im Gegensatz zu einem jüngeren Küchenmädchen, das mit eingezogenem Kopf an ihr vorbeihastete, keine Angst vor Mrs Hobbs. Sie ging geradewegs zu ihr hin, stellte sich neben sie, wartete still, bis die Köchin damit fertig war, eine Aushilfe, deren

Namen Emma sich nicht merken konnte, wegen der missglückten Mehlschwitze zu schelten, und zupfte dann an Mrs Hobbs Schürze.

Mrs Hobbs fuhr heftig zu ihr herum, entspannte sich aber augenblicklich, als sie Emma erkannte.

»Engelchen! Bist du wieder ausgebüxt?«

»Nein, diesmal nicht«, sagte Emma. »Ich bin mit meiner Mama zum Helfen gekommen.«

»Helfen willst du, Goldkind?«

»Bitte, ja!«

»Kannst du Eier aufschlagen?«

Emma nickte.

»Allie, kann dein Mädchen wirklich Eier aufschlagen?«, rief Mrs Hobbs quer durch die Küche.

»Und ob sie das kann!«, tönte es aus dem Küchenflur, wo Alice sich gerade die Hände wusch.

»Und ob ich das kann!«, bekräftigte Emma.

»Was für ein Glück!« Mrs Hobbs drückte Emma einen verschwitzten Kuss auf den Scheitel und brüllte: »Marge! Gib dem Zuckeräffchen die Eier für das Trifle!«

Marge verdrehte entnervt die Augen, ließ aber augenblicklich das Fleischmesser sinken und tat, wie ihr befohlen worden war. Emma wurde ein Arbeitsplatz zugewiesen, sie bekam eine Kupferschüssel und einen Weidenkorb, der bis zum Rand mit rohen Eiern gefüllt war. Sie schlug ein Ei nach dem anderen auf und füllte die Schüssel mit der schleimig-klebrigen Masse.

»Guckt euch dieses Kind an!«, lobte Mrs Hobbs, als sie auf einem ihrer Rundgänge Emmas Fortschritte begutachtete. »Schuftet wie eine gestandene Küchenmagd und sieht dabei aus wie ein kleiner Weihnachtsengel!«

Alice, die nicht weit davon entfernt in einem der brodelnden Töpfe rührte, sagte: »Setz dem Kind nicht noch mehr Flausen in den Kopf!«, sah dabei aber ziemlich stolz aus.

Etwa zehn Minuten später, Emma hatte gerade ihr letztes Ei aus dem Korb genommen, quoll plötzlich eine schwarze Rauchwolke aus dem Backofen, jemand kreischte, ein Blech mit Buttergebäck stürzte scheppernd auf den Steinboden, Mrs Hobbs stieß wüste Flüche aus. Von allen Seiten kamen Küchenhelferinnen angelaufen, um zu retten, was zu retten war, und Emma fiel plötzlich wieder ein, zu welchem Zweck sie eigentlich gekommen war. Kurzentschlossen nutzte sie den allgemeinen Tumult, um unbemerkt zu entwischen. Blitzschnell lief sie aus der Küche, dann rechts die verbotene Treppe hinauf, bis zu der schmalen Tapetentür, hinter der die Bereiche des Hauses begannen, die sie noch nie betreten hatte. Emma schloss die Augen, dachte daran, wie zart und weich sich Lady Idas Lippen auf ihrer Wange angefühlt hatten, und drückte die Tür einen winzigen Spalt auf. Ein breiter, halbdunkler Gang lag vor ihr: Schwere Goldrahmen schmückten die Wände, von der hohen Decke hingen schimmernde Leuchter, der marmorne Boden war in glänzende schwarz-weiße Quadrate unterteilt und blitzsauber. Weiter hinten befand sich ein bogenförmiger Durchgang, der mit dicken grünen Samtbahnen verhängt war. Für Emma sah das alles mehr wie eine Kirche als wie ein Wohnhaus aus. Sie schlüpfte durch die Tür, glaubte die Kühle des Steinbodens durch die Sohlen ihrer Schuhe zu spüren, aber vielleicht kam das auch von der Aufregung. Starr verharrte sie einige Sekunden lang, lauschte in die Stille, bis sie den Mut fand weiterzugehen. Schritt für Schritt schlich sie an der Wand entlang in Richtung des Durchgangs, hinter dem sie die große Halle vermutete. Heute war der Tag, heute konnte sie es schaffen! Mit jedem Meter wuchs ihre Entschlossenheit. Wenn jemand kam, würde sie sich nicht aufhalten lassen, sondern einfach losrennen, ihre Verfolger abschütteln und laut nach Lady Ida rufen. Sobald die Lady wusste, dass Emma im Haus war, wäre sie in Sicherheit.

Vom Quietschen einer Tür gewarnt, schlüpfte Emma hinter den Vorhang und drückte sich so fest es ging mit dem Rücken an die Wand. Sie hörte ein dunkel-rauchiges Husten, fürchtete, dass allein das Hämmern ihres Herzschlags sie verraten würde, als das Klackern von Mr Moats blank polierten Absätzen näher kam. Wenn Sir Georges Kammerdiener sie erwischte, würde er vielleicht nicht so freundlich sein wie beim letzten Mal. Sie hielt die Luft an, wäre am liebsten ganz in einer Vorhangfalte verschwunden. Emma spürte den schweren Stoff auf ihrem Gesicht, roch Staub und Mottenpulver, presste Mund und Augen zu – Moat ging vorbei, ohne sie zu bemerken.

Emma zählte zweimal langsam von eins bis zehn, dann erst lugte sie hinter dem Vorhang hervor. Sie überlegte, einfach wieder zurück durch die schmale Tür zu gehen, in den Dienstbotenbereich, wo alles vertraut und sicher schien, als sie eine breite dunkle Holztreppe entdeckte, die nach oben führte. Irgendwo im Oberstock mussten die Wohnräume der Familie sein. Dort konnte sie Lady Ida und das Baby finden. Von den Bediensteten waren höchstwahrscheinlich bis auf Mr Moat so gut wie alle in der Küche oder im Speiseraum, und Sir George blieb bestimmt noch eine Weile in der Bibliothek, wo er, wie Emma von ihrem Vater wusste, die Vormittage mit dem Studieren alter Handschriften verbrachte. Also jetzt! Emma rannte so schnell sie konnte bis zur Treppe, duckte sich hinter das Geländer und flitzte pfeilschnell die knarzenden Holzstufen hinauf. Auch hier oben waren die Wände voll mit Gemälden. Sie waren dicht neben- und übereinandergehängt, so dass man kaum etwas von der roten Stofftapete sah. Emma fand das sehr schön, es war, als ob man durch ein Bilderbuch spazierte. Sie ging an dem riesigen Porträt eines finster schauenden Mannes mit Perücke vorbei, betrachtete kurz eine Flusslandschaft mit prächtigen galoppierenden Pferden, passierte das Bild eines traurig aussehenden Kindes in eigenartiger Kleidung, das seine Hand auf den Rücken eines grauen Wolfshundes gelegt hatte. Ein Mädchen in ihrem Alter, das einen kleinen weißen Terrier im Schoß hielt, sah sie direkt an. Dieses Gemälde gefiel Emma besonders gut. Auch war es viel kleiner als die anderen. Vielleicht fällt es gar nicht weiter auf, wenn eins der Bilder fehlt, dachte Emma. Sie reckte sich, war aber zu klein, selbst wenn sie sich auf die Zehenspitzen stellte. Endlich am Ende der Treppe angelangt, wusste sie nicht mehr weiter. Die ganze Zeit hatte sie davon geträumt, zu ihrer heimlichen Freundin vorzudringen, hatte viel dafür gewagt – und dann, kurz vor dem Ziel, stand sie ratlos auf einem riesigen Treppenabsatz und drohte den Mut zu verlieren. Sie dachte an ihre Mutter Alice, die gerade noch so stolz auf sie gewesen war. Wahrscheinlich hatten sie in der Küche ihr Verschwinden längst bemerkt und suchten nach ihr. Emma hatte sich dieses Haus nicht so groß, nicht so verwirrend vorgestellt – all die Gänge und Bilder, Farben und Muster, wie sollte man sich da zurechtfinden? Sie trat an ein Fenster, durch das etwas Licht fiel, legte ihre Hand an die dunkle Vertäfelung und schaute nach draußen, wo die

Gartenanlagen sich auf ihren farblosen Winterschlaf vorbereiteten. Da unten kannte sie sich aus: Hinter dem weißen Garten, nicht weit entfernt vom Pavillon im verwunschenen Wäldchen, hatte sie im Mai Lady Ida getroffen. Emma sah sie vor sich, das wehende Seidenkleid, das wilde gelockte Haar.

Zwei Richtungen standen zur Auswahl: zwei bogenförmige Eingänge, zwei Flure, einer rechts, einer links, der linke ebenfalls mit einem Vorhang verhängt, der andere offen und etwas breiter. Ene mene meine weh, fang den Tiger mit dem Zeh, ene mene meine … – sang da nicht jemand? Es kam ganz eindeutig aus dem rechten Flur. Emma kannte das Lied, ein Schlaflied, von ihrer Mutter. Zielsicher ging sie der Melodie nach bis zu einer Tür auf der linken Seite, die einen Spaltbreit offen stand, wie um sie zum Eintritt zu ermuntern.

Vor ihr lag ein großer lichtdurchfluteter Raum, es dauerte einen Moment, bis ihre Augen sich an die Helligkeit gewöhnt hatten. Hinten, beim letzten Fenster, stand ein Schaukelpferd mit gelber Mähne und rot-goldenem Sattel, daneben, im Schatten einer riesigen Holzkommode, eine Wiege. Mit weißer Seide und rosafarbenen Bändern geschmückt sah sie fast genauso aus, wie Emma es sich in ihren Tagträumen ausgemalt hatte, aber die Frau, die sich da über die Wiege beugte und immer noch das Schlaflied sang, war nicht Lady Ida, sondern Davis, das Kindermädchen, eine entfernte Verwandte ihrer Mutter. Den ausladenden Hintern und die aschblonden, im Nacken zusammengesteckten Haare konnte Emma zweifelsfrei zuordnen.

Während sie noch darüber nachdachte, ob sie sich weiter ins Zimmer vorwagen oder doch lieber unbemerkt den

Rückzug antreten sollte, wurde ihr die Entscheidung schon abgenommen. Durch irgendetwas alarmiert, richtete Davis sich auf, wandte sich um, starrte eine Schrecksekunde lang das Kind an wie ein Gespenst.

Emma wollte etwas sagen, aber es kam nichts als ein heiseres Krächzen aus ihrer Kehle. In diesem Moment fing das Baby zu weinen an. Davis schnaufte wütend oder genervt, das konnte Emma nicht richtig einschätzen, und beugte sich wieder über die Wiege: »Ist ja gut, du armes kleines Dingelchen, ist ja gut.«

Sie hob das weiße Stoffbündel aus der Wiege, drückte es an sich und murmelte einen beruhigenden Singsang.

»Kann ich sie bitte nur einmal anschauen?«, fragte Emma mit belegter Stimme.

»Was für einen Grund kann es geben, sich das ansehen zu wollen?«

Es dauerte einen verstörenden Augenblick, bis Emma klar wurde, dass diese Worte nicht aus dem Mund von Davis gekommen waren, sondern von jemandem, der hinter ihr stand. Emma fuhr herum, und da war sie: Lady Ida, die Hausherrin persönlich, ihre Freundin. Sie stand im Türrahmen, fein frisiert, hübsch geschminkt, in einem fliederfarbenen Kleid – und jetzt roch Emma sie auch: Veilchen mit Jasmin.

»Entschuldigen Sie bitte, Mylady, Emma ist die Tochter der Banisters, sie hat sich wohl verlaufen. Ich kümmere mich darum, dass sie wieder zurückfindet. Wenn Sie nur kurz einmal Edith nehmen würden …«

Davis hielt der Lady seltsam steif das Bündel hin, und Emma beschlich die vage Ahnung, dass hier noch etwas anderes nicht stimmte als die Tatsache, dass sie unberechtigt ins Säuglingszimmer eingedrungen war.

»Schon gut, Davis. Zeigen Sie ihr erst noch das Kind, wenn sie es so gerne sehen möchte, aber dann legen sie es zurück und begleiten Emma nach draußen. Dieses Baby wird nicht sterben, wenn es eine Weile schreiend in seiner Wiege liegt.«

Das Kindermädchen warf der Hausherrin einen derart feindseligen Blick zu, dass Emma reflexartig nach Lady Idas Hand fasste. Die Lady befreite sich mit einer ruckartigen Bewegung aus Emmas Griff.

»Komm her, Emma!«, befahl Davis streng, hielt den Blick dabei aber noch immer auf die Lady gerichtet.

»Ja, schau es dir nur an, mein Erstgeborenes«, ätzte die. »Nicht nur, dass es ein Mädchen geworden ist, nein, es ist auch noch hässlich wie die Nacht. Jetzt muss ich diese ganze Prozedur noch einmal über mich ergehen lassen, damit der Baronet seinen Erben bekommt!«

Emma blieb wie betäubt vor Davis und dem Baby stehen.

Die Kinderfrau holte Luft, als wollte sie etwas sagen, presste dann aber nur die Lippen aufeinander und beugte sich zu Emma hinunter, damit sie das Kind betrachten konnte. Ein kleines bleiches Gesicht lugte unter einem rosa bestickten Mützchen hervor, dicke Backen, eine winzige Stupsnase. Sie ist doch bloß ein ganz gewöhnliches kleines Baby, dachte Emma, während ihr eine Träne die Wange herunterrollte.

»Möchtest du sie mal halten?«, fragte Davis, als wäre Lady Ida gar nicht da. Emma nickte und streckte die Arme aus. Es war schwerer als erwartet, aber sie hielt das Bündel fest umschlossen, brachte ihr Gesicht ganz nah an das des Säuglings, von dem ein eigenartig süßlicher Geruch ausging.

»Hallo, du«, sagte Emma.

»Siehst du jetzt, wie unfassbar hässlich dieser Wechselbalg ist?«, tönte Lady Idas Stimme schrill durch den Raum.

Emma schaute der kleinen Edith in die winzigen Augen, die von tiefem Blau waren und erstaunlich wach ihren Blick erwiderten.

Langsam, aber sehr bestimmt schüttelte Emma den Kopf und sagte: »Nein! Sie ist süß.«

Sie hörte die Röcke der Lady davonrauschen, sie spürte Davis' Hand auf ihrer Schulter, sie küsste das Baby zum Abschied auf die Stirn.

3
Alaska kann warten

»Miss Rita Blackwood sieht aus, als wären drei Millionen rosafarbene Sahnebaisers in ihr explodiert.«

»Du lieber Himmel! Wer ist Miss Rita Blackwood?«

»Eine von Mamas Gästen. Sie hat mich gestern gefragt, was ich später einmal werden will.«

»Und?«

»Ich werde ein Genie sein!«

»Das war deine Antwort?«

»Ja.«

»Hat deine Mutter das gehört?«

»Mama war sehr böse und hat gesagt, dass man von einer hässlichen Kreatur wie mir nichts Vernünftiges erwarten darf.«

»Wie kann sie nur?«

»Davis musste mich unverzüglich nach oben bringen. Ich sollte eigentlich auch kein Abendessen bekommen, aber Davis hat mir Kekse gegeben, vorzügliche Kekse mit fein gehackten Mandeln und Orangenschalen und einem Hauch Zimt.«

»Ich finde nicht, dass du hässlich bist, Edith.«

»Danke, Emma. Es macht mir sowieso nichts aus.«

»Aber warum antwortest du sowas? Dass du ein Genie sein wirst?«

»Weil es die Wahrheit ist.«

Als dieses Gespräch stattfand, im Juli 1893, ging die zukünftige Dame Edith auf ihren sechsten Geburtstag zu, und meine Mutter war gerade zwölf geworden.

Drei Monate zuvor hatten die beiden Mädchen damit begonnen, sich regelmäßig zu treffen. Die Tochter des obersten Gärtners und die Tochter des Herren von Renishaw verband einiges und trennte noch viel mehr – weder dem einen noch dem anderen maßen sie übermäßige Bedeutung zu, jedenfalls so lange nicht, wie sie beide Kinder waren und die eine noch nicht der anderen Bettpfanne zu leeren hatte.

Es war ein wolkenverhangener Aprilsonntag, als Emma Banister auf einem ihrer Streifzüge durch den Park von Renishaw etwas durch die Obststräucher hatte schimmern sehen. Anscheinend war jemand auf dem Wiesenweg zur Straße nach Eckington unterwegs, eine Person, zu klein für einen Gärtnergehilfen, zu bunt angezogen, um eines der Dorfkinder zu sein. Emma, die die äußeren Parkanlagen als ihr ureigenes Reich betrachtete, wollte wissen, wer sich da herumtrieb, und schlich hinterher.

Nachdem sie sich durch die Büsche gedrängt und den Weg erreicht hatte, sah sie weiter vorne ein Mädchen gehen. Sie wusste sofort, um wen es sich handelte. Nur eine konnte an dieser Stelle und in einem solchen Aufzug unterwegs sein: Die Röcke des zitronengelben Kleides wehten um stämmige Beinchen, blaue Schleifenbänder flatterten im Wind, ein dunkles Filzhütchen saß schräg über den fusseligen Locken und würde jeden Moment herunterfallen, wenn das Mädchen weiter so ungelenk über die Grasbüschel hüpfte. Emma fragte sich, was die Tochter der Herrschaft an einem Sonntagnachmittag alleine auf dem Weg nach Eckington wollte. Das Haupthaus lag in der entgegengesetzten Richtung, etwa zehn Minuten Fußweg entfernt. Die Kleine machte allerdings nicht den Eindruck, als hätte sie sich verlaufen, vielmehr schien sie ein bestimmtes Ziel anzusteuern.

Emma hatte Edith in den vergangenen Jahren sehr selten und wenn, dann lediglich von Weitem gesehen. Wurde in der Dienstbotenhalle oder in der Küche von »der armen kleinen Miss E.«, wie sie meistens genannt wurde, gesprochen, hatte Emma zwar stets interessiert zugehört, aber auf weitere Annäherungsversuche hatte sie nach ihrem Abenteuer an Ediths Wiege keine Lust mehr gehabt.

Auch jetzt war Emmas erster Impuls, das Mädchen einfach laufen zu lassen, wohin immer es wollte, dann aber entschied sie sich anders und rief ihr nach: »Miss Edith?«

Die Kleine blieb stehen und wandte sich um.

»Sie wünschen?«, säuselte sie mit gespitzten Lippen.

Von Nahem betrachtet sah sie mit ihren Pausbacken und dem fleischigen kleinen Mündchen durchaus kindlich aus, aber gleichzeitig hatte sie etwas an sich, das viel zu ernst und erwachsen für ihr Alter wirkte. Ein wenig herablassend und großtuerisch schien sie wohl auch zu sein. Emma gefiel das gar nicht.

»Du gehst in die falsche Richtung«, sagte sie streng.

Ediths Gesicht verzog sich zu etwas, das vermutlich ein Lächeln darstellen sollte, auf Emma aber fratzenhaft und blasiert wirkte.

»Sehr freundlich von Ihnen, mich darauf aufmerksam zu machen«, sagte Edith mit piepsender Stimme, »aber ich weiß sehr wohl, wo ich hingehe. Im Übrigen habe ich es leider eilig. Wenn Sie mich also entschuldigen würden.«

Sie neigte den Kopf, so dass das Hütchen noch mehr verrutschte, dann sah sie Emma wieder direkt an. »Aber wo bleiben bloß meine Manieren? Darf ich mich Ihnen, trotz meiner Eile, rasch vorstellen: Mein Name ist Gwendolyn von …«

»Ich weiß, wer du bist«, fiel Emma ihr ins Wort. »Warum redest du so komisch, und warum lügst du mich an?«

Von einer, die halb so alt war wie sie, brauchte sie sich nicht für dumm verkaufen zu lassen, auch nicht, wenn es sich dabei um ein Herrschaftskind handelte.

Kaum war sie unterbrochen worden, hatten Ediths Augen feucht zu glänzen begonnen, das überhebliche Grinsen war einer Mischung aus Kummer und Panik gewichen, und die ganze kleine Gestalt sah nur noch jämmerlich aus, verloren und traurig. Emma tat es plötzlich leid, sie so angefahren zu haben.

»Ich bin Emma Banister«, sagte sie. »Du kennst mich nicht, aber du kannst mir vertrauen. Mein Vater ist der oberste Gärtner von Renishaw, und meine Mutter hilft manchmal in der Küche.«

»Ich habe dich schon gesehen. In der Kirche und einmal auch vom Fenster aus, mit deinem Vater im Rosengarten«, wisperte Edith, die noch immer Mühe hatte, die Tränen zurückzuhalten. »Es war nicht meine Absicht, dich anzulügen.«

Emma hielt es für alles andere als ein Versehen, dass die Kleine sich als Gwendolyn von irgendwas vorgestellt hatte, aber weil Edith jetzt derart zerknirscht vor ihr stand und sie auch ein bisschen geschmeichelt war, dass die Herrschaftstochter sie erkannt hatte, beschloss sie, nicht weiter darauf herumzureiten.

»Spielst du etwas und trägst deshalb heute einen anderen Namen als sonst?«

Ediths Gesicht erhellte sich augenblicklich. »Ja! In der Tat, genauso ist es!«

Emma konnte nicht anders, als sie nachzuäffen: »In der Tat, so ist es? Pfff ... Wie du redest ...«

»Machst du dich über mich lustig?«, fragte Edith.

Ihre Wangen hatten sich gerötet, die Händchen nestelten hektisch an dem feinen Kleid herum. Emma bemerkte, dass der Saum verdreckt und an einigen Stellen zerrissen war. Die Kleine war wohl schon eine Weile unterwegs.

»Das würde ich niemals wagen«, sagte Emma.

Edith runzelte die Stirn, holte tief Luft, so dass Emma schon mit einer Schimpftirade rechnete, die ihr allemal lieber gewesen wäre als ein Heulkrampf, aber dann löste sich die Anspannung, Ediths Schultern senkten sich, und die Luft wich mit einem mechanisch klingenden Pusten aus ihrem Mund. Wie bei einer kleinen Dampfmaschine, dachte Emma. Was für ein eigenartiges Mädchen.

»Gut, ich glaube dir«, sagte Edith, sah dabei aber noch immer betrübt und auch ein bisschen beleidigt aus.

»Was hat es denn nun mit dieser Gwendolyn auf sich?«, fragte Emma, um sie auf andere Gedanken zu bringen. Tatsächlich huschte ein erfreutes Lächeln über das Kindergesicht: »Interessiert dich das wirklich?«

Emma nickte: »Sehr sogar.«

»Wenn das so ist ...«, sagte Edith und wartete noch einen ermunternden Blick Emmas ab, bis sie weitersprach. »Also: Ich bin unter dem Namen Gwendolyn eine wunderschöne Prinzessin und werde bald den König heiraten, um mit ihm den Thron zu besteigen und die mächtigste Frau Englands zu werden. Wenn du magst, kannst du mitspielen und ebenfalls eine Prinzessin sein oder der König, das ist auch eine gute Rolle. Willst du?«

»Ich bin vielleicht ein bisschen zu alt für sowas.«

»Aber natürlich, ganz wie du möchtest«, sagte Edith und wibbelte auf ihren Fußballen auf und ab. »Könnten wir denn dann ein Stück gemeinsam gehen und uns dabei einfach so unterhalten?«

»Warum nicht.«

»Wie schön, ich freue mich!«, sagte Edith und sah dabei zum ersten Mal wirklich froh aus. »Soll ich etwas aus meinen Büchern für dich aufsagen?«

Wie sonderbar sie immer daherredet, dachte Emma. »Kannst du denn schon lesen?«, fragte sie.

»Ich bringe es mir gerade selber bei«, antwortete Edith.

»Wie soll das denn gehen?«

»Ist gar nicht so schwer. Ich bin ausgesprochen klug für mein Alter, sagt meine Kinderfrau. Kannst du lesen, Emma?«

»Selbstverständlich! Hab ich in der Schule gelernt.«

»Ach, in die Schule würde ich auch gerne gehen«, sagte Edith. »Ich bekomme im Sommer eine Erzieherin und muss dann ganz alleine mir ihr im Lernzimmer hocken.«

Emma fand diese Vorstellung großartig, aber weil Edith anscheinend traurig darüber zu sein schien, wollte sie nicht weiter darauf eingehen. »Erzähl mir doch etwas aus deinen Büchern«, sagte sie.

Edith klatschte in die Hände: »Nichts lieber als das! Ich könnte die Geschichte von Ritter Lancelot und Guinevere vortragen, die kann ich ganz und gar auswendig. Oder die Legende von Beowulf auch. Oder das Mädchen mit den Schwefelhölzchen oder …«

»Erzähl einfach irgendetwas!«, unterbrach Emma Ediths Aufzählung, die sie für pure Angeberei hielt.

»Hast du eine Vorliebe?«, fragte Edith.

»Dann Lancelot«, sagte Emma.

»Das ist eine Geschichte, die auch mir besonders am Herzen liegt!«

Edith zog die Schultern nach hinten und streckte den Rücken durch, rückte das Hütchen feierlich zurecht und erinnerte jetzt an einen pummeligen kleinen Vogel, der vor seinem ersten Morgengesang dienststeifrig die Federn aufplustert. Beinahe hätte Emma wieder gelacht, doch dann begann Edith laut ihre Geschichte zu rezitieren, und Emma konnte gar nicht anders, als ihr gebannt zuzuhören.

»Als die edle Dame Guinevere und der tapfere Lancelot einander zum ersten Mal erblickten, verlor er – ach! – rettungslos sein Herz, und auch das ihre verfiel dem Ritter im selben Augenblick. Sie versuchten, jeder für sich, dagegen anzukämpfen, aber es kam, wie es kommen musste, und Glück wie Unglück nahmen ihren erbarmungslosen Lauf ...«

Edith griff sich ans Herz, riss verzweifelt am Stoff ihres Kleides, setzte sich dann mit energischen kleinen Schritten in Bewegung. Sie machte Emma ein Zeichen, an ihrer Seite zu gehen, und fuhr fort: »Begonnen hatte alles damit, dass im Auftrag des Königs Leo von Cameliard ein riesiger runder Tisch nach Camelot gesandt worden war, so groß und kostbar mit Gold und Edelsteinen verziert, dass es selbst dem Arthus den Atem verschlagen hatte. Kannst du dir das vorstellen, Emma, welche Pracht das gewesen sein muss?«

Emma gab zu, dass das in der Tat kaum vorstellbar sei.

»Der junge König frohlockte: ›Gesegnet werden alle Zusammenkünfte an dieser prächtigen Tafel sein und überaus gesegnet auch meine Ehe mit der Schönsten der Schönen, König Leos Tochter Guinevere, denn keine andere gedenke ich zur Frau zu nehmen!‹«

Emma wunderte sich, wieso man aufgrund eines, wenn auch über die Maßen prächtigen, Gastgeschenks gleich über Heirat nachdenken musste, wollte Edith in ihrer Begeisterung aber nicht unterbrechen.

»Merlin, der mächtige Hofzauberer und Erzieher des Königs, warnte vor dieser Verbindung, aber der noch unerfahrene Monarch hörte nicht auf ihn. ›Sie und keine andere ist würdig, meine Gefährtin und Königin zu sein!‹ Weil Merlins Mahnung jedoch unverrückbar dastand, bat Arthus seinen Freund, den Ritter Lancelot, seine Braut vom Hofe König Leos heimzuführen. Aber Lancelot begehrte doch die zarte Guinevere für sich selbst! Was sollte er nun tun? Der arme Lancelot war dem Wahnsinn nahe, dem Liebeswahnsinn! Zwar schuldete er Arthus den Freundschaftsdienst, doch schrie er Nacht für Nacht im Schlaf nach seiner unerreichbaren Geliebten!«

Edith ruderte wild mit den Armen, während sie Lancelots Liebesschreie über den Wiesenweg posaunte, so dass Emma schon fürchtete, man könne sie bis Eckington hören.

»Und auch die schöne Guinevere drohten die Gewissensnöte zu überwältigen! Sie hatte den Lancelot im Innenhof des Schlosses ihres Vaters einreiten sehen und gehofft, der Geliebte käme, um endlich mit ihr zusammen zu sein, aber stattdessen …« Edith packte Emma am Arm, als ob das Drama sie selbst fast um den Verstand brachte. »Stell es dir nur vor, Emma, stattdessen warb er im Auftrag seines Freundes um sie. War das nicht furchtbar?«

Edith stöhnte gequält auf und fuhr, ohne auf eine Antwort zu warten, fort: »Unmöglich konnte Guinevere das Werben eines so mächtigen Königs, wie Arthus einer war, ablehnen, ohne einen Krieg zwischen dem Reich ihres Vaters und dem des Arthus zu riskieren.«

Edith schlug die Hände vors Gesicht. Offenbar waren die Gewissensnöte der Prinzessin auch für sie selbst kaum auszuhalten. Sie seufzte und ächzte, sie schrie und flüsterte, manchmal beides in einem einzigen Satz. Emma spazierte neben ihr her und kam aus dem Staunen nicht heraus. Noch kein Mensch, geschweige denn ein Kind, hatte in ihrer Gegenwart eine derartige Vorstellung gegeben. Noch nie war sie jemandem begegnet, der so kraftvoll und lebendig hatte erzählen können.

Schließlich kam Edith ans Ende ihrer Geschichte: »Als Hundertjährige verließ Guinevere, die große, von ihrem Volk über alle Maßen verehrte Königin, den Hof des Arthus. Sieben Tage und sieben Nächte wanderte sie bis zum Ufer des Flusses Styx, wo ein riesiger azurfarbener Delfin namens Charon auf sie wartete, um sie durch die Fluten ins Reich der Seligen zu bringen. Und was meinst du, Emma? Wer wartete da am anderen Ufer auf sie mit zwei goldenen Pferden am Zügel?«

»Lancelot?«

»Genau! Und so konnte Guinevere endlich ihren beiden Berufungen zugleich folgen: Sie war ebenso Geliebte wie königliche Herrscherin.«

»Und tot«, sagte Emma.

»Sie bewohnte das selige Reich der Unsterblichkeit!«, protestierte Edith.

Emma mochte ihr nicht widersprechen. Außerdem hatte

sie den starken Verdacht, dass längst nicht alles von dem, was sie gerade gehört hatte, aus einem Sagenbuch stammte. Weil ihr die Vorstellung ungeachtet dessen aber gut gefallen hatte, bedankte sie sich aufrichtig für die Geschichte.

Edith strahlte. »Jetzt bist du aber dran!«

»Ich?«

»Ja! Du! Oder siehst du hier noch jemanden?«

»Ich habe bisher noch kaum Bücher gelesen.«

»Egal. Denk dir einfach etwas aus!«

»Im Erfinden bin ich nicht so gut. Ich kann dir höchstens etwas erzählen, das mir wirklich passiert ist, und es hat sogar mit dir zu tun.«

»Mit mir? Wie kann das denn sein?«

Emma war sich nicht sicher, ob es eine gute Idee war, aber da sie schon einmal davon angefangen hatte, erzählte sie, wie sie sich als Fünfjährige heimlich in die Privaträume der Herrschaft geschlichen hatte. Den Part, den ihre frühere Schwärmerei für Lady Ida dabei gespielt hatte, ließ sie weg, schmückte dafür den Teil, wo sie allein durch das große fremde Haus geschlichen war und wie sie das Neugeborene im Arm hatte halten dürfen, ein wenig aus.

»Ist das wirklich alles passiert?«

»So wahr ich hier vor dir stehe!«

»Ich kann gar nicht fassen, dass Davis mir nie davon erzählt hat. Hat man dich hinterher bestraft?«

»Und wie! So wütend habe ich meine Mutter noch nie gesehen. Vierzehn Tage lang durfte ich nicht in den Garten, und wenn Davis und mein Vater sich nicht für mich eingesetzt hätten, wäre ich sicher heute noch in meinem Zimmer eingesperrt.«

Vermutlich wären die beiden Mädchen noch länger miteinander plaudernd in Richtung Eckington spaziert, wäre Edith nicht kurz vor der Abzweigung unvermittelt stehen geblieben.

»Was ist denn?«, fragte Emma.

»Meine Stiefel. Ich verliere sie gleich.«

»Kein Wunder. Die Schnürsenkel sind ja lose.«

Edith schaute bekümmert zu Emma hoch und flüsterte: »Ich kann das leider nicht selbst binden, ich schaffe es einfach nicht, obwohl Davis es mir schon hundertmal gezeigt hat.«

Während Emma vor Edith hockte und ihr die Stiefel schnürte, wurde ihr bewusst, dass es bestimmt schon nach vier Uhr war.

»Wir sind viel zu weit gegangen. Lass uns umkehren, bevor es dunkel wird und du dich noch mehr von zu Hause entfernst!«

Emma bemühte sich, vernünftig und erwachsen zu klingen.

Edith zuckte mit den Schultern: »Da wohne ich gar nicht mehr.«

»Das Spiel ist jetzt vorbei, Edith.«

»Das weiß ich. Aber ich gehöre nun leider nicht mehr zu dieser Familie.«

Die Entschlossenheit, die sie in ihre Stimme legte, ließ keinen Zweifel daran zu, dass ihr nicht nach Scherzen zumute war.

»Wo willst du denn hin?«

»Nach Alaska.«

Emma schüttelte den Kopf. »Man kann doch nicht einfach so seine Familie verlassen. Wo ist überhaupt dieses Alaska?«

Edith reckte trotzig das Kinn und sagte: »Alaska ist sehr, sehr weit weg.« Sie deutete mit ausgestrecktem Zeigefinger auf den Kirchturm von Eckington. »Es liegt auf einem anderen Kontinent. Ich werde mich einer Expedition anschließen, die auf der Suche nach Gold ist. Solche Unternehmungen findet man dort an jeder Ecke, alle suchen Gold in Alaska, und sie brauchen dauernd neue Leute, die klein genug sind, um in die Minenschächte zu kriechen, und da kann ich ...«

»Du redest wieder so einen Blödsinn!«

»Ich gehe jedenfalls nicht zurück!«, schrie Edith und stampfte mit dem Fuß auf. Emma drehte sich um, schaute, ob sie jemand gehört hatte, aber da waren nichts als Wiesen, Bäume und Büsche und ein sanfter Wind, der in den Blättern rauschte. In erschreckend weiter Ferne erkannte man die Dächer der Pferdeställe von Renishaw.

Edith musste zurück, und das so schnell wie möglich. Wenn herauskam, dass sie die Tochter der Herrschaft auf der Flucht aus ihrem Elternhaus begleitet hatte, würde es solchen Ärger geben, dass vierzehn Tage Hausarrest dagegen ein Witz gewesen waren.

Emma griff nach Ediths Hand und schaute ihr mit der ganzen Autorität, die ihr ob des Altersunterschieds zukam, ins trotzig verhärtete Gesicht.

»Edith! Du wirst jetzt wieder nach Hause gehen! Ich befehle es dir!«

Die Kleine schüttelte heftig den Kopf: »Du hast mir gar nichts zu befehlen!«

Sie zog ihre Hand aber nicht aus Emmas, sondern ließ sie dort, warm und weich und ein bisschen schwitzig.

»Dann bitte ich dich eben recht höflich. Ernsthaft: Ich

werde in gewaltige Schwierigkeiten geraten, wenn ich dich nicht zurückbringe«, sagte Emma.

»Es weiß doch keiner, dass du mich getroffen hast«, erwiderte Edith.

»Aber ich weiß es.«

»Na und? Das brauchst du doch nicht zu sagen. Mein Vater wird es nicht einmal bemerken, dass ich nicht mehr da bin, und meine Mutter wird sich höchstens freuen. Wer sollte sich also für mein Verschwinden interessieren oder dir deswegen Ärger machen?«

»Davis wird auffallen, dass du fort bist.«

»Sie kommt schon darüber hinweg. Sie muss sich ja jetzt auch um Baby Osbert kümmern.«

Edith schaute an Emma vorbei Richtung Eckington.

»*Ich* würde dich vermissen, wenn du nach Alaska gingest. Und es würde mir sehr leidtun, wenn ich dich nie wiedersehen könnte.«

Edith starrte sie an, als hätte Emma von einem diamantenen Einhorn gesprochen. Emma hatte sich gar nichts weiter dabei gedacht, hatte nur irgendwie versuchen wollen, die Kleine davon abzuhalten, ziellos auf den Straßen von Derbyshire herumzuirren und verloren zu gehen. Sicherlich würden Emmas Vater und seine Gehilfen sowie Mr Moat und überhaupt alle zur Verfügung stehenden Männer von Renishaw ausschwärmen, um das vermisste Kind zu suchen, und sie, Emma, würde als Einzige die Wahrheit kennen und sich schreckliche Vorwürfe machen, wenn Edith etwas Schlimmes zustieß.

»Wieso solltest du mich vermissen?«, fragte Edith.

»Wir sind alte Freundinnen, vergiss das nicht!«, antwortete Emma, weil das das Einzige war, das ihr einfiel.

»Jetzt erzählst du aber Blödsinn!«, sagte Edith.

»Nein, wirklich: Wenn du zurück nach Hause gehst, können wir uns wieder treffen und uns weiter Geschichten erzählen. Falls du das überhaupt möchtest.«

»Und wie ich das möchte!«

»Dann kehren wir jetzt um, ja?«

Emma verstärkte ihren Griff um Ediths Hand und zog das Mädchen mit sich in die entgegengesetzte Richtung.

»Und wann kann ich dich wiedersehen?«, fragte sie, nachdem sie eine ganze Weile stumm auf Renishaw Hall zumarschiert waren.

»Bald«, antwortete Emma.

»Wann bald? Nächsten Sonntag? Da hat Davis ihren freien Nachmittag, und im Haus achtet keiner auf mich. Ich kann gehen, wohin ich will. So wie heute.«

»Aha.«

»Sonntag könnte generell unser Tag sein. Klingt das gut? Ein Trefftag?«

»Abgemacht«, willigte Emma ein. »Aber keine Alaskaausflüge mehr, ja?«

Edith hopste wie ein Gummiball auf und ab, blieb dann stramm stehen wie ein kleiner Gardesoldat und salutierte: »Jawohl, meine Dame. Alaska kann warten!«

»Sehr gut!«

»Da wäre allerdings noch etwas: Könnte der Trefftag unser Geheimnis bleiben? Bitte!«

»Schon, aber warum? Immerhin bin ich die Tochter des obersten Gärtners, das ist kein schlechter Umgang.«

»Darum geht es nicht.«

»Worum dann?«

»Meine Mutter wird es verderben, wenn sie erfährt, dass

mich etwas froh macht«, murmelte Edith so leise, dass Emma Mühe hatte, sie zu verstehen.

Während Emma noch überlegte, was sie dazu sagen sollte, riss sich Edith mit großer Geste das Hütchen vom Kopf und sagte laut: »Geheimtreffen sind außerdem so viel aufregender, Emma! Verdirb das nicht!«

Emma zuckte mit den Schultern: »Na gut, von mir aus.«

Die Mädchen verabschiedeten sich am schmiedeeisernen Gartentor, das von zwei lebensgroßen Steinsoldaten flankiert wurde. Für Edith war es das »Tor zur Wildnis«, für Emma, die bei ihren Spaziergängen meistens nur die Rückseiten der Steinsoldaten gesehen hatte, war es der Zugang zu den inneren Gärten.

Die inneren Gärten gehörten zum Herrschaftsgelände, dort ging manchmal Sir George in seinem weißen Leinenanzug spazieren, dort wurden bei schönem Wetter die kleinen Tische für die Gesellschaften der Lady aufgestellt, dort hatte ein Mädchen wie sie nichts verloren.

Bis Ende Oktober trafen Emma und Edith sich fortan jeden Sonntag. Sie hockten nebeneinander auf dem Podest des Pavillons zu Füßen der Steinskulptur, die sie Esmeralde getauft hatten, jede an eine Säule gelehnt, und schwatzten fröhlich miteinander. Ab und zu gingen sie gemeinsam auf Wanderschaft, immer außerhalb der Sichtweite von Haupthaus oder Gärtnercottage.

Am letzten Sonntag im Oktober stand der Aufbruch der Herrschaftsfamilie nach Scarborough unmittelbar bevor, wo sie wie üblich den Winter verbringen würde.

»Wirst du, wenn ich zurückkomme, noch meine Freundin sein?«, fragte Edith.

»Aber natürlich!«, antwortete Emma.

»Ich werde ein langes rotes Tuch aus dem oberen Fenster vom Westturm hängen, das wird unser Zeichen sein, und dann treffen wir uns wieder wie immer, ja?«

Der Winter ging vorbei, ohne dass Emma auch nur eine einzige Nachricht von Edith erhielt. Sie fragte sich oft, wie es ihrer Freundin wohl erging, aber da ihre Mutter während der Abwesenheit der Herrschaftsfamilie im Haupthaus nicht gebraucht wurde, kamen auch von dort keine Neuigkeiten.

Als im März beim Abendbrot im Gärtnercottage endlich die Rede darauf kam, dass die baldige Rückkehr der Herrschaftsfamilie vorbereitet wurde, musste Emma nicht mehr lange warten. Ein hellrotes Tuch flatterte am Westturm, als die Kutschpferde aus Scarborough noch nicht einmal ganz trocken gerieben waren.

Am darauffolgenden Sonntag saß Edith gut gelaunt zwischen den Säulen des Pavillons, als wäre sie nie fort gewesen. Nur größer und dünner war sie geworden.

»Wie froh ich bin, dass du zurück bist!«, sagte Emma. »Es war sehr langweilig ohne dich.«

»Ich habe dich auch vermisst, Emma! Weißt du übrigens, dass ich nach Weihnachten zwei Wochen lang mit Davis in London gewesen bin? Dort habe ich ein Buch gelesen, in dem es um einen Professor ging, der aus den Teilen verstorbener Menschen ein lebendiges Wesen kreierte. Er erschuf ein Monster, das gruselig aussah mit all den Narben und Nähten, und niemand mochte es leiden, so furchtbar war sein Anblick. Die arme Kreatur war allerdings sehr wohl in der Lage, zu fühlen und ihre Einsamkeit zu spüren, und du kannst dir nicht vorstellen, was für ein schreckliches Drama dann seinen Lauf nahm. Also, die Geschichte geht so …«

Edith wuchs Emma mit den Jahren über den Kopf, verlor alles Pausbäckige und den letzten Rest an kindlicher Niedlichkeit. Sie lernte Klavier zu spielen, las unzählige Bücher, die eigentlich den Erwachsenen vorbehalten waren, und konnte jede Woche ein neues langes Gedicht aufsagen, manche auch in Französisch, einer Sprache, die in Emmas Ohren klang wie Musik. Ein Dichter namens Swinburne hatte es Edith besonders angetan. Sie rezitierte verzückt seine Verse, in denen derart freimütig von Lust und innigen Küssen gesprochen wurde, dass Emma, obwohl sie doch die Ältere war, gelegentlich der Atem stockte.

In einem Sommer, Edith war zehn Jahre alt, verliebte sie sich in einen Pfau, der hinter ihr herstolzierte, ihr aus der Hand fraß und sich sogar umarmen ließ. Emma fand den Vogel auch hübsch, dass Edith dem Tier aber geradezu verfallen zu sein schien, kam ihr dann doch etwas übertrieben vor. Sie schwärmte unentwegt von ihm: »Schau dir doch nur seinen königlichen Kopfschmuck an! Er ist so stolz und schön, und er liebt mich! Wenn ich könnte, würde ich ihn heiraten und mir selbst eine Krone aus den Federn machen, die er mir schenkt. Würde mir eine Pfauenkrone nicht fabelhaft stehen? Davis sagt manchmal, dass man meinem Gesicht das königliche Blut ansehen kann, das von mütterlicher Seite her durch meine Adern fließt!«

Sir George machte der Liebe ein Ende, indem er dem Pfau ein Weibchen beigesellte und der Vogel daraufhin von Edith abließ, um seiner Artgenossin nachzustellen. Emma gab sich redlich Mühe, ihre bitterlich weinende Freundin zu trösten: »Er kommt bestimmt zu dir zurück!«, sagte sie. Aber der Pfau dachte gar nicht daran, und Edith trauerte lange ihrem »verlorenen Geliebten« nach. Trost fand sie erst, als nach langen Wochen der Trauer ihre Großmutter väterlicherseits, Lady Louisa Sitwell, zu Besuch kam und der betrübten Enkelin spontan einen ihrer Ringe überreichte, einen großen quadratischen Aquamarin mit vier kleinen Brillanten in den Ecken. Solange er noch nicht an einen ihrer Finger passte, trug Edith diesen Ring an einer Silberkette um den Hals.

»Ich muss ihn immer bei mir haben. Er schützt vor dem bösen Blick. Großmutter sagt, der Aquamarin entstammt dem Schatz einer Meerjungfrau und es sei weitaus königlicher, sich mit diesem Stein zu schmücken als mit den vergänglichen Federn eines untreuen Pfaus«, erzählte Edith Emma voller Stolz.

Kurz darauf erfand Edith eine komplizierte Geheimsprache, die Emma sich zu lernen weigerte, weil sie die eigenartigen Silbenkaskaden für sinnloses Gestammel hielt. Edith nahm es ihr nicht übel. »Jede, wie sie mag«, sagte sie achselzuckend und ging nahtlos dazu über zu erzählen, wie sie durch einen todesmutigen Griff in den Rachen eines der Wolfshunde ihres Vaters das Tier vor dem Ersticken gerettet hatte.

Eines milden Frühlingssonntags kam Edith mit einem selbst geschriebenen Schauerroman aus dem Winterquartier, der in einer feierlichen Zeremonie hinter dem Pavillon in Brand gesteckt werden sollte. »Eine Opfergabe zu Ehren Apolls!«, verkündete Edith der staunenden Emma, die zum Glück mehr davon verstand, ein Feuer sicher abzubrennen als die eifernde Jungdichterin, so dass niemand außer dem gewaltigen Stapel handbeschriebenen Papiers zu Schaden kam.

Zwei Winter hintereinander bereiste die Herrschaftsfamilie Italien, und Edith konnte dann von so fantastisch klingenden Orten wie Montegufoni oder Florenz berichten.

Ihr eigenes Leben kam Emma dagegen oft langweilig und ereignislos vor. Abgesehen von harmlosen Vorkommnissen bei der Erledigung ihrer täglichen Haushaltspflichten oder gelegentlichen Arbeitsunfällen der Gärtnereigehilfen hatte sie nie etwas zu berichten. Aber um nichts in der Welt hätte sie mit Edith tauschen wollen. Emma verzichtete gern auf Klaviermusik, Italien, dramatische Lektüren und Opferrituale, um das zu bleiben, was sie war: ein Mädchen, das, wenn es von einem Spaziergang nach Hause zurückkehrte, freudig von seiner Mutter begrüßt wurde und abends beim Vater sitzen und mit ihm reden durfte.

So verging die Zeit auf Renishaw zwischen Winterruhe und Frühjahrsaufregungen, Sommerfreuden und Herbsternten.

Lady Ida bekam ein drittes Kind, einen weiteren Sohn, Sacheverell, den sie fast noch zärtlicher liebte als Osbert. Edith wurde von ihr allerdings schlimmer denn je drangsaliert. Sir George zog sich in seiner Bibliothek immer mehr in die Welt des späten Mittelalters zurück oder verabschiedete sich in rätselhafte Krankheitszustände. Wenn er noch ab und zu in der Realität auftauchte, dann, um nach seinem Garten zu schauen oder seine Tochter spüren zu lassen, welche Enttäuschung ihr undamenhaftes Aussehen und ihre Unsportlichkeit für ihn waren.

Mr Moat wurde zur Freude aller vom Kammerdiener zum Butler befördert, eine Privatlehrerin, Miss King-Hall, wurde eingestellt, eines der Hausmädchen heiratete einen der Pächter, die inneren Gärten wurden um einen Rosengarten erweitert. Vieles änderte sich, Ediths und Emmas heimliche Freundschaft aber blieb davon unberührt. Sobald im Frühling die Koffer der Familie ins Haus gebracht worden waren, hing das rote Tuch am Westturm, und die Mädchen setzten ihre Gespräche einfach dort fort, wo sie sie im Herbst zuvor unterbrochen hatten.

4
Sturm auf die Bastille

Meine Mutter und Miss Edith trafen sich sechs Jahre lang heimlich im Garten, als im Frühling 1900, erst vier Wochen nach dem Eintreffen der Herrschaftsfamilie, etwas Rotes am Westturm wehte und sonntags darauf nicht Edith, sondern das Kindermädchen Davis am Pavillon erschien.

»Emma, du musst mitkommen!«
»Was ist denn los? Wo ist Edith?«
»Wirst du gleich sehen.«

Ohne weiteren Kommentar lief Davis los, Emma eilte hinter ihr her. Hätte die Kinderfrau einfach nur mit ihr sprechen wollen, wäre sie ins Gärtnercottage gekommen oder hätte in der Dienstbotenhalle nach ihr verlangt. Dass Davis am geheimen Treffpunkt gewartet hatte, konnte nur bedeuten, dass sie von Edith eingeweiht worden war, und dafür musste es Gründe geben.

Emma folgte Davis durch die inneren Gärten bis zum Kücheneingang, die Bedienstetentreppe hinauf, weiter den Gang entlang, an der großen Halle vorbei, über die imposante Holztreppe zu den privaten Räumlichkeiten der Herrschaft – auf dem gleichen Weg, den Emma zwölf Jahre zuvor schon einmal alleine bewältigt hatte. Bis auf einige mannshohe chinesische Vasen, die den Standort gewechselt hatten, war nichts verändert worden. Emma konnte sich noch an beinahe jedes Detail erinnern, selbst das kleine Gemälde von dem Mädchen mit dem Terrier, das ihr damals so gut gefallen hatte, hing noch am selben Platz. Sie wäre gern stehen geblieben, um es sich in Ruhe anzusehen, aber Davis trieb zur Eile an.

Oben im Flur, zwei Türen links von der, hinter der die fünfjährige Emma damals Edith als Baby vorgefunden hatte, blieb Davis stehen, legte die Hand auf die Klinke und flüsterte: »Nicht erschrecken!«

Sie öffnete die Tür und schob Emma vor sich in den Raum.

Wenig Licht drang in das Zimmer, und es war derart vollgestopft mit Büchern, Zeichen- und Schreibutensilien, dass Emma einen Moment benötigte, um sich darin zu orientieren. In der Mitte standen zwei Holztische dicht aneinandergeschoben, Papiere, Skizzen, aufgeschlagene Bücher und Notizhefte stapelten sich darauf und darunter, an der Fensterseite stand eine Klapptafel, auf der jemand in schnörkeliger Schrift etwas in einer Emma unbekannten Sprache geschrieben hatte. In der rechten Ecke dahinter, halb verdeckt von der Klapptafel, entdeckte Emma Edith. Ihr Blick war von einem heiseren Keuchen gelenkt worden, fast hätte man Lady Idas verfetteten Mops im Zimmer vermutet, aber das, was sich da in der halbdunklen Ecke aufhielt, war kein Hund.

Meiner Mutter trieb es Jahrzehnte später noch Tränen in die Augen, als sie mir Ediths Foltermaschine beschrieb:

»Ihr Leib war in ein von Leder und Schnallen, Gummi- und Leinenbändern gehaltenes eisernes Riesenkorsett eingespannt, das unter den Achseln begann und bis zu den Knöcheln hinunterreichte. Von oben bis unten war sie gefesselt und geknebelt, die Arme standen in einem seltsamen

Winkel vom Rumpf ab, als wären sie dort falsch angebracht worden, um Stirn und Wangen zogen sich dunkelgraue Gummibänder, die zwei gepolsterte, mit einer dünnen gebogenen Eisenstange verbundene Stahlplatten jeweils rechts und links auf die Nasenflügel pressten. Edith war weder in der Lage, frei zu atmen noch sich zu bewegen, nicht einmal eigenständig die Fliegen von ihrem Gesicht verscheuchen konnte sie.«

Auf meine Frage, warum man ihr so etwas angetan hatte, antwortete meine Mutter: »Sie wuchs zu schnell, zu krumm, bekam das, was ihr Vater, wie immer wenig taktvoll, eine ›gigantisch-unansehnliche Hexennase‹ nannte. Man befürchtete, die Tochter später nicht standesgemäß an den Mann bringen zu können. Sie sollte in Form gebracht werden, solange es noch Zeit dafür war. Eine Wachstums-, Haltungs- und Gesichtskorrektur, hieß es, alles sei nur zu Ediths Bestem. Ein berühmter Spezialist aus London hatte die Konstruktion eigens für sie angefertigt, sie musste ein Vermögen gekostet haben. Aber da kannte selbst der ansonsten so knauserige Sir George nichts: Gefälliger, ansehnlicher, der Norm entsprechender musste Edith werden, das hatte Priorität. Doch der Körper seiner Tochter ließ sich genauso wenig zurechtstutzen wie ihr Geist – im Gegenteil: Ihren Geist machten sie durch diese Quälerei erst richtig wild – was die Chancen auf dem Heiratsmarkt weiter herabsetzte.

Als Edith in dieses Folterinstrument gepresst wurde, war sie noch ein Kind – ein zwölfjähriges Mädchen, dem zu all dem, was man ihm sowieso schon antat, jetzt auch noch die Luft zum Atmen genommen wurde. Von den Schmerzen, die diese Höllenapparatur ihr zufügte, ganz abgesehen.«

»Oh Gott!«, entfuhr es Emma, und sie konnte zunächst nicht anders, als Edith anzustarren wie ein Monster, denn genauso sah sie aus: ein Wesen wie aus ihren eigenen gruseligen Erzählungen, Frankensteins Tochter. Was hatte Emma sich bei dieser Geschichte gegruselt!

»Was zum …?«

Emma verstummte, als sich Davis Finger schmerzhaft in ihre rechte Schulter bohrten. »Ich habe doch gesagt: nicht erschrecken!«, zischte die Kinderfrau, und Emma wurde klar, dass Davis nicht sie hatte warnen, sondern Edith vor ihrer Reaktion hatte schützen wollen.

»Ist schon gut, Davis«, sagte Edith, röchelnd, nasal, kaum zu verstehen.

Davis nickte Edith zu, murmelte dann zu Emma gewandt: »Tut mir leid.«

Sie stirbt, dachte Emma. Ich werde zu Edith gebracht, damit wir uns vor ihrem Tod noch einmal sehen. Dann aber kam ihr ein Gedanke, mit dem sie sich zu beruhigen suchte: Eine Nachricht von derartiger Tragweite hätte längst die Runde bis zum Gärtnercottage gemacht, und wenn Emma sich in den vergangenen Wochen möglichst beiläufig nach dem Stand im Herrschaftshaus erkundigt hatte, war lediglich von Lady Idas zunehmend kostspieligen Extravaganzen und Sir Georges neuesten Schrulligkeiten die Rede gewesen, kein Wort über Edith oder deren Gesundheitszustand. Was also war hier los?

»Ihr habt maximal zehn Minuten«, sagte Davis.

Edith näselte etwas, das Emma nicht verstand.

»Wie bitte?«

»Sie hat Sorge, dass du erwischt wirst.« Davis war offenkundig bereits geübter darin, Ediths Laute zu deuten.

»Machen Sie sich keine Sorgen um Emma, Miss E., das geht in Ordnung. Ich bin ja dabei.«

Emma war noch immer fassungslos.

»Hast du ... Hast du Schmerzen?«, stammelte sie schließlich.

»Ach wo«, keuchte Edith, mühsam jede Silbe einzeln betonend. »Ich genieße es über die Maßen, zu ersticken und gleichzeitig in diesem Schraubstock zu Most verarbeitet zu werden.«

Davis wollte auch diesen Satz für Emma übersetzen, aber Emma machte ihr ein Zeichen, dass sie verstanden hatte.

»Bist du krank?«, fragte sie.

Davis lachte bitter: »Krank ist nur dieser Apparat.«

»Wer hat ihr das angetan?«, fragte Emma.

»Dreimal darfst du raten.«

Meine Mutter nannte es später »meine erste erwachsene Tat«, den Moment, in dem sie sämtlichen Respekt vor Herrschaften oder wie auch immer gearteten Autoritätspersonen verlor und eigenständig zu handeln begann. Und wenn ich sie so ansah, wie sie noch als ältere Frau beim Erzählen die Fäuste ballte und vor Wut schäumte, glaubte ich gerne, dass es in ihrem Leben ein Davor und ein Danach gegeben hatte.

»Ich war siebzehn Jahre alt und ein einfaches Mädchen vom Land, aber ich hätte mich in diesem Augenblick von niemandem aufhalten lassen, sei er nun Kammerdiener, Baron, die Tochter eines Lords oder die Königin von England.«

Emma war entschlossen auf Edith zumarschiert, hatte dabei den einen Zeichentisch mit einem wütenden Stoß zur Seite geschoben, dann die Stehtafel umgeworfen, war dicht vor ihre geknebelte Freundin getreten und hatte nach dem Ende des Gummibands gegriffen, das über die rechte Wange gespannt und mit einer Stellschraube am Stirnband befestigt gewesen war.

»Nicht!«, rief Davis.

»Oh doch!«, erwiderte Emma.

Mit wenigen Handgriffen lockerte sie eine Schraube, dann eine weitere, zog ein Gummiband aus der Öse an der Stirn, löste noch zwei Schrauben an der Eisenstange, die in der Höhe von Ediths Oberlippe verlief, nahm die rechte Platte von Ediths Gesicht und ließ sie krachend auf das Parkett fallen. Anschließend legte sie auf die gleiche Weise auch den linken Nasenflügel frei und nahm die Eisenstange ab. Das verbliebene Band zog sie sanft über Ediths Hinterkopf, warf es dann zu den anderen Sachen auf den Boden. Als das geschafft war, strich Emma mit den Fingerspitzen über die geröteten Abdrücke in Ediths bleichem, malträtiertem Gesicht, immer und immer wieder. Sie nahm ein sauberes Taschentuch aus ihrer Schürzentasche und wischte Edith, die sich während ihrer Befreiung kein einziges Mal gerührt hatte, die Tränen von den Wangen.

»So ist's gut. Schnäuz mal da rein!«

Sie hielt Edith das Taschentuch an die Nase, Edith tat, wie ihr geheißen, und Emma steckte das benutzte Tuch wieder ein.

»Besser?«, fragte sie.

Edith räusperte sich: »Viel!«

»Sollen wir den Rest auch abmachen?«

»Emma, bitte!«, hörten sie Davis' Stimme hinter sich flehen. »So gern ich das befürworten möchte, aber das dürft ihr nicht tun!«

Davis hatte sich vor die Zimmertür postiert. Als Emma

sich zu ihr umwandte, bemerkte sie, dass auch der Kinderfrau Tränen die Wangen herunterliefen.

Edith sagte: »Lass nur. Sie werden mich ja doch wieder einspannen, wenn der Unterricht beginnt, und das Anlegen schmerzt am meisten. Es tut gut, dass ich jetzt mal ein bisschen Luft schnappen kann.«

»Wie lange lassen sie dich denn in diesem Folteranzug alleine hier im Zimmer rumstehen?«

»Endlos. Aber ich bin lieber stundenlang alleine mit den Büchern hier, als dass jemand von Mamas abscheulichen Gästen zu mir geführt wird, um sich über den Anblick lustig zu machen.«

Emma blickte sich wieder zu Davis um.

»Davis tut bereits alles, was in ihrer Macht steht«, sagte Edith. »Tagsüber ist es irgendwie auszuhalten. Du solltest das Ding sehen, in das sie mich nachts einschrauben.«

Emma fuhr mit der Hand durch Ediths feines weiches Haar, strich ihr nochmals übers Gesicht.

»Warum hast du so lange gewartet, bis du mir Davis geschickt hast?«, fragte Emma leise.

»Ich habe gehofft, du kommst irgendwann von selber. Hast du doch schon einmal gemacht.«

»Und ich dachte, du verkehrst jetzt lieber mit jungen Lords und Prinzessinnen.«

»Niemals!«

Emma reichte ihr noch einmal das Taschentuch.

»Am liebsten würde ich dich mitnehmen und in der Gärtnerei verstecken.«

»Das klingt wunderbar.«

»Wir ziehen dir eines meiner Kleider an, machen hinten im alten Geräteschuppen ein Lager für dich und sagen allen, du seist weg, abgehauen, so wie du's früher immer gewollt hast, nur diesmal eben richtig.«

»Ich könnte eure Schuppeneremitin sein, in hundert Jahren würde mich keiner dort vermuten, und wenn sie mich dann für tot erklärt und vergessen haben, könnte ich ein Leben als gewöhnliches Dienstmädchen beginnen.«

»Mein Vater hat eine Tante, deren Mann besitzt eine Wäscherei in Mosborough, vielleicht könntest du dort ...«

»Schluss jetzt, Emma!«, unterbrach Davis die Mädchen barsch.

»Dafür habe ich dich nicht hergebracht. Miss Edith wird sich niemals verstecken können, sie ist so auffällig wie ein grün-weiß karierter Windhund, daran wird auch kein noch so gewöhnliches Kleid etwas ändern. Und wie soll sie es ohne Klavier und ohne Bibliothek länger als einen Tag in eurem Schuppen aushalten? Abgesehen davon: mit den Händen arbeiten? Im Dreck wühlen? Sich von Seifenlauge die Haut von den Knochen schälen lassen? Wollen Sie das, Miss Edith?«

»Will ich das hier?« Edith deutete mit beiden Händen auf ihren eingespannten Leib, was mit den seltsam abstehenden Armen so grotesk aussah, dass Emma beinahe gelacht hätte.

»Bei der Gärtnerfamilie werden Sie sich jedenfalls nicht besser fühlen, Miss E., glauben Sie mir.«

»Wo denn dann?«, schrie Edith.

Davis schüttelte traurig den Kopf: »Ach, ihr lieben jungen Dummköpfe!«

Emma wollte protestieren, sagen, dass Davis kein Recht habe, von ihrem Elternhaus oder von der Arbeit, die ihre Eltern ausübten, zu sprechen, als wäre das etwas Minderwertiges. Aber natürlich war es blanker Unsinn, ausgerechnet Davis etwas Derartiges vorzuwerfen. Mehrfach hatte Emma sie in der Dienstbotenhalle voller Verachtung über »die adelige Nutzlosigkeit und hochherrschaftliche Faulheit« schimpfen hören und dass »die aus der oberen Etage« von »anständiger und ehrenwerter Arbeit keinen Schimmer« hätten. Sogar der sanftmütige Mr Moat, der sich selbst oft genug an Sir Georges Eigenheiten aufrieb, hatte Davis bereits wiederholt ermahnt, doch bitte etwas mehr Respekt vor den Herrschaften an den Tag zu legen, andernfalls werde sie noch ihre Stellung verlieren.

»Emma, beruhige dich einen Moment und hör mir zu«, fuhr Davis fort. »Natürlich kannst du Edith nicht einfach mitnehmen, aber ich weiß etwas Besseres. Ich finde nämlich, du würdest ganz hervorragend in dieses Haus passen.«

»Ich?«

»Wie dafür gemacht«, sagte Davis und sah plötzlich überhaupt nicht mehr traurig aus.

»Ist die viel wichtigere Frage nicht, wie wir Edith aus diesem Folterwerkzeug herausbekommen?«

»Wir bekommen sie nicht da raus«, sagte Davis. »Glaub mir, ich habe alles versucht. Sir George und Mylady haben sehr deutlich gemacht, dass die Behandlung in jedem Fall bis zum Winter fortgeführt wird. Mir wurde sogar mit Entlassung gedroht, wenn ich weiter insistiere.«

»Und wenn sie erstickt? Wollen sie an ihrem Tod schuldig sein?«

»Nicht so laut«, mahnte Edith.

»So schnell erstickt man nicht«, sagte Davis. »Edith wird das noch eine Weile aushalten müssen. Aber es lässt sich vielleicht doch etwas für sie tun. Ich selbst muss mich leider hauptsächlich um die Jungen kümmern.«

»Und da lasst ihr Edith einfach hier verrotten.«

Davis ließ sich von Emmas Zorn nicht aus der Ruhe bringen: »Nein, Liebes, genau das werden wir eben nicht zulassen. Wir helfen, wo es geht, und vielleicht gibt es auch eine Möglichkeit, wie du Edith beistehen kannst.«

Emma sah sie fragend an.

»Mr Moat habe ich bereits eingeweiht, er findet die Idee großartig …«

Bevor sie weitersprechen konnte, gab es einen dumpfen Knall, Davis stieß gleichzeitig einen quietschenden Laut aus und machte einen Sprung nach vorne. Während sie sich mit schmerzverzerrtem Gesicht ins Kreuz fasste und stöhnte, tauchte hinter ihr im Türrahmen ein kleiner Junge auf. Er mochte wohl sechs Jahre alt sein.

»Osbert! Ich habe dir schon hundert Mal gesagt, dass du anklopfen sollst, bevor du in ein Zimmer stürmst!«

»Sir Osbert, bitte sehr!«, sagte der Junge grinsend. Erstaunlicherweise schien seine Frechheit Davis nicht aufzuregen.

»Du bringst mich noch ins Grab, Holzköpfchen«, sagte sie liebevoll.

Osbert lachte: »Auf gar keinen Fall! Du überlebst uns alle, beste Davis, das ist ein Befehl!«

Der Kleine gefiel Emma auf Anhieb. Er sah klug, selbstbewusst und niedlich aus mit seinen wachen graublauen Augen – eine hübschere, männliche Miniaturausgabe von Edith.

»Was geht hier eigentlich vor? Und was macht die hier? Für jemand von Mamas Gästen bist du nicht gut genug angezogen«, wandte er sich an Emma, ohne den leisesten Hauch kindlicher Verlegenheit.

Emma dachte: Er könnte mich durchaus schon neben meinem Vater in der Kirche gesehen haben, wenn er gewollt hätte, der feine kleine Herr, dann wüsste er, wer ich bin. Laut sagte sie: »Ich bin Emma Banister, und was ich trotz der in deinen Augen minderwertigen Bekleidung hier mache, ist Folgendes: Ich sorge dafür, dass deine Schwester einen Augenblick lang Luft holen kann. Was dagegen, Sir?«

Sie hörte Davis scharf einatmen. Kaum dass Emma ihren Satz beendet hatte, stürzte Osbert blitzartig auf sie zu, klammerte sich wie ein Äffchen an ihre Beine und schrie: »Oh nein, nein und nochmals nein! Ich danke dir, dass du ihr beistehst!«

Sie sind alle komplett verrückt, dachte Emma und schaute hilfesuchend zu Davis, während sie Osbert übers Haar streichelte.

Davis zuckte bloß mit den Schultern.

»Ozzy«, sagte Edith ungerührt, »das ist wirklich herzbewegend von dir, aber nun verschwinde wieder ins Kinderzimmer und lass die großen Leute in Ruhe!«

Der Kleine löste augenblicklich seine Umklammerung. Emma riss ihre Hände hoch, als hätte sie auf die heiße Herdplatte gefasst. »Ich habe dem Erben von Renishaw Hall den Kopf getätschelt«, murmelte sie.

Davis fing an zu lachen und sagte: »Du willst nicht wissen, wie oft ich dem Erben von Renishaw schon die Windeln gewechselt habe.«

»Ach, Davis, das war vor hundert Jahren …«, murmelte Osbert beleidigt.

»Jetzt aber ab mit dir, Mister!«, befahl Edith. »Bevor wir hier noch erwischt werden und Mama uns allesamt liquidieren lässt.«

»Mich nicht, wollen wir wetten?«

Davis nahm den Jungen bei den Schultern, drehte ihn zu sich um und schaute ihm streng in die Augen: »Wie dem auch sei. Du wirst nichts verraten, kleiner Mann, ist das klar?«

»Klar.«

»Denn wenn du es nicht vermasselst, kann Emma vielleicht bald öfter hier sein. Würde dir das gefallen?«

»Ja! Sehr sogar. Aber wo haben wir denn eigentlich plötzlich so eine fabelhafte Emma her?«, fragte Osbert.

Edith verdrehte die Augen: »Nicht wir, sondern ich, du Nervensäge. Emma ist meine Freundin. Außer dir und Davis weiß aber niemand davon, und es wäre gut, wenn das so bleiben könnte.«

»Wir haben also ein Geheimnis, richtig?«

»Ozzy!«, sagte Edith.

»Ja, ja, ja, Abgang Sir Osbert, ich hab's verstanden.«

Er deutete eine galante Verbeugung an: »Freut mich sehr, dich kennengelernt zu haben, fabelhafte Emma!«

»Die Freude ist ganz meinerseits, Osbert. Und herzlichen Dank im Voraus für deine Diskretion!«

»Kann sie bitte auch meine Freundin werden, Edie? Du hast doch schon einen Spaniel mehr als ich.«

»Raus! Sofort!«, riefen Edith und Davis gleichzeitig.

Kaum war der Junge aus dem Zimmer gehuscht, wandte sich Edith an Davis: »Also. Welche Idee fand Mr Moat auch gut? Was habt ihr mit Emma vor?«

Eine Woche später hörte Emma Banister im Studierzimmer zu, wie Edith mit viel Pathos ein schier endloses Gedicht vortrug, in dem es um eine geraubte Locke ging – und wenn jemand von der Herrschaft zufällig hereingekommen wäre, hätte er oder sie niemanden außer einem eifrigen Hausmädchen im Raum vorgefunden, das den Staub von den Buchrücken wedelte. Eine Erklärung, warum Edith nicht ihre Nasenkorrekturvorrichtung trug, hatten sie für diesen Fall auch parat: Miss Edith habe einen leichten Schnupfen verspürt, und das neue Mädchen sei ihr behilflich gewesen, damit sie sich schnäuzen könne. Aber die Gefahr, dass Vater oder Mutter nach der in ihre orthopädischen Vorrichtungen eingespannten Tochter geschaut hätten, war gering. Lady Ida verließ ihr Zimmer nur selten, und was Sir George anging, wusste man zwar nie, was ihm gerade einfiel, aber dass er spontan seine Älteste besuchte, war völlig ausgeschlossen.

»Habe ich das nicht wunderbar eingefädelt?«, triumphierte Davis am Morgen von Emmas Dienstantritt, und auch Mr Moat blinzelte während der offiziellen Begrüßung Emmas im Kreis der Dienerschaft mit Verschwörermiene. Dabei war es gar keine große Sache gewesen, Emma diese Stelle zu verschaffen. Sie war mit ihren fast achtzehn Jahren alt genug, und abgesehen davon schien niemand geeigneter für die ohnehin zu besetzende Stelle eines Hausmädchens zu sein als meine zukünftige Mutter, die ebenso hübsche wie beliebte Tochter des hochverdienten obersten Gärtners Banister und der ehemaligen Küchenmagd Alice. Auch die für die Zofen und Hausmädchen zuständige neue Hausdame, Mrs Jamison, zeigte sich nur zu gerne bereit, der Anstellung zuzustimmen. »Freundlichkeit, Diensteifer und ein guter Ruf zählen in dieser Position sehr viel mehr als Erfahrung«, hatte Mrs Jamison gesagt. Da die Lady Ida Mrs Jamison bei sämtlichen Entscheidungen bezüglich der Haushaltsführung freie Hand ließ und nicht mit Personalfragen im »niederen Bereich« belästigt zu werden wünschte, war nicht einmal ein Vorstellungsgespräch nötig gewesen.

Emma Banister zog also mit ihrem Köfferchen und wenigen Habseligkeiten vom Gärtnercottage in den Dienstbotentrakt, wo sie dank Fürsprache und Vermittlung von Mr Moat eine kleine Kammer ganz für sich bekam, ohne Fenster zwar, aber hell gestrichen und mit einem hübschen Waschtisch sowie einem Bett mit ordentlicher Matratze ausgestattet. Emma freute sich, endlich von den Eltern unabhängig für sich selbst sorgen zu können, jedenfalls während der Sommersaison. Victor Banister war stolz, dass seine Tochter eine gute Stellung angeboten bekam, bedauerte aber auch ein wenig, dass er sie nicht mehr jeden Tag bei sich haben würde. Die zunehmend kränkliche Alice fürchtete, ohne Emmas Unterstützung nicht zurechtzukommen, aber sie wollte nicht, dass ihre eigene Schwäche dem Kind im Wege stand, und ließ die Tochter ziehen.

Da lediglich ein kleiner Teil des Personals zur Überwinterung mit nach Scarborough genommen wurde und in dem leeren Haus dann nur einige wenige Dienstboten verblieben, konnte man davon ausgehen, dass Emma als jüngstes Hausmädchen während der langen Abwesenheit der Herrschaftsfamilie wieder bei ihren Eltern wohnen würde.

Emma lernte zügig und zuverlässig die ihr aufgetragenen Dienste zu verrichten, schwatzte zwischendurch gern mit den anderen Haus- und Küchenmädchen oder mit Mrs Hobbs und fand sich sehr viel schneller in den Fluren und Stockwerken des verwinkelten Hauses zurecht als die meisten Neulinge vor ihr.

Dass es ihr gelang, trotz ihres reichlich bemessenen Pensums an Arbeit immer wieder bei Edith vorbeizuschauen, kurz mit ihr zu plaudern oder sich von ihr etwas vorlesen zu lassen, lag auch daran, dass nach und nach die übrigen Angestellten von Davis eingeweiht worden waren und deswegen ein Auge zudrückten. Die für Ediths Unterricht zuständige Gouvernante, Mrs King-Hall, hatte feste, berechenbare Zeiten, zu denen sie kam und ging; abgesehen davon nahm auch sie Partei für Edith, wenn es darauf ankam, und übersah im Ernstfall Emmas Anwesenheit großzügig.

In der Dienstbotenhalle war man ohnehin ganz auf Seiten der Kinder. So bekam Emma von Mrs Hobbs, der Hausdame oder dem obersten Hausmädchen oft zusätzliche, manchmal auch unnötige Aufträge, die sie in die Nähe von Edith führten.

»Emma, bring Miss E. doch bitte den Tee nach oben.«

»Emma, kümmere dich um die Vorhänge in Miss E.'s Studierzimmer.«

»Emma, schüttele bitte die Kissen in Miss E.'s Schlafzimmer auf.«

Wenn sie dann den Raum betrat, in dem Edith sich gerade aufhielt, befreite Emma sie in Windeseile von der Nasenvorrichtung und dehnte ihren Aufenthalt so lange aus, wie es irgend ging. Edith dankte es ihr mit verrückten Geschichten, lustigen Gedichtvorträgen und Lektüreempfehlungen, so wie früher, als sie sich noch am Pavillon getroffen hatten. Ab und zu wollte Edith von Emma auch etwas aus der Dienstbotenetage erfahren, war begierig nach Details über die Küchenmädchen oder Mrs Jamison. Und Emma gewöhnte sich an, die Berichte etwas auszuschmücken, damit sie spannender und unterhaltsamer wurden.

»Künstler müssen die Realität gestalten!«, hatte Edith einmal gesagt. Das hatte Emma gefallen.

Gelegentlich schneite Osbert bei ihnen herein, und weil er nie etwas ausplauderte, durfte er das eine oder andere Mal bleiben, den Mädchen zuhören oder sich sogar an ihren Unterhaltungen beteiligen.

Sie genossen die Zeiten des Zusammenseins, auch wenn es nicht mehr das Gleiche war wie damals, als sie noch gemeinsam durch den Garten gestreift waren oder nebeneinander auf den Stufen vor Esmeralde gehockt hatten. Jetzt trug Emma Schürze und Haube, hatte ihre Freundin mit »Miss Edith« anzureden, wenn andere in der Nähe waren, musste mehrfach in der Woche die herrschaftlichen Bettpfannen ausspülen und lag abends mit schmerzenden Füßen in ihrer Kammer, viel zu erschöpft, um noch in die Bücher zu schauen, die Edith ihr mitgab, »falls du Langeweile hast«. Emma las weder »Little Dorrit« noch »Die Memoiren des Barry Lyndon« und auch nicht »Die Pächterin von Wildfell Hall«. Aber ihr gefiel das neue Leben im Haupthaus. Edith und sie fühlten sich wie Rebellinnen, die den Herrschaften eine lange Nase drehten und sich über die ihnen gebotenen Grenzen einfach hinwegsetzten.

»Du und ich, Emma, wir werden niemals wie normale Menschen sein! Wir sind für das Besondere gemacht, wir müssen ins Weite!«

»Ich finde normale Menschen meistens ganz angenehm, Edith, und die Gänge im Ostflügel sind mir Weite genug, wenn ich dort sämtliche Vasen und Kommoden und Bilderrahmen vom Staub befreien muss.«

»Ach was, du und dein Staubwedel! Wir müssen uns erheben aus dem Staub, ihn abschütteln, unsere Arme ausbreiten und fliegen lernen!«

»Wir müssen erst mal dafür sorgen, dass du dich wieder

auf deinen eigenen Beinen fortbewegen kannst, dann denken wir über Flügel nach.«

Emma umarmte Edith jedes Mal, bevor sie mit der Versicherung, wie leid ihr das tue, die Nasenkorrektur wieder in das Gesicht ihrer Freundin schraubte.

Als Ende August eine lang anhaltende Sommerhitze die dicken Mauern von Renishaw durchdrungen hatte, ging Emma gelegentlich auch nachts zu Edith, um ihr ein feuchtes Tuch auf die Stirn zu legen, die Halterungen an den Knöcheln zu lockern, die Stechmücken aus ihrem Gesicht zu vertreiben oder das Wasserglas anzureichen.

Obwohl sie nichts auf Mrs Hobbs' Behauptung gab, der vor hundert Jahren im See ertrunkene »rote Junge«, dessen Porträt im Esszimmer hing, treibe nächtens sein Unwesen auf Renishaw Hall, und wenngleich sie sich auch nicht vor dem bleichen Gesicht eines tragisch verschiedenen Urahns fürchtete, das angeblich in hellen Mondnächten an den Fenstern auftauchte, befiel sie doch jedes Mal ein leichtes Unbehagen, wenn sie alleine in dem nur an ausgesuchten Stellen von Petroliumlampen beleuchteten Haus unterwegs war.

Eines Nachts huschte Emma gerade die große Treppe hinauf, als die Standuhr in der großen Halle Mitternacht schlug, und sie beeilte sich daraufhin so sehr, dass sie weder etwas kommen hörte noch die Wolke aus dem Rauch ägyptischer Zigaretten bemerkte, die für gewöhnlich vor der Präsenz des Hausherren in den Fluren warnte. Völlig unvorbereitet prallte sie auf dem oberen Treppenabsatz frontal mit ihm zusammen.

»Hoppla!«, rief Sir George.

Emma konnte an seinem Atem riechen, dass er sich bereits den einen oder anderen Mitternachtsschluck genehmigt hatte.

»Entschuldigen Sie bitte vielmals, Sir, ich habe Sie nicht gesehen.«

Im selben Moment wurde Emma sich ihrer Erscheinung bewusst, und am liebsten wäre sie im Boden versunken: Sie war mit nichts als einem dünnen Nachthemd bekleidet, die Haare nachlässig zu einem Zopf gewunden, keine Schuhe an den nackten Füßen … Auch wenn es auf dem Treppenabsatz ziemlich düster war, schien doch vom Fenster her Mondlicht herein, und der Hausherr war nicht blind. Emma schlang die Arme um ihren Oberkörper.

»Na? Kannst du auch nicht schlafen?«, fragte Sir George freundlich, als sei es völlig normal, dass ihm um diese Uhrzeit und an dieser Stelle ein leicht bekleidetes Hausmädchen in den Bauch rannte. Er hatte ein großformatiges Buch unter den Arm geklemmt, das er Emma reichte.

»Halt mal, bitte.«

Verblüfft nahm Emma ihm das Buch ab. Große goldene Lettern schimmerten auf dem Deckel, sie entzifferte die Worte »Studien« und »Landschaftsgärtnerei«, fragte sich, was sie damit sollte. Würde Sir George Mrs Jamison wecken? Musste sie noch in dieser Nacht ihren Koffer packen? Hatte sie sonstige Maßregelungen oder gar Schlimmeres zu erwarten? Im Notfall konnte sie immer noch das Haus zusammenschreien und mit dem Buch zuschlagen. Nach allem, was sie jedoch bislang gehört hatte, zählte Sir George nicht zu dieser Art Hausherren, sonst hätten die anderen Mädchen oder ihre Mutter sie vorgewarnt.

Sir George kramte etwas aus der Tasche seines dunkelblauen Samtmorgenrocks und hielt es Emma hin.

»Auch eine?«

Bevor Emma weiter darüber nachdenken konnte, hatte sie mechanisch eine Zigarette entgegengenommen und sie sich zwischen die Lippen gesteckt, wie sie es schon so oft bei ihrem Vater gesehen hatte. Sir George holte noch etwas aus seiner Rocktasche, riss ein Streichholz an und reichte Emma Feuer. Im Licht der Flamme, die für einige Sekunden zwischen ihnen flackerte, sah sie seine hellen Augen aufleuchten, den roten Bart, das hagere, wohlwollend lächelnde Gesicht. Bereits beim ersten Zug fing Emma heftig an zu husten.

»Sind kräftig, nicht wahr?«, sagte Sir George, dem die Situation Vergnügen zu bereiten schien.

Emma nickte, musste erneut husten. Sir George nahm sein Buch wieder an sich.

»Du bist Banisters Tochter.«

Emma nickte wieder, vermied es, ein weiteres Mal an der Zigarette zu ziehen, und sagte: »Hätte nicht gedacht, dass Sie mich kennen, Sir.«

»Doch, doch. Ist mein bester Mann, Banister, versteht was von seinem Handwerk.« Er klopfte mit dem Knöchel seines Zeigefingers auf den Buchdeckel. »Man sagt ihm, wie man es gerne hätte, und Banister kriegt es hin. Er trotzt der englischen Witterung Resultate ab, von denen andere nur träumen können.«

»Das freut mich zu hören, Sir.«

»Warst früher ein schüchternes kleines Ding. Bist immer davongehuscht, wenn ich in die Gärtnerei gekommen bin.«

»Tut mir leid, Sir.«

»Braucht dir nicht leidzutun, Kindchen, ganz und gar nicht.«

»Danke, Sir.«

»Aber jetzt bist du nicht mehr schüchtern, richtig?«

Emma spürte einen Schweißtropfen zwischen den Schulterblättern herunterlaufen, sie machte einen Schritt vom Hausherren weg, ärgerte sich, dass sie nicht einmal ein leichtes Tuch mitgenommen hatte, um sich zu bedecken.

»Ich bin schon seit Längerem nicht mehr schüchtern, Sir George«, sagte sie und hoffte, dass es abwehrend genug klang.

»Gut so, sehr gut«, sagte Sir George. »Arbeitest du etwa hier?«

»Seit April.«

»Als Küchenmagd, wie deine Mutter? Prächtige Frau übrigens.«

»Ich bin Hausmädchen, Sir«, sagte Emma, erstaunt, dass der Baronet sich anscheinend auch an ihre Mutter erinnerte.

»Wirklich? Fabelhaft! Wie eigenartig, dass ich das erst jetzt bemerke, findest du nicht? Was machst du eigentlich hier? Du hast doch sicher ein Zimmer im Dienstbotentrakt, oder etwa nicht?«

Emma spürte, wie sie errötete. Sie ärgerte sich ebenso über sich selbst und ihr dummes Gestammel wie über diesen eigenartigen Mann, der um Mitternacht nichts Besseres zu tun hatte, als mit einem alten Gartenbuch durchs Haus zu geistern und unpassend gekleidete Mädchen anzusprechen. Emma bemühte sich, so selbstbewusst zu wirken, wie es eben ging, streckte ihren Rücken durch, hob ihr Kinn und sagte: »Sehr richtig, Sir.«

Was fragt er mich solche Sachen?, dachte sie. Warum kündigt er mir nicht einfach auf der Stelle oder meldet mich Mrs Jamison oder geht seiner Wege und lässt mich in Frieden?

»Und was treibt dich dann mitten in der Nacht aus deiner Kammer hierher? Wie war doch gleich dein Name?«

Jetzt entlässt er mich, dachte Emma, und weil sowieso schon alles egal war, entschied sie sich für die ungeschönte Wahrheit: »Emma, Sir. Ich will eben nach Edith schauen. Es ist wegen der Insekten, sie kann sich doch nachts nicht bewegen in diesem Folterwerkzeug.«

Sir George stutzte kurz, aber zu Emmas größtem Erstaunen machte es nicht den Eindruck, als ärgere er sich über ihre anmaßenden Worte.

»Hm«, brummte er nachdenklich, aber nicht unfreundlich, und jetzt hätte Emma gerne noch einmal die Flamme dicht vor seinem Gesicht gehabt, um seine Stimmung besser erkennen zu können.

»Das ist sehr liebenswürdig von dir, Emma, das muss ich wirklich sagen«, sagte Sir George und fügte nach einer kleinen Pause hinzu: »Was du ein Folterwerkzeug nennst, ist übrigens modernstes medizinisches Gerät und leider notwendig, wenn aus Edith noch irgendwann mal irgendetwas Ansehnliches werden soll. Verstehst du das?«

»Ich weiß nicht, Sir«, sagte Emma trotzig. »Ich finde Edith nämlich gut so, wie sie ist.«

Sie konnte es später nicht beschwören, ob sie im fahlen Mondlicht wirklich richtig gesehen hatte, aber sie war sich fast sicher, dass Sir George lächelte, während er sagte: »Wie schön, dass sie wenigstens einer Menschenseele gefällt.«

Emma war zu verblüfft, als dass sie etwas entgegnen konnte.

»Dann will ich dich mal nicht länger von der guten Tat abhalten«, sagte Sir George und wandte sich zum Gehen. »Grüß deinen Vater von mir, ach nein, den sehe ich bestimmt noch vor dir, wir müssen nämlich dringend das Problem mit den Azaleen angehen. Ob wir das südliche Treibhaus vergrößern sollten? Das wäre eine Lösung, richtig? Gute Nacht, Emma. Vielleicht hat Banister mir ja erzählt, dass seine Tochter jetzt bei uns im Dienst ist, und ich habe es nur vergessen, das wäre mal wieder typisch. Ein Glückspilz, dieser Banister, das muss der Neid ihm lassen. Ich frage ihn morgen nach dir.«

Emma stand noch eine ganze Weile wie gebannt auf dem Treppenabsatz, die verglühende Zigarette zwischen den Fingern, während sie dem Hausherrn nachschaute, wie er beständig vor sich hin murmelnd die große Holztreppe hinunterstieg. Ihre Augen füllten sich mit Tränen, und sie konnte hinterher selbst nicht genau sagen, ob vor Zorn oder vor Erleichterung. Als Emma im Untergeschoss die Bibliothekstür hinter Sir George ins Schloss schnappen hörte, war sie endlich wieder in der Lage, sich zu rühren. Sie wischte sich mit dem nackten Unterarm die Tränen aus dem Gesicht, warf die Zigarette in die nächste Blumenvase und lief zurück zu ihrer Kammer.

Am darauffolgenden Tag begegnete ihr Sir George im großen Flur. Emma murmelte verlegen einen Gruß, aber der Hausherr ging ohne irgendein Anzeichen des Wiedererkennens wortlos an ihr vorbei. Auch wenn sie sich im ersten Augenblick darüber ärgerte, war sie im nächsten Moment doch froh, dass er ihre sonderbare Begegnung vergessen zu haben schien oder zumindest so tat.

Ihre nächtlichen Besuche bei Edith nahm Emma erst eine Woche später wieder auf, nachdem in der Dienstbotenhalle verkündet worden war, der Baronet habe soeben das Haus verlassen und werde für einige Monate auf Reisen sein, um italienische Gartenanlagen in der Nähe des Lago Maggiore zu studieren. Seine Rückkehr nach Renishaw wurde erst für das kommende Frühjahr erwartet.

Als Emma das nächste Mal ihre Eltern besuchte, fragte sie ihren Vater, ob Sir George jemals mit ihm über sie gesprochen hatte.

»Nein«, sagte Victor erstaunt. »Warum sollte er?«

»Nur so. Hätte ja sein können«, sagte Emma und lenkte schnell zu einem anderen Thema über.

Lady Ida bekam man als einfaches Hausmädchen auf Renishaw so gut wie nie zu Gesicht, worüber Emma sehr froh war. Ab und zu sah sie ihre Gestalt als hellen Schatten durch die Flure huschen, wenn sie zu einer ihrer Mittagsgesellschaften ging, die meiste Zeit aber verbrachte die Lady in ihrem Schlafzimmer, zu dem Emma keinen Zutritt hatte, solange die Lady sich dort aufhielt. Angeblich füllte sie ihre Stunden damit, dass sie im Bett lag, in seichten Romanen schmökerte und dabei Pralinen aß. Ansonsten wartete sie darauf, dass entweder ihre Freundinnen mit dem neuesten Klatsch oder Lieferanten mit Schmuck und Kleidern eintrafen. Hatte sie Mary Elton, ihrer leidgeprüften Zofe, morgens Instruktionen bezüglich ihrer Garderobe, der gewünschten Süßigkeitenauswahl oder sonstiger Extravaganzen gegeben, wollte sie vom restlichen Personal nicht weiter behelligt werden. Nur Osbert und der kleine Sacheverell durften sich gelegentlich bei ihr im Zimmer aufhalten.

Das und die Tatsache, dass Mrs Jamison und Mr Moat in ihrem Fall nicht so genau hinsahen, erlaubte Emma, sich Freiheiten herauszunehmen, die bei strengerer Haushaltsführung undenkbar gewesen wären. Immer öfter hockte sie ab dem frühen Abend, wenn Davis mit den beiden Jungen beschäftigt war, im Studierzimmer auf einem der Zeichentische und ließ lässig ihre Beine baumeln. Edith wiederholte für Emma, was sie morgens im Unterricht mit Miss King-Hall durchgenommen hatte, las Stellen aus ihren aktuellen Lektüren vor oder erzählte vom Leben der Dichter und Romanciers, deren Werke sie zum Besten gab.

»Wusstest du, dass Alexander Pope kleinwüchsig war und zeit seines Lebens ein Stützkorsett tragen musste? Aber hat er sich davon behindern lassen? Au contraire! Seine Feder wurde extraspitz und sein Verstand extrascharf. Hör dir das mal an ...«

Meine Mutter behauptete später, sie habe bei einem einzigen Treffen mit Edith mehr gelernt als zuvor in einem ganzen Jahr Volksschulunterricht.

In der ersten Novemberwoche stand schließlich die Abreise Lady Idas und der Kinder bevor, und Emma wurde angewiesen, Edith beim Packen zu helfen.

»Wirst du nächstes Frühjahr wieder hier arbeiten?«

»Mrs Jamison hat mich schon gefragt. Falls ich mich über den Winter also nicht dazu entschließe, einen reichen Geschäftsmann oder einen durchreisenden Poeten zu heiraten, könnte es durchaus sein, dass du mich weiter in die Welt der Bücher einführen musst, während ich deinen Staub beseitige.«

»Warum solltest du das freiwillig tun?«

»Was, heiraten oder Staub wischen?«

»Beides. Nein. Ersteres.«

»Das Staubwischen ist die Arbeit, für die ich Essen,

Unterkunft und Lohn bekomme, und das mit dem Heiraten erkläre ich dir, wenn du etwas älter bist.«

»Bitte nicht, Emma, nicht heiraten!«

»Na gut, dann warte ich noch.«

Tags darauf stand sie in frisch gestärkter Schürze vor dem Haus in der Reihe der Dienstboten und sah die Familie mitsamt Davis und Miss King-Hall abreisen.

Noch einmal wurde das verlassene Haus von oben bis unten geputzt und gewienert, die Blumenvasen geleert, die Möbel mit weißen Tüchern verhängt. Danach zog Emma Banister mit ihren wenigen Habseligkeiten wieder zu ihren Eltern.

Tatsächlich wies Emma über den Winter einige Verehrer ab, den Sohn eines Pächters, den Bruder des Hufschmieds und auch den neuen Junglehrer von Eckington, der sich so offenkundig an ihr interessiert zeigte, dass es bereits Gerede gab.

»Du bist noch jung, mein Mädchen, überstürze nichts!«, sagte Emmas Vater.

»Keine Sorge, Papa, ich will noch viel lernen, bevor ich mich endgültig an jemanden binde.«

Falls Victor Banister erstaunt war über diese neuartigen Töne aus dem Mund seiner Tochter, so ließ er es sich jedenfalls nicht anmerken. Dennoch sprach er fortan mit ihr wie mit einer Erwachsenen.

Emma hätte so oder so keine Zeit für Tanzveranstaltungen oder Einladungen zum Tee oder zu sonstigen Vergnügungen gehabt. In der ersten Dezemberwoche legte Alice Banister sich wieder einmal mit Fieber ins Bett, und Emma war vollauf mit dem Haushalt und der Pflege und Sorge um ihre Mutter beschäftigt. Dieses Mal erholte sich Alice nicht, das Fieber stieg, sie wurde mit jedem Tag schwächer, und Vater und Tochter verbrachten das traurigste Weihnachtsfest ihres Lebens, nachdem sie eine Woche zuvor die Mutter zu Grabe hatten tragen müssen.

Nach dem Jahreswechsel fand Emma die Kraft, Davis einen Brief nach Scarborough zu schreiben und sie zu bitten, auch Edith über den Tod ihrer Mutter zu informieren. Davis' Antwort ließ nicht lange auf sich warten.

Meine Mutter hat den Brief aufgehoben, ich habe ihn nach ihrem Tod zwischen ihren Papieren gefunden.

Meine liebste Emma!
Mein allerherzlichstes Beileid!
Ich hatte die traurige Nachricht schon aus einem Brief von Mrs Hobbs erfahren, habe nur bislang weder die Zeit noch die rechten Worte für das Unsagbare gefunden.
Alice war eine warmherzige und wunderbare Frau, es ist schrecklich, dass sie so früh von uns gehen musste!
Ich schließe dich und deinen armen Vater in meine täglichen Gebete ein und hoffe, dich noch vor Ostern trotz allem gestärkt und vielleicht sogar schon etwas getröstet in die Arme nehmen zu können.
In Liebe,
Deine alte Freundin
Eliza Davis
PS: Edith lässt herzlich grüßen und ausrichten, dass sie keine Zeit zum Schreiben findet, aber mit vielen neuen Büchern zurück nach Renishaw kommen wird, auf die du dich schon mal freuen sollst.
Sei bitte nicht enttäuscht, dass sie keine Worte des Beileids für dich hinzugefügt hat, aber die Tragweite des Verlusts der

eigenen Mutter ist Miss Edith schlicht nicht bewusst, sie kann die Tiefe deiner Trauer gar nicht ermessen, das arme Ding. Als ich ihr die Nachricht überbrachte, wollte sie von mir wissen, ob das bedeuten könnte, dass du jetzt früher heiraten musst, und als ich ihr erklärte, dass solch ein Trauerfall eine geplante Hochzeit eher hinauszögern würde, ich abgesehen davon aber nicht dächte, dass du derlei überhaupt schon im Sinn hättest, war sie sehr erleichtert. Nimm das als Zeichen ihrer tiefen Zuneigung.

Uns geht es gut. Letzte Woche wurde endlich die schreckliche Wachstumskorrektur, dieses stählerne Ungetüm, abgenommen. Edith und ich waren zu diesem Zweck eine Weile in London, und nun ist sie zurück in Scarborough wie ausgewechselt, singt den halben Tag etwas von »Sturm auf die Bastille« und möchte nie wieder von diesem Folterinstrument sprechen. Wenn du mich fragst: Sie ist höher gewachsen denn je und die Nase keinen Millimeter gerader, aber dich und mich kümmert das herzlich wenig, nicht wahr?

Meine Mutter antwortete nur mit knappen Dankesworten auf Davis' Brief, erwähnte Edith dabei mit keinem Wort und hatte eine Weile mit der Enttäuschung zu kämpfen.

Dennoch stand sie im folgenden Jahr wieder mit in der Dienstbotenreihe am Haupteingang, um die zurückkehrende Herrschaft zu begrüßen. Nach dem langen Winter war es fast schon eine Wohltat, der trauergetränkten Enge des Gärtnercottages zu entkommen.

Die von ihren Gerätschaften befreite Edith war zunächst überglücklich, Emma wiederzusehen, verschwand dann aber meistens tagsüber in den Gärten von Renishaw, wo sie gemeinsam mit ihren beiden Brüdern ein Märchen- und Zauberreich errichten wollte, dem sie als »Herrscherin Utopia« vorzustehen wünschte. Emma hörte am Abend beim Abräumen des Teetabletts gerne zu, wenn Edith ihr in leuchtenden Farben davon erzählte, fand selbst aber keine Zeit, sie zu begleiten.

»Wie auch? Meine Schonzeit war vorbei, ich musste Teppiche ausklopfen, Fußböden wischen, Spiegel putzen, Betten machen … Wann hätte ich da mit den Kindern den steinernen Froschkönig am Seerosenteich küssen sollen?«

Sie blieben Freundinnen, aber es war weder für die eine noch für die andere das, was es in den Jahren zuvor gewesen war.

5
Das wilde Leben

Wenn ich an jenen Montagmorgen im Mai 1927 zurückdenke, an den Moment, in dem ich das Haus verließ, um meine Kindheit zu beenden, erinnere ich mich als Erstes an die junge Katze, die hinter dem Gartentor saß und mich ansah, als hätte sie dort auf mich gewartet. Meine Mutter war vor mir aus der Tür getreten und hatte, bevor ich etwas dagegen tun konnte, einen Stein aufgehoben, den sie mit einem lauten Scheppern gegen das Tor schleuderte. Das Kätzchen raste panisch davon. Ich war fassungslos.

»Warum hast du das gemacht?«

»Eine schwarze Katze«, sagte meine Mutter.

»Ja, und?«

»Man weiß nie.«

An ihrem Tonfall merkte ich, dass es klüger war, nichts zu erwidern. Also schüttelte ich bloß den Kopf und zog die Haustür hinter mir ins Schloss. Schweigend machten wir uns auf den Weg.

Ich erinnere mich daran, wie die Scharniere am Griff der schweren braunen Reisetasche bei jeder Bewegung knarzten, wie das Leder beim Gehen am meine Wade schlug und wie die neuen Schuhe am rechten großen Zeh drückten. Der Hals kam mir wie zugeschnürt vor.

Eigenartig, dass ich solche Details nach all den Jahren noch weiß. Andere Ereignisse sind in Vergessenheit geraten,

Erinnerungen sind verblasst, aber diesen kurzen Marsch vom Gärtnercottage bis zur Rückseite des Herrschaftshauses sehe ich so klar vor mir, als hätte ich ihn erst gestern unternommen.

So bin ich aufgebrochen, nicht ganz achtzehnjährig, im Morgendunst und mit schmerzenden Füßen, nur acht Tage nachdem Edith in ihrem Piratenmantel bei uns aufgetaucht war, um mir eine Stellung anzubieten.

Wie alle Dorfkinder damals hatte ich mit vierzehn Jahren die Schule hinter mich gebracht, und da in diesen Zeiten auf Renishaw Hall, wie in anderen größeren Herrschaftshäusern der Umgebung, bereits drastisch Personal abgebaut wurde, waren die Aussichten auf eine gute Stellung gering. Ich war jeden Montag mit meiner Mutter nach Eckington gewandert, um bei Mrs Evans in der Schneiderei am Marktplatz einen Korb voller Röcke, Schürzen, Kleider und Hemden abzuholen, die wir bis Ende der Woche geflickt und gebügelt wieder zurückbrachten, darüber hinaus hatte ich bei der Erledigung von Hausarbeiten geholfen, Obst eingekocht, Brot gebacken, Kartoffeln auf unserem kleinen Acker angebaut und war für unsere sieben Hühner verantwortlich gewesen.

Noch nie hatte ich woanders genächtigt als in unserem Gärtnercottage. Zum ersten Mal fuhr ich weiter von zu Hause fort als bis zum Viehmarkt nach Chesterfield, und von dem, was mich in der fernen Großstadt erwarten würde, hatte ich nur eine äußerst wirre Vorstellung. Eine Heidenangst vor meiner eigenen Entscheidung hatte ich obendrein, aber das hätte ich niemals zugegeben. Ich war fest entschlossen: Von nun an würde ich auf meinen eigenen

Füßen stehen, zunächst zwar nur als einfache Dienstbotin, aber meinen Anteil am schillernden Treiben würde ich schon bekommen.

Eine reichlich vermessene Vorstellung, wenn man bedenkt, dass ich mich anschickte, eine eher bescheiden honorierte Stelle im Haushalt zweier lediger Frauen mittleren Alters anzutreten.

Auf Renishaw hatte ich gelegentlich mitbekommen, wie die leuchtenden Damen und die schmucken Herren aus London in ihren chromglänzenden Automobilen über unsere Alleen gebraust gekommen waren. Allein wie die Mädchen ihre Seidenschals hatten flattern lassen und wie die Männer mit ihren Hüten oder Kappen gewunken hatten, war schon großartig genug gewesen, um mich zu begeistern.

Bunte, ausgelassene Grüppchen erfüllten dann ein Wochenende lang die inneren Gärten mit Gelächter, Tanz und Gesang. Im Pavillon wurde ein Grammophon aufgestellt, und die Musik konnte man bis zu uns ins Gärtnercottage hören.

»Die beiden jungen Herren sind wieder mit ihren Freunden gekommen«, hieß es, und sobald ich mich von zu Hause fortschleichen konnte, versuchte ich, durch die lichten Stellen in den Hecken Blicke auf die Gesellschaft zu werfen.

Zarte junge Damen mit kurzen lackschwarzen oder goldblonden Haaren trugen tulpenförmige Kappen oder hatten sich schimmernde Bänder um die Stirn gebunden, ihre duftigen Kleider gaben Blicke auf Knie und nackte Arme frei, sie lachten und diskutierten. Männer und Frauen klopften einander ungezwungen auf die Schultern, nannten sich »alter Junge« oder »Schätzchen«, küssten sich auf den Mund, ließen die Gläser klirren. Oft hatte ich Edith unter den

Feiernden entdeckt, sie stand oder saß meistens etwas abseits, schien mehr zuzuschauen als sich aktiv am Gespräch zu beteiligen. Allein schon mit ihren bodenlangen Roben fiel sie aus dem Rahmen. Einmal wurde ich Zeugin, wie sie eine ihrer Vorstellungen gab. Ich sah sie vor den Stufen des kleinen weißen Pavillons stehen, diesmal nicht am Rand, sondern als Mittelpunkt des Geschehens. In ihrem dunkelroten Samtkleid überragte sie sämtliche Anwesenden um Haupteslänge. Sie hielt ein Heft in der linken Hand, während die Rechte zur Begleitung des Vortrags in großen Bögen einen seltsamen Tanz aufführte. Auf die Entfernung konnte ich die Bedeutung ihrer Worte im Einzelnen nicht verstehen, hörte aber, dass sie ihre Verse in einem mich befremdenden Rhythmus skandierte, halb Gesang, halb Deklamation, immer im Takt der tanzenden Hand. All die eleganten Menschen um sie herum waren still geworden, nippten nicht einmal an ihren Champagnerkelchen. Als Edith zum Ende gekommen war, herrschte einen Moment lang Stille, nur der Klang der zwitschernden Vögel und das Rauschen der Bäume war zu hören, bis Ediths Brüder Osbert und Sacheverell zu klatschen begannen. Dann, als hätten sie nur auf dieses Zeichen gewartet, applaudierten auch alle anderen, wild und ausgelassen, wie befreit.

»Bravo, Edie!« – »Fabelhaft!« – »Gut gemacht!« – »Das ist große Dichtung!«

Ich muss damals etwa dreizehn Jahre alt gewesen sein, und die Szene hatte mich über die Maßen beeindruckt.

In meiner Jugend hatte es für mich zwei Ediths gegeben, zwei völlig verschiedene Wesen, die ich nicht zusammenbrachte: Zum einen war da die Edith, die ich aus den

Berichten meiner Mutter kannte, das Kind, das einsam und ungeliebt an der Ödnis seines Daseins verzweifelte, zu dem es als Tochter auf Renishaw verurteilt gewesen war, während die Jungen zur Schule gehen und später nach Eton durften.

Und dann gab es noch die zweite Edith, die große Frau in Samtgewändern, die ich durch die Hecken beobachtet hatte und von der im Dorf und auf Gut Renishaw ganz andere Geschichten im Umlauf waren als die, die meine Mutter erzählte. Diese Edith lebte als unabhängige Frau in London, sie veröffentlichte Gedichtbände, hielt literarische Soireen ab, verkehrte mit äußerst berühmten Menschen, Malern, Schriftstellern, Tänzerinnen, Politikern, angeblich sogar mit Mitgliedern der Königsfamilie. Es hieß, dass sie und die Brüder in London eine Attraktion waren, das Trio löste Skandale aus mit seinen spektakulär inszenierten Dichterlesungen und exzentrischen Auftritten.

Diese Edith war für mich so etwas wie ein leuchtender Stern, eine lebende Legende, die ich für ihre Autonomie bewunderte.

Wie verabredet waren meine Mutter und ich Punkt sieben Uhr in der Frühe am Hintereingang von Renishaw Hall, wo bereits das große dunkelblaue Automobil auf uns wartete, das Mr Moat und mich zum Bahnhof bringen sollte. Moat besuchte seine kranke Schwester in Leicester, und da wir in Sheffield denselben Zug nehmen mussten, hatte er sich bereit erklärt, mich für den ersten Teil meiner Reise unter seine Fittiche zu nehmen. Ich fand es enorm beruhigend, dass dieser liebenswürdige und lustige Mann, ein langjähriger Freund meiner Familie, mich zumindest für den Anfang begleiten würde.

Der Chauffeur lehnte an der Fahrerseite und rauchte.

»Guten Morgen, Charles«, sagte meine Mutter. »Nett, dass Jane mitfahren darf.«

Charles löste sich vom Wagen, warf seine Zigarette in den Kies, tippte an den Schirm seiner Mütze: »Die Damen …«

Er sah gut aus, dichtes strohblondes Haar schaute unter der Mütze hervor, die Uniform saß tadellos an seinem großen schlanken Körper. Ich schätzte ihn nicht viel älter als mich, höchstens zwei- oder dreiundzwanzig. Er ging ein paar Schritte auf mich zu, streckte seine Rechte nach meiner Reisetasche aus, lächelte: »Erlauben Sie?«

Ich gab ihm die Tasche, ignorierte dabei demonstrativ sein aufreizendes Grinsen. Kaum hatte er mein Gepäck im Wageninneren verstaut, öffnete sich am Dienstboteneingang die Tür, und die gedrungene Gestalt des Butlers tauchte auf.

»Guten Morgen, Mr Moat!«, rief meine Mutter erfreut.

»Guten Morgen, meine liebe Emma! Und da haben wir ja auch Klein-Janie.«

Ich knickste artig. Moat lachte: »Wahrhaftig, du bist die exakte Kopie deiner Mutter, als sie in deinem Alter war!«

»Und schon länger nicht mehr Klein-Janie, Sir.«

»Bei Gott, Kleine, bei Gott.«

Hinter mir war plötzlich ein Schluchzen zu hören. Ich fuhr herum und sah gerade noch, wie meine Mutter sich mit einem Taschentuch die Augen trocknete.

»Ist nichts«, sagte sie heiser.

Ich umarmte sie. »Ich schreibe dir jede Woche, Mama, versprochen!«

»Nutz die wenige freie Zeit, die dir bleiben wird, lieber für andere Dinge«, sagte sie, aber ich konnte sehen, wie sie sich freute.

»Jede Woche«, insistierte ich.

»Los, los!«, drängte Mr Moat. »Da Klein-Janie noch nicht offiziell mit dem Prinzen von Wales verlobt ist, wird der Zug in Sheffield nicht auf uns warten!«

Jetzt lachte auch meine Mutter, obschon mit feucht glänzenden Augen.

Moat und ich stiegen ein. »On y va!«, sagte Moat und klopfte an die Fahrerscheibe. Charles startete den Wagen, wir rollten auf die hintere Allee zu. Jetzt, dachte ich, jetzt gibt es kein Zurück mehr.

»Du kannst natürlich bestens auf dich selbst aufpassen, Janie«, sagte Moat, während wir Richtung Mosborough auf die Landstraße abbogen, »aber die gute Emma schien so beunruhigt ob deiner Reise, dass ich einfach vorschlagen musste, dich im Auto mitzunehmen und bis Leicester zu begleiten. Meine Schwester wird Augen machen, wenn sie mich sieht!«

Er kicherte wie über einen gelungenen Witz, und ich weiß noch, wie dankbar ich ihm war, dass er mich nicht wie das unerfahrene junge Mädchen behandelte, das ich zu diesem Zeitpunkt ohne jeden Zweifel noch war.

In Sheffield angekommen, verabschiedeten wir uns eilig von Charles und hasteten zum Bahnsteig 2, wo wir gerade noch rechtzeitig einen der hinteren Waggons der *London and North Eastern Railway* bestiegen.

Ächzend verstaute Moat erst meine Reisetasche, dann seinen Koffer im Gepäcknetz, anschließend setzte er sich auf den Platz mir gegenüber.

»Aufgeregt?«, fragte er, während er eine Zeitung aus seiner Manteltasche hervorzog.

»Es geht«, log ich.

Moat lächelte. »Keine Bange, Miss Edith ist sehr nett. Und sie hegt eine tiefe Dankbarkeit deiner Mutter gegenüber. Glaub mir, es wird dir gut gehen bei ihr.«

Ob wissend oder zufällig erinnerte er mich an etwas, das meine Mutter in der vorangegangenen Woche zu mir gesagt hatte: »Sie wird sich gut um dich kümmern, Janie, sie schuldet mir etwas.«

»Was schuldet dir Miss Edith denn, Mama?«

»Sie wird dafür sorgen, dass es dir gut geht, und das ist alles, was zählt.«

Ich nickte meinem Reisebegleiter zu, so wie ich meiner Mutter zugenickt hatte, und versuchte meinen flatternden Atem unter Kontrolle zu bekommen.

»Es gibt so vieles, das ich nicht weiß«, sagte ich leise.

Aber da war Mr Moats gutmütiges Nilpferdgesicht bereits hinter dem Derby Daily Telegraph verschwunden.

In London angekommen fand ich mich auf einem lauten und überfüllten Bahnsteig wieder, lief der Masse hinterher Richtung Ausgang.

Mit dem Siebenundzwanziger Bus bis Royal Oak in der Westbourne Grove, dann zu Fuß weiter, rechts in den Queen's Way und wieder rechts in die Moscow Road bis zum Haus Nr. 22, stand auf dem Zettel in meiner schweißfeuchten Hand. Ich schob mich durch die Menge über den Bahnhofsvorplatz, bis ich rechts die große Busstation entdeckte, wo auch schon der Siebenundzwanziger wartete. Ich erklomm die Plattform und bestaunte von dort oben das Gewirr aus Automobilen, Bussen, Motorrädern, Pritschenwagen, vereinzelten Pferdekarren mit Säcken oder Kisten beladen, und mittendrin immer wieder ein tapferer Polizist mit weißen Ärmelschonern über der dunklen Uniform, der dem chaotischen Verkehr eine Ordnung zu geben versuchte.

Nachdem ich den Bus wieder verlassen hatte, fand ich ohne Probleme den Weg zur Moscow Road.

Das Haus mit der Nummer 22 suchte ich zunächst im hinteren Teil, wo hübsche Backsteinhäuser mit gepflegten kleinen Vorgärten standen. Im vorderen Teil waren außer einem Busdepot nur einige schäbige Arbeiterbehausungen von der Art, wie ich sie bei der Einfahrt des Zuges in die Stadt zu Hunderten gesehen hatte, grau und heruntergekommen. Dort würde meine neue Arbeitgeberin bestimmt nicht wohnen. Nachdem ich die gesamte Straße herauf- und wieder heruntergelaufen war, sprach ich in der Nähe des Busdepots einen Mann in blauer Arbeitermontur an: »Entschuldigen Sie, Pembridge Mansion 22, wie komme ich da hin?«

»Sie stehen quasi davor, Miss.«

Das Haus, auf das er wies, war eines der heruntergekommenen Mietshäuser. Im unteren Flur waren auf kleinen Tafeln die Namen der Mieter angebracht. *Miss Edith Sitwell & Miss Helen Rootham* wohnten im fünften Stock, ich war am Ziel meiner Reise.

Über Helen Rootham hatte mir meine Mutter noch am Vorabend der Abreise viel erzählt: »Miss Rootham ist eine dunkle, energische und ungeduldige Person«, hatte sie gesagt. »Eine glühende Liebhaberin der Künste, begabte Pianistin und Sängerin, leidenschaftliche Leserin, eine überaus gebildete Frau, empfindsam und von sich selbst überzeugt, etwas zu besitzergreifend vielleicht, aber die perfekte Begleiterin für Edith.«

Edith war sechzehn gewesen, als Helen Rootham sie in ihre Obhut genommen hatte, und Helens Fürsorge war von Anfang an weit über das vertraglich Vereinbarte hinausgegangen.

»Was auch immer auf Renishaw über Miss Rootham getratscht wird«, hatte meine Mutter gesagt, »diese Frau merkte in der ersten Sekunde ihres Dienstantritts, was mit Edith los war, und schlug sich bedingungslos auf ihre Seite.«

Ein halbes Jahr vor Helens Ankunft war Ediths geliebtes Kindermädchen Eliza Davis nach einem Streit mit Sir George entlassen worden, und nicht einmal meine Mutter, die gleich nach Davis' Weggang zu Ediths Zofe ernannt worden war, hatte sie darüber hinwegtrösten können. Ediths Großmutter, Lady Louisa Sitwell, hatte dann, als auch noch der jungen Miss King-Hall wegen einer Liaison mit Sacheverells Fechtlehrer der Dienst quittiert worden war, Helen Rootham als neue Gouvernante ausgewählt und, bewusst oder unbewusst, Edith damit »ihre Retterin vor Stumpfsinn, Ödnis und Lieblosigkeit beschert«, wie es meine normalerweise nicht zu dramatischen Äußerungen neigende Mutter ausdrückte.

Helens kräftige Stimme, oftmals von Edith auf dem Klavier begleitet, tönte fortan durch das große Haus, und nicht einmal Lady Idas Genörgel konnte daran etwas ändern. Helen ignorierte es schlichtweg, bestärkte Edith darin, es ihr gleichzutun. Die Aufsässigkeit wirkte Wunder. Schmollend zog sich die Lady in ihr Boudoir zurück, und Edith durfte unter Helens Anleitung weiter in das »Reich des wahren Künstlertums« eintauchen, das sie gemeinsam aufzubauen gedachten. Nachmittags schlenderten sie durch den Garten, Edith einen Gedichtband in der Hand, aus dem sie laut rezitierte, während Helen sie ermunterte, dem Vortrag »mehr, mehr und nochmals mehr Leidenschaft« zu geben und sich »nicht mehr zurückzuhalten«. Wenn die beiden Brüder in den Sommerferien aus dem Internat kamen, gesellten sie sich dazu, wurden Teil des von Helen und Edith so genannten »Bündnisses der Fantasie« und inszenierten unter Helens Regie »orientalische Mysterienspiele« oder andere Bühnenstücke, für die das Hauptauswahlkriterium eine möglichst aufwendige Kostümierung zu sein schien. Es wurden Klavierabende veranstaltet, bei denen Helen und Edith Werke von Komponisten zur Aufführung brachten, deren Namen geheimnisvoll und exotisch klangen, Franzosen, Russen, Debussy, Stravinsky – »Idole der neuen Musik«, wie die Gouvernante verkündete, wenn sie vor der Aufführung noch einige Worte sprach. Meine Mutter, Mr Moat und einige andere von den Angestellten wurden oft zu diesen Abenden eingeladen, gelegentlich kamen aber auch die Gäste der Herrschaft in den Genuss eines erlesenen Hauskonzerts, was Eindruck machte und den Baronet und Lady Ida immer wieder mit der eigenwilligen neuen Erzieherin versöhnte.

Ein bisschen mehr hätte Miss Rootham dabei ihren Schützling leuchten lassen können, statt dauernd selbst zu glänzen, fand meine Mutter, aber ganz offensichtlich blühte Edith unter Helens Verantwortung auf, und das freute auch sie.

Im darauffolgenden Frühling durfte die siebzehnjährige Edith zur Überraschung der gesamten Dienerschaft allein mit Helen zunächst zum Gesangsunterricht nach Berlin und anschließend für weitere Wochen nach Paris reisen, wo die beiden sich, ungestört und fern aller elterlichen Gängelei, Sehenswürdigkeiten und Gemäldegalerien ansahen, Buchläden durchstöberten, Konzerte und Theateraufführungen besuchten und ihre Freiheit genossen. Eine gewandelte Edith sei von dieser Reise zurückgekehrt, erzählte meine Mutter. Sie habe sie kaum wiedererkannt, so gelöst, heiter, voller Lebenshunger sei sie gewesen. Zu der Zeit habe sie auch zu schreiben begonnen, habe mit Feuereifer unzählige Versionen des immer gleichen Gedichtes in das erste schwarze Heft notiert, bis Edith – und selbstverständlich auch Helen – mit dem Ergebnis zufrieden gewesen waren. Meine Mutter erinnerte sich, dass es in diesem ersten Werk »irgendwie um die Affen und Vögel auf den Wandbehängen von Renishaw« gegangen sei. Die Affen hätten sprechen können und die Vögel exotisch klingende Namen gehabt, mehr könne sie darüber nicht sagen, ihr sei das befremdlich vorgekommen, aber Helen Rootham habe im ganzen Haus »einen Geniestreich« verkündet.

Innerhalb des Bandes, das Edith mit ihrer neuen Seelenverwandten geknüpft hatte, war kaum noch Platz für ihre alte Freundin Emma Banister gewesen, aber meine Mutter behauptete, das habe ihr nicht so viel ausgemacht und sei auch besser für alle Beteiligten gewesen.

»Helen konnte Edith etwas geben, das ich ihr, trotz aller Verbundenheit, niemals hätte geben können. Unter Helens Führung löste Edith sich von ihrem Elternhaus. Sie hatten immer weniger Macht mehr über sie.«

Helens größter Coup allerdings, der gemeinsame Umzug nach London, fiel dann schon in die Zeit nach dem Ausscheiden meiner Mutter aus dem Dienst auf Renishaw, in die Zeit also, über die sie mir gegenüber hartnäckig schwieg. Was diese Ereignisse in Ediths Leben betraf, war ich folglich auf die Gerüchteküche in Gärtnerei und Dorf angewiesen. Ich wusste nicht viel mehr, als dass Edith bei ihrem Auszug aus dem Elternhaus siebenundzwanzig Jahre gewesen war und Helen zu diesem Zeitpunkt schon lange nicht mehr Gouvernante, aber noch immer sehr präsent auf Renishaw Hall, was auch immer das heißen mochte. Man munkelte, Sir George habe Edith und Helen nur deshalb gemeinsam gehen lassen, weil er seine Tochter möglichst weit fort von seiner permanent alkoholisierten, verschwendungssüchtigen, skandalumwitterten und hoch verschuldeten Gattin haben wollte und des Weiteren die Hoffnung auf eine Vermählung Ediths aufgegeben hatte.

So waren die beiden Frauen also in das Mietshaus gezogen, in dessen schäbigem Treppenhaus ich jetzt, dreizehn Jahre später, in meinem neuen Reisemantel stand, um mich von Helen Rootham anstarren zu lassen, als wäre ich ein Gespenst.

»Guten Tag, ich bin Jane, das neue Hausmädchen. Miss Edith erwartet mich.«

»Unfassbar!«

»Wie bitte?«

»Diese Ähnlichkeit.«

»Sie meinen, mit meiner Mutter, Emma Banister? Das sagt jeder.«

»Ich bin nicht jeder, Mädchen, das merk dir nur gleich.«

»Bitte um Entschuldigung, Miss.«

Ein Zucken um ihren Mund verriet, dass mein trotziger Unterton ihr nicht entgangen war.

»Du weißt, wer ich bin?«

»Sie sind Miss Helen Rootham. Freut mich sehr, Sie endlich kennenzulernen.«

»Was soll das denn heißen?«

»Meine Mutter hat einige Jahre mit Ihnen auf Renishaw gearbeitet, Miss Rootham, und mir wurde einiges von ihnen berichtet. Ausschließlich Gutes natürlich.«

»Nur war deine Mutter eine einfache Dienstbotin im Gegensatz zu mir. Wenn du bei uns arbeiten willst, solltest du um derlei Unterschiede wissen und dir nichts anmaßen.«

Am liebsten hätte ich auf dem Absatz kehrtgemacht. Was bildete sich diese Person eigentlich ein? Mich derart schroff abzukanzeln vor dieser heruntergekommenen Wohnungstür zu einer lausigen Behausung, die eine solche Überheblichkeit in keiner Weise rechtfertigte. Vermutlich hätten Helen und ich unseren ersten handfesten Streit bereits auf der Türschwelle zu ihrer und Ediths Wohnung ausgefochten, wenn nicht in diesem Moment eine männliche Stimme von innen gerufen hätte: »Helen, Liebling, mach die Tür zu, es zieht sonst noch mehr als ohnehin schon.«

Helen zuckte mit den Schultern und kehrte zurück in die Wohnung, die Tür ließ sie offen stehen. Ich nahm das als Aufforderung, ihr zu folgen.

Meine Erwartungen, was die Innenräume anging, waren mit jedem Stockwerk, das ich zur Wohnung hinaufgestiegen war, bescheidener geworden, aber mit einer derartigen Kargheit hatte ich dennoch nicht gerechnet. Durch einen winzigen fensterlosen Flur, nicht viel mehr als eine Besenkammer, von der drei Türen abgingen, gelangte ich in einen dunklen kleinen Raum mit niedriger Decke, in dem mehrere Polstermöbel standen, eins abgewetzter als das andere. Dazwischen, daneben und darunter lagen Bücher und Schreibhefte in ungeordneten Stapeln. Über einem Sofa an der linken Seitenwand, der einzige Lichtblick in diesem Trauerspiel von Salon, hing ein hellroter Wandbehang mit goldenen geometrischen Mustern. Vor einem halbhohen runden Holztisch am Fenster, auf dem einige schlichte Steingutbecher neben einem Teller mit Kekskrümeln standen, blieb Helen unvermittelt stehen, drehte sich um und verschränkte die Arme vor der Brust. Ich rechnete damit, dass sie jetzt etwas Strenges und Grundsätzliches über meine Aufgaben von sich geben würde, aber Helen schaute nur finster an mir vorbei, auf einen Punkt hinter meiner linken Schulter.

»Schön haben Sie es hier«, sagte ich, weil mir in dieser Situation nichts Besseres einfiel.

Helen schnaubte verächtlich und deutete mit einer kleinen Bewegung ihres Kinns auf ebenjenen Punkt hinter mir, auf den sie ihren Blick gerichtet hielt. Da stand ein junger Mann im Türrahmen. Seine Hände steckten lässig in den Taschen einer weiten senfgelben Hose, die mit einer silbernen Kordel auf seinen schmalen Hüften gehalten wurde. Dazu trug er ein türkisfarbenes Seidenhemd mit dunkelblauem Einstecktuch. Das Hemd war halb aufgeknöpft, und ich konnte gar nicht anders, als auf die knabenhaft nackte Brust darunter zu starren. Die Augen des Mannes waren mit dunklen Strichen umrandet. Ich fragte mich, ob sein Blick vielleicht deshalb etwas ebenso Verstörendes wie Intensives hatte. Das dunkelblonde Haar trug er streng nach hinten gekämmt, wobei sich eine einzelne Strähne derart akkurat über den linken Wangenknochen in sein fein geschnittenes Gesicht legte, dass es kein Zufall sein konnte. Alles an ihm wirkte inszeniert, gleichzeitig präsentierte er sich dabei derart nonchalant, dass ich augenblicklich bereit war, ihm seine Aufgesetztheit nachzusehen. Er durfte das. Noch nie zuvor war mir ein Mensch begegnet, der mir auf Anhieb so gut gefallen hatte wie diese Kreuzung aus Märchenprinz und Clown, die mich jetzt freundlich lächelnd, aber mit beinahe schon schamloser Direktheit von Kopf bis Fuß musterte.

»Wen haben wir denn da?«

Ich wollte mich ihm vorstellen, aber Helen kam mir zuvor: »Sie ist das neue Hausmädchen, das Edith unbedingt aus Renishaw anfordern musste, weil es in London ja anscheinend zu wenig Arbeit suchende Menschen gibt.«

»Hat das neue Hausmädchen auch einen Namen mitgebracht aus Renishaw?«

»Jane«, sagten Helen und ich gleichzeitig.

»Jane Banister«, fügte ich hinzu.

Der junge Mann lachte: »Da hat sich die gute alte Edie tatsächlich eine kleine Augenweide ins Haus geholt. Bemerkenswert!«

»Cecil, ich darf doch sehr bitten!«, zischte Helen, und zum ersten Mal war ich ihr dankbar, dass sie mich mit ihrer sauertöpfisch-überheblichen Art davon entband, etwas zu erwidern.

Der junge Mann ging aber gar nicht auf Helens Zurechtweisung ein, sondern grinste mich unverwandt an und kam schließlich mit ausgestreckter Hand auf mich zu.

»Ich bin Cecil Beaton, du kannst mich Mr Cecil nennen. Wir werden öfter das Vergnügen haben. Herzlich willkommen in diesem erlauchten Haushalt, wenn ich das als Freund der Truppe einmal stellvertretend so aussprechen darf.«

Er zwinkerte kokett in Helens Richtung, die etwas grummelte, von dem ich nur die Wörter »Emporkömmling« und »Irrenhaus« verstand. Ich stellte die Reisetasche, die ich immer noch bei mir trug, auf dem Teppich ab und schüttelte Cecil Beatons Hand. »Danke, Mr Cecil. Überaus freundlich von Ihnen, mich willkommen zu heißen!«

Er kicherte, und während ich noch darüber nachdachte, was ihn amüsiert haben mochte, schritt er mit einer ebenso lässigen wie hoheitsvollen Selbstverständlichkeit an mir vorbei und einmal komplett um die entnervt dreinblickende Helen herum, als wäre sie eine leblose Skulptur, zu seiner alleinigen Unterhaltung in den Raum gestellt.

»Der heiß geliebte Wohnungsdrache wird dir eines schönen Tages auch noch seine Schokoladenseite zeigen, neues Hausmädchen Jane, das verspreche ich dir!«

Ich hatte größte Mühe, nicht zu lachen. Helen verdrehte die Augen.

»Miss Edith ist nebenan«, sagte sie schließlich, in einem derart resignierten Tonfall, dass sie mir beinahe leidtat. Sie zeigte auf den Türrahmen, in dem Mr Cecil gerade mit federnden Schritten verschwand, und verließ ohne weiteren Kommentar den Salon durch die Tür, durch die wir zuvor hereingekommen waren.

Meine Mutter hatte mich vorgewarnt, dass ich in Ediths Umfeld mit eher unkonventionellen Verhältnissen rechnen musste, und mir geraten, in jedem Fall die Ruhe zu bewahren, im Zweifel einfach meiner Intuition und meiner guten Erziehung zu folgen. Ich atmete kurz durch, ging dann Cecil hinterher ins Nachbarzimmer und erschrak beinahe zu Tode.

Mitten im Raum lag lang ausgestreckt, mit mattbleichem Gesicht, geschlossenen Augen und über der Brust gefalteten Händen, Miss Edith auf dem Fußboden. Ihren auf einem schwarzen Seidenkissen ruhenden Kopf flankierten zwei Porzellanvasen mit weißen Lilien, sie selbst war in eine Art Brokatkaftan gehüllt, dessen pflanzenartige Applikationen in Gold und Silber den Schein der rundum aufgestellten Kerzen reflektierten.

Ich muss wohl laut »Um Gottes willen!« geschrien haben, jedenfalls wurde mir das bei unzähligen Gelegenheiten, wo diese Geschichte später Gegenstand allgemeinen Gelächters war, so berichtet. Ich erinnere mich nur, dass sich einen grauenvollen Moment lang nichts in dieser schauerlichen Szenerie rührte, bis ein hohes Kichern, das mir bekannt vorkam, aus einer Ecke des Zimmers tönte. Erst jetzt entdeckte ich Mr Cecil dort auf einer Trittleiter stehend, einen kleinen schwarzen Kasten in den Händen, den er mir später als »meine allerbeste Freundin und Vertraute Kodak 3A« vorstellen sollte.

»Edie, Schatz, wach auf, wir machen der armen kleinen Jane Angst.«

Während ich von Cecil weg und wieder auf Edith schaute, noch immer starr vor Entsetzen, öffnete die vermeintliche Leiche zunächst das eine, dann das andere Auge, und ihr Gesicht, das gerade noch die Maske einer Toten gewesen war, wandelte sich zu einem Schmunzeln. »Verzeih mir bitte, ich verliere mich gelegentlich zu sehr in einer Rolle, vielleicht bin ich dabei aber auch etwas weggedämmert.«

Sie schob einige Kerzen zur Seite, derweil Cecil grazil von der Leiter sprang, um ihr beim Aufstehen zu helfen. Mir klopfte noch immer das Herz bis zum Hals.

»Das arme Ding hat nicht einmal den Mantel abgelegt! Wurde dir noch gar nichts angeboten?«

Ich schüttelte den Kopf.

»Dann wollen wir das aber schleunigst nachholen.«

Edith entledigte sich mit Cecils Assistenz ihres schimmernden Gewandes, stand kurz in einem bodenlangen leinenen Unterkleid vor mir, dann zog sie sich eine abgetragene hellgrüne Strickjacke über. Cecil reichte ihr ein Tuch, mit dem sie sich weißes Puder aus dem Gesicht wischte, bis sie wieder halbwegs normal aussah, soweit das bei ihrer Physiognomie überhaupt möglich war. Als sie über den edlen Kaftan hinwegstieg, den Cecil achtlos auf den Boden geworfen hatte, bemerkte ich, dass sie barfuß ging.

Im nächsten Moment hatte sie mir bereits den Mantel abgenommen und reichte ihn an Cecil weiter, als wäre er ihr Kammerdiener und ich einer ihrer berühmten Gäste. Dann umfasste sie meine beiden Hände und schüttelte sie mit einer Herzlichkeit, die mich verblüffte.

»Willkommen, meine liebe Jane! Ich freue mich sehr, dass du endlich da bist! Hattest du eine gute Reise?«

»Ja, Miss, danke sehr. Ich freue mich auch«, stammelte ich.

Edith ließ meine Hände los und strich mir mütterlich mit dem Zeigefinger über die rechte Wange. »Es wird sein, als wäre Emma wieder an meiner Seite.«

»Würdest du bitte einmal dein Haar lösen und vor den Spiegel treten?«, fragte Mr Cecil.

»Jetzt lass doch das Mädchen erst mal ankommen, Cess, bevor du sie vor deine Linse zerrst!«

»Es fasziniert mich, dass sie nicht weiß, wie schön sie ist!«

»Was du hiermit zunichtegemacht hast.«

»Wir sollten sie entsprechend einkleiden, sie wird eine hinreißende Ophelia sein!«

Ich schaute von einem zur anderen, unsicher, ob und wie ich in dieser Situation reagieren sollte. Edith erlöste mich, indem sie mich am Arm fasste und mich mit sich führte. »Ignorier ihn einfach, Liebes!«

Das, so wurde mir in diesem Moment sonnenklar, würde sehr schwer, wenn nicht gar unmöglich werden.

Fürs Erste aber ließen wir Cecil allein im Raum zurück und gelangten durch einen weiteren kleinen Flur in die mehr als bescheidene Küche. Dort durfte ich dann feststellen, dass es noch eine andere Edith gab: eine, die mit reizender Fürsorge staubtrockene Kekse servierte und eigenhändig Milch für ein neu angekommenes Hausmädchen warm machte.

6
Porträt einer Dame

An meinem ersten Morgen in London weckte mich ein Hüsteln hinter dem dicken Filzvorhang, der meine Schlafkammer von der Küche trennte.

»Den Einbau einer Tür können wir uns momentan nicht leisten«, war Ediths Entschuldigung gewesen, als ich am Abend zuvor die Enttäuschung über diese selbst für die damaligen Verhältnisse armselige Dienstbotenunterkunft nicht ganz hatte verbergen können. Ein schmales Bett, ein dreibeiniger Holzschemel mit einer kleinen Tischlampe darauf, ein hüfthohes Schränkchen mit Krug und Waschschüssel, an der Wand ein schlichter Kleiderhaken aus Messing. Für mehr wäre ohnehin kein Platz gewesen. Verglichen mit dem Dienstmädchenzimmer auf Renishaw, das ich aus den Beschreibungen meiner Mutter kannte, war dieses Kabuff eine echte Zumutung, aber ich hatte mich zusammengerissen und Edith versichert, dass ich damit zurechtkäme.

»Es ist nur für den Übergang«, hatte sie gesagt, »bis wir finanziell besser aufgestellt sind.«

Dem Hüsteln folgte ein sehr dezidiertes Räuspern, und gerade als ich mich fragte, was man denn zu dieser nachtschlafenden Zeit schon von mir wollen könnte, schlug irgendwo draußen eine Glocke zehnmal. Das, was ich für Morgendämmerung gehalten hatte, war der fuselige Lichteinfall durch das winzige und verdreckte Klappfenster oben an der Stirnwand, und mir wurde bewusst, dass es in diesem Verschlag den ganzen Tag über nicht heller werden würde.

Wieder Husten. »Jane?«

»Ich komme, Miss Edith! Ich komme sofort!«

Hastig sprang ich aus dem Bett, stieß dabei mit dem Knie gegen das Schränkchen, das Wasser im Krug schwappte über und blieb als kleiner See auf dem Holz stehen. Ich wischte mit den Handflächen über das verschüttete Wasser, fuhr mir durchs Gesicht, schlüpfte in die altmodische schwarze Dienstmädchenuniform mit weißer Schürze, auf der Helen bestanden hatte, drehte meinen Zopf zu einem Knoten und steckte ihn hastig im Nacken fest. Atemlos stürmte ich in die Küche und fand dort Edith im Morgenmantel sitzend. Seelenruhig rührte sie in einer Tasse Tee.

»Jetzt bin ich extra wegen dir so früh aufgestanden wie schon seit einer halben Ewigkeit nicht mehr, und dann entpuppst du dich als wahrhaftiges Murmeltier.«

»Entschuldigen Sie bitte vielmals, Miss Edith, es ist mir sehr unangenehm, anscheinend habe ich verschlafen.«

»Du hast nicht *anscheinend* verschlafen, Herzchen, sondern *offenkundig*. Nehmen wir es für heute einfach mal als gutes Omen, der tiefe Schlaf der Unschuld ...«

»Tut mir leid, es wird nicht wieder vorkommen, Miss, wirklich!«

»Davon bin ich überzeugt«, sagte Edith, griff in die riesige schwarz abgesetzte Tasche ihres orangeroten Samtschlafrocks und hielt mir einen Wecker entgegen, wie ich noch keinen gesehen hatte. Er besaß ein schwarzes Zifferblatt mit perlmuttfarbenen Zahlen, und um den Standfuß wand sich die silbern schimmernde Flosse einer Seejungfrau, deren nackter Oberkörper sich oben auf dem Gehäuse in lasziver Pose gen Himmel streckte.

»Ich schenke ihn dir!«, sagte Edith mit einem vieldeutigen Lächeln. Mein zerknittertes Gesicht schien ihr Vergnügen zu bereiten. Ich war so überrascht, dass ich stotterte: »Das ... also ... das kann ich auf keinen Fall annehmen!«

»Warum? Weil man entblößte Brüste sieht?«

»Nein, nein! Nicht deswegen. Es ist nur ... Das ist ein viel zu kostbarer Gegenstand für ein Dienstmädchen.«

Edith lachte laut. »Du lieber Himmel, Kind, man könnte meinen, du hast mehr Standesdünkel als Helen. Ich habe nicht einmal Geld für dieses geschmacklose Ding ausgegeben, falls dich das beruhigt. Der Wecker verschwand letzten Sommer auf rätselhafte Weise aus dem Schlafzimmer meiner Mutter.«

»Um Himmels willen! Nein!«

Sie verdrehte die Augen: »Also gut, ich erkläre dir jetzt etwas, aber dafür muss ich ein wenig ausholen.«

»Sehr wohl, Miss Edith.«

Sie schnaubte kurz und fuhr dann fort: »Wahrscheinlich ist dir nicht entgangen, dass vor zwei Jahren, als sich die Füchse, so nennen wir unsere Eltern, fest in Montegufoni niedergelassen haben, Renishaw Hall mit allem Drum und Dran meinem fünf Jahre jüngeren Bruder Osbert übereignet wurde und dass er außerdem am Carlyle Square ein stattliches Haus für sich und seinen Gefährten unterhält?«

»Sicher, Miss, das ganze Dorf sprach damals davon.«

»Dann ist dir vielleicht auch nicht entgangen, dass mein jüngster Bruder Sacheverell zu seiner Hochzeit mit der ebenso bezaubernden wie wohlhabenden Georgia ein kleineres, aber immer noch recht präsentables Anwesen namens Weston Hall bekommen hat.«

»Ja, Miss Edith, auch das weiß ich.«

»Versteh mich nicht falsch, ich liebe meine Brüder, sie sind über die Maßen begabt und gescheit und ganz und gar wunderbar, jeder auf seine Weise, sie haben allen Wohlstand dieser Erde verdient. Abgesehen davon dürfte dir aber auch aufgefallen sein, wie überaus unkomfortabel ich, die Erstgeborene, untergebracht bin. Zur Miete wohlgemerkt.«

Ich nickte betreten, weil mir allmählich dämmerte, worauf sie hinauswollte. Auch meine Mutter hatte sich über diesen Umstand gelegentlich in meinem Beisein empört.

»Nun also«, fuhr Edith fort. »Das britische Erbrecht haben meine Eltern zwar nicht erfunden, auch wenn es ihnen in meinem Fall wohl mehr als zupasskommt, aber sollte ich nicht allein schon aus Prinzip ein oder zwei Sachen aus meinem Elternhaus an mich nehmen dürfen, wenn ich dort zu Besuch bin? Meine Mutter hat in ihrem gesamten Eheleben noch keinen Wecker gebraucht, sie hat nicht einmal selbst bemerkt, dass dieser nicht mehr an seinem Platz steht, das war ihre leidgeprüfte Zofe, verdammt nochmal!«

Ihre Stimme war immer lauter und schriller geworden, sie hatte sich in Rage geredet. Ich war derart erschüttert, dass ich beinahe geweint hätte.

»Was denn nun?«, zischte Edith ungehalten. »Willst du dieses schlimme Diebesgut, oder hindert dich deine moralische Überlegenheit zu sehr?«

Ich brauchte eine Sekunde, ehe ich mich gefasst hatte, dann nahm ich ihr mit einem beherzten Griff die kleine Weckuhr aus den Händen, sah Edith direkt in die Augen und sagte: »Und ob ich will! Es ist mir eine Ehre, Miss

Edith! Von nun an werde ich stets pünktlich auf den Beinen sein und Sie in sämtlichen Belangen nach besten Kräften unterstützen, worin und gegen wen auch immer.«

Edith entspannte sich augenblicklich: »Ich sehe schon, wir verstehen uns!«

»Ja, Miss, das denke ich auch.«

Edith bestand darauf, die Einweisung in die Abläufe des Haushalts und in meine verschiedenen Aufgabenbereiche persönlich zu übernehmen. Sie schien es als eine Art Mission zu betrachten, der sie sich an unserem ersten gemeinsamen Tag mit Hingabe widmete. Mitunter verfiel sie dabei in eine Fürsorglichkeit, die zwar einerseits rührend, andererseits aber auch anstrengend war. »Wird das alles auch nicht zu schwer für dich, meine kleine Jane?«, fragte sie zum wiederholten Mal, als sie mir gerade den Gebrauch des schmiedeeisernen Wäschegitters vorgeführt hatte, das man bei Bedarf mit einem Seil von der Küchendecke herunterlassen konnte. »Du musst wissen, dass ich Emma geschworen habe, gut auf dich aufzupassen.«

Genau das hatte meine Mutter mir in den Tagen vor meiner Abreise ein gutes Dutzend Mal mitgeteilt, bis ich es nicht mehr hören mochte. War ich nicht auch aus dem Grund von zu Hause weggegangen, weil ich erwachsen und selbstbestimmt leben wollte, jedenfalls soweit dies einem Dienstmädchen möglich war?

»Das ist sehr freundlich von Ihnen, Miss Edith«, sagte ich, »aber ich kann, was auch immer meine Mutter befindet, gut selbst auf mich aufpassen. Im Übrigen bin ich kräftiger, als ich aussehe.«

Edith hob die Brauen auf eine Art, die ich erst später

richtig zu lesen lernte, und ich befürchtete, sie würde meine anmaßende Antwort rügen, aber das tat sie keineswegs. Sie sah mich einige Sekunden lang prüfend an, dann lächelte sie und sagte: »Trotz deiner Jugend kannst du bereits gut für dich einstehen, Jane, das gefällt mir!«

Dankbar und auch ein wenig stolz auf mich erwiderte ich ihr Lächeln und dachte, dass sowohl Mr Moat als auch meine Mutter Recht gehabt hatten: Es würde mir gut gehen bei Edith.

Als Edith mich wenig später fragte, ob man auf Renishaw eigentlich noch oft über sie redete, verstand ich zunächst nicht, worauf sie hinauswollte.

»Im Dorf redet man eher über Ihre Eltern, Miss Edith.«

»Oh! Da ist nicht viel Gutes dabei, nehme ich an.«

»Das würde ich so nicht sagen. Mein Großvater zum Beispiel schätzte Sir George und seine Gartenanlagen ganz außerordentlich!«

»Ach ja, die heiligen mediterranen Farbspiele und die göttlichen italienischen Linien ... Auf die ist der Fuchs heute noch stolz! Wenn es möglich gewesen wäre, hätte er seine Eibenbüsche an Kindes statt angenommen, die Hecken zumindest haben sich mittels Schere und Draht in annehmbare Formen bringen lassen.«

Edith seufzte bitter.

Würde sie jetzt auf die Skandale zu sprechen kommen, die ihre Mutter verursacht hatte? Darüber hatten sich in der Tat alle bei uns zu Hause die Mäuler zerrissen. Die maßlose Verschwendungssucht Lady Idas und die daraus folgenden Schulden hatten sie mehrfach vor Gericht, schließlich sogar für drei Monate hinter Gitter nach Holloway gebracht. Undenkbar! Eine Lady im Gefängnis! Ich war damals höchstens fünf oder sechs Jahre alt, erinnerte mich aber gut an das allgemeine Entsetzen über diese Geschichte. Sogar der Pfarrer von Sheffield hatte in seiner Sonntagspredigt gegen »ruinöse Prasserei« gewettert, und ausnahmslos alle hatten gewusst, wer damit gemeint gewesen war.

Doch darauf wollte Edith gar nicht hinaus.

»Und was wird im Dorf und auf dem Gut über *mich* berichtet?«

»Ich weiß von nichts, Miss«, erwiderte ich. Ich wollte nicht näher auf die Gerüchte und Verleumdungen eingehen, deren bloße Erwähnung bei uns im Gärtnercottage strengstens verboten gewesen war.

Ediths skeptisch verzogene Mundwinkel sprachen Bände, so dass ich mich genötigt sah, eine Erklärung nachzuschieben: »Ich bin keine gute Quelle, was das Dorfgerede angeht, Miss Edith. Meine Mutter und ich haben eher zurückgezogen gelebt. Die Gärtnersleute kamen seit Großvater Victors Tod nicht mehr zu Besuch, und im Haupthaus waren ja kaum noch Angestellte, seit die Herrschaften nach Italien übergesiedelt sind. Lediglich Mr Moat haben wir ab und zu bei uns zum Tee gesehen, wenn er sich gerade im Herrschaftshaus aufhielt.«

»Der gute alte Moat!«, rief Edith.

»Sie wissen, dass Mr Moat und meine Mutter, egal was die Leute reden, nie etwas auf Sie kommen lassen würden, Miss Edith, nicht wahr?«

»Ja, das weiß ich«, antwortete sie leise und trat so dicht an mich heran, dass es mir unangenehm war. Ich konnte ihren Atem riechen, als sie mir ihre Hand auf die Schulter legte und mit einer Locke spielte, die sich aus meinem Dutt gelöst hatte.

»Ich weiß auch, dass ich öfter zu deiner Mutter und dir ins Gärtnercottage hätte kommen sollen, wenn ich im Sommer auf Renishaw war, Jane, aber ich war all die Jahre wohl viel zu sehr mit mir selbst beschäftigt, um an meine alte Freundin zu denken. Spricht Emma noch manchmal von mir? Von den Kinderzeiten, meine ich?«

»Ja, das tut sie«, antwortete ich wahrheitsgemäß.

»Gut!«, sagte Edith und nahm endlich ihre Hand von meiner Schulter. Ich rechnete damit, dass sie weiter in das Thema vordringen wollen würde, aber mit einem Hinweis auf die klemmende Ofenklappe setzte sie meine Haushaltseinführung fort, ohne noch einmal auf die Vergangenheit zu sprechen zu kommen. Wir konnten zur Tagesordnung übergehen – und das war sehr in meinem Sinne.

Unser Alltag an den sogenannten »Londoner Normaltagen« war, jedenfalls bis zum Ausbruch von Helens Krankheit, für einen Künstlerhaushalt erstaunlich klar strukturiert. Die Ära, in der Edith, Osbert und Sacheverell als exzentrisches Geschwistertrio Abend für Abend feiernd und deklamierend die Salons der Hauptstadt unsicher gemacht hatten, war gerade zu Ende gegangen. Sacheverell kümmerte sich um seine junge Familie, weswegen Osbert ihm grollte, und meine beiden Arbeitgeberinnen hatten mehr als genug damit zu tun, für ihren Lebensunterhalt zu sorgen.

Vormittags arbeitete Edith im Bett, nahm auch ihr Frühstück dort ein, das ich um neun Uhr dreißig zu servieren hatte. Helen saß zu diesem Zeitpunkt bereits seit zweieinhalb Stunden, kerzengerade und in eins ihrer schmucklosen, hochgeschlossenen Kleider gezwängt, an dem kleinen Tisch vor dem Fenster im Salon, hoch konzentriert in Bücher und Papiere vertieft oder wie besessen auf eine kleine Reiseschreibmaschine einhämmernd. Ich hatte von Edith die Anweisung erhalten, Helen niemals bei der Arbeit zu stören und stattdessen lieber an ihrer, Ediths, Zimmertür zu klopfen, sie notfalls sogar zu wecken, wenn ich eine Frage hätte, denn Miss Rootham benötige absolute Ruhe während ihres Schaffens. »Helen schreibt alle meine Werke ins Reine. Ohne ihre Bereitschaft, sich für mich aufzuopfern, wäre ich verloren. Zudem ist sie die beste Rimbaud-Übersetzerin, die es in England gibt – ungeachtet dessen, was die Ignoranten, von denen wir umzingelt sind, behaupten.«

Edith zuliebe gab ich mir große Mühe mit Helen. Bereits am zweiten Morgen nach Dienstantritt stellte ich meinen freizügigen Wecker auf halb sechs, um aus den Küchenvorräten das Bestmögliche herauszuholen und Helen mit einem Frühstückstablett zu überraschen, das sich sehen lassen konnte: Toast mit einem Karomuster aus Orangenmarmelade, dazu eine Tasse kräftigen Schwarztee mit reichlich Zucker und einem Tropfen Milch und zwei perfekt ausgebackene kreisrunde Spiegeleier. In Ermangelung von Speck hatte ich einige Scheiben Wurst angebraten und sie wie Blütenblätter um die Eier drapiert. Meine Mutter hatte nicht umsonst ihre Kindheit in der Küche von Renishaw verbracht und ihr Wissen um die Tricks der legendären Mrs Hobbs an mich weitergegeben. Tatsächlich wurden meine Anstrengungen mit einem höchst erfreuten Ausruf belohnt: »Das sieht ja köstlich aus! Und wie das duftet! Können Sie zaubern?«

Helen wäre nicht Helen gewesen, wenn sie mich von da an freundlicher behandelt hätte, aber sie wusste es zu schätzen, wenn man sich um sie bemühte, und fuhr zumindest für eine Weile ihre Krallen ein.

Den restlichen Vormittag über kümmerte ich mich um die Wäsche, erledigte Putzarbeiten und ging einkaufen.

Zwischen zwei und drei Uhr nachmittags kam dann Edith für gewöhnlich aus ihrem Zimmer, fertig angezogen und frisiert. Meine Assistenz beim Ankleiden wünschte sie nur für den Fall, dass Auftritte in der Öffentlichkeit anstanden.

Eine viertel Stunde danach nahmen Edith und Helen gemeinsam einen bescheidenen Lunch in Form von Sandwiches, gedünstetem Gemüse oder belegten Brötchen zu sich. Bis zum Abendessen widmete sich jede wieder ihren Arbeiten, dann allerdings beide im Salon: Edith, auf der Chaiselongue ausgestreckt, schrieb oder las oder sann vor sich hin, Helen bearbeitete an ihrem Tischchen Übersetzungen oder erledigte Korrespondenz. Die Schreibmaschine hatte nachmittags zu schweigen. Ab und zu lasen sie sich gegenseitig vor, und solange ich keinen Lärm machte, duldeten sie es, wenn ich im Raum war, mit einem Staubwedel oder Wischlappen hantierte oder einfach nur lauschend in der Tür stand.

Wenn keine Einladung von auswärts vorlag, servierte ich gegen acht Uhr das Abendessen: Pastete, Suppe oder mageres Fleisch mit Gemüse, das ich zuvor auf dieser Pest von einem abgehalfterten Küchenherd zubereitete. Danach lasen Helen und Edith wieder, leise oder auch laut, während ich in der Küche das Geschirr spülte und anschließend Näharbeiten erledigte. Punkt zehn Uhr abends ging Helen zu Bett, auch Edith zog sich kurz darauf mit einem großen Becher heißer Honigmilch in ihr Zimmer zurück, und ich brachte mit dem Aufräumen des Salons mein Tagwerk zu Ende.

In meine erste Arbeitswoche fiel auch ein Erkundungsgang zusammen mit Edith, damit ich die Umgebung kennenlernte. Helen, die mehrmals zum Mitkommen aufgefordert worden war, verweigerte sich mit dem Hinweis auf Kopfschmerzen und Unwohlsein, und ich müsste mich schon sehr getäuscht haben, wenn da nicht Erleichterung bei Edith zu spüren gewesen war.

»Wir bringen dir ein Hefeteilchen von Mrs Jeremies mit, Helen, Liebling, ja?«

»Sieh lieber zu, dass deine Beschwerden vom Laufen nicht schlimmer werden, Edith.«

»Ich habe ja jetzt eine junge, dynamische Stütze an meiner Seite.«

»Ihre Jugend wird dir gar nichts nützen, wenn du hinfällst und dir einen Wirbel zertrümmerst!«, schimpfte Helen, und Edith lachte, als hätte ihre Freundin etwas besonders Witziges gesagt. Mir flüsterte sie kurz darauf ins Ohr: »Sie meint es nur gut. Lass uns gehen, bevor sie sich zu sehr aufregt.«

»Was hat sie gegen mich?«

»Nichts, Liebes, rein gar nichts. Du bist jung, und sie ist es schon lange nicht mehr. In spätestens zwanzig Jahren wirst du das besser verstehen.«

Bevor wir das Haus verließen, hielt Edith mich zurück, griff in ihre riesige Handtasche und überreichte mir ein schlichtes schwarzes Notizbuch, von der Sorte, die sie selbst benutzte. Dann griff sie noch einmal in die Tasche, kramte eine Weile darin herum, zog schließlich ein schmales ledernes Etui hervor, das sie mit feierlicher Miene vor meiner Nase aufschnappen ließ. Ich sah einen goldenen Drehbleistift auf purpurfarbenem Samt darin liegen.

»Den wirst du ebenfalls brauchen können«, sagte Edith.

»Ja, bestimmt«, sagte ich nach einer kurzen Pause, die Edith ganz richtig interpretierte.

»Aber nein, Herzchen. Diesmal ist es keine Beute, sondern eine Gabe meines lieben Bruders Osbert, die ich völlig legal an dich weiterreichen darf.«

Sie klopfte mir kameradschaftlich auf die Schulter, während ich verlegen den Blick senkte und einen Dank murmelte.

»Schreib auf, was ich dir unterwegs zeige, Jane! Was man sich nicht notiert hat, fällt früher oder später dem Vergessen zum Opfer. Wir wollen doch nicht, dass du in dieser großen ungezähmten Stadt verloren gehst, nicht wahr?«

Und so spazierte ich Seite an Seite mit der Tochter der Herrschaft von Renishaw durch die Straßen von Bayswater, sie in ihrem bodenlangen schwarzen Piratenmantel mit den breiten goldenen Borten, ich in meinem neuen braunen Wollmantel, der neben ihrem wie ein Kartoffelsack wirkte. Sämtliche Passanten starrten uns an, einige grüßten respektvoll, andere tuschelten. Wenn man mit Edith unterwegs war, war einem die Aufmerksamkeit der Umgebung gewiss.

Ein Stück weiter auf der Moscow Road stießen wir auf einen älteren Mann, der rauchend vor einem Knopfladen saß. Er zog seine speckige Mütze, als wir uns näherten, und entblößte die drei Zähne, die ihm im Oberkiefer verblieben waren: »Einen wunderschönen Tag, Miss Sitwell! Lange nicht gesehen. Und da ist ja heute auch ein wertes Fräulein dabei!«

»Seien Sie gegrüßt, Mr O'Sullivan!«, sagte Edith. »Das ist Jane, unser neues Hausmädchen. Jane, darf ich dir Mr O'Sullivan vorstellen, es gibt keinen Knopf auf dieser Welt, den er nicht ersetzen kann.«

Ich knickste brav vor dem Mann, doch Edith zog mich weiter und raunte mir ins Ohr: »Mr O'Sullivan ist ein ganz reizender Mensch, nur wenn du alleine hier entlanggehst, würde ich empfehlen, die Straßenseite zu wechseln, besonders am Abend. Knöpfe kaufen wir schon lange nicht mehr bei ihm.«

Während ich noch über das Gesagte nachdachte, sagte sie: »Schreib das auf!«

Ich notierte: *Knopfmacher belästigt Frauen.*

Edith schaute mir dabei über die Schulter und sagte: »Brav! Was für ein Glück, dass du den Sachverstand der lieben Emma geerbt hast!«

Als wir kurz darauf links in den Palace Court bogen, klang aus den Fenstern eines Hauses Klaviermusik, die mir sehr gefiel. Weil ich aber annahm, dass Edith diese fremdartigen Harmonien und wilden Läufe abstoßend fand, schwieg ich lieber. Selbst meine im Allgemeinen aufgeschlossene Mutter hatte die Nase gerümpft, als wir einmal in Eckington an einem Pub vorbeigekommen waren, wo jemand »diese fürchterliche amerikanische Jazzmusik« gespielt hatte.

Edith aber blieb stehen, lauschte und sah mich an: »Dir gefällt das auch, nicht wahr?«

»Oh ja, sehr sogar!«, antwortete ich.

»Es kommt aus der Wohnung von Madame Dupuis. Ihr gehört die Tanzschule dort drüben. Madame hat einen so überaus begabten schwarzen Pianisten an ihrer Seite, beruflich und privat, würde ich mal sagen. Er ist Amerikaner und spielt gelegentlich auch in einer der Kellerkneipen, die es nicht weit von hier geben soll. Ich war leider noch nicht dort, aber diese Art Musik reißt mich jedes Mal mit, wie kaum etwas anderes.«

»Gehen Sie gerne tanzen, Miss Edith?«

Sie lachte bitter: »Um Himmels willen, hast du mich auch

nur *ein* Mal angeschaut? Wenn ich eine anmutige Gazelle wie du wäre, hätte ich es vielleicht tatsächlich einmal versucht. Aber wer würde mit einer schiefgewachsenen Windhündin wie mir tanzen wollen? Und selbst wenn jemand so toll wäre, dann würde der erbärmliche Zustand meines Rückens es mir ohnehin vergällen. Jetzt schau doch nicht so mitleidig! Mitleid ist das Letzte, was ich brauche, das kannst du dir ebenfalls notieren.«

Wir gingen eine Weile schweigend nebeneinander, doch für Edith war das Thema noch nicht beendet. »*Ich* tanze, wenn ich schreibe, da sind mir keinerlei Grenzen gesetzt. Vielleicht bin ich deshalb so herausragend in meiner Dichtung, weil ich die Freiheit, die ich auf diese Art erlange, mehr zu schätzen weiß als Leute, die von der Natur mit körperlichen Vorzügen gesegnet sind.«

Es tat mir leid, dass sie von sich als Frau ohne Reiz sprach, und ich fühlte mich genötigt, ihr zu schmeicheln.

»Aber Miss Edith, denken Sie nur an Ihre vielen Bewunderer! Mr Cecil versicherte mir, wie sehr er es schätzt, Ihre Schönheit in seinen Bildern sichtbar zu machen.«

»Hat er Schönheit gesagt?«

»So wahr ich hier stehe«, log ich.

»Die Fotografien, die Cecil von mir macht, werden ihm Tür und Tor in der Londoner Gesellschaft öffnen, das weiß er nur zu genau.«

»Ich glaube, er verehrt und bewundert sie, ohne eigene …«

»Selbstverständlich tut er das! Cecil hat schließlich Verstand!«

So war es von Anfang an: Man konnte bei ihr von Bewunderung über Mitleid in totale Fassungslosigkeit geraten und benötigte dafür oft nur wenige Sekunden.

Wir gingen eine Reihe verklinkerter Häuserfassaden entlang, passierten das Warenhaus in der Bayswater Road, wo Edith mich *Seife nur wenn im Angebot* und *Strümpfe im Sechserpack günstiger* notieren ließ. »Leider sind wir gezwungen, äußerst sparsam zu wirtschaften.«

Jenseits des Kaufhauses warfen wir einen Blick auf das Grün hinter dem Eisentor zu den Parkanlagen von Kensington.

»Mir wurde berichtet, dass man dort an Sonntagen wunderbar spazieren gehen kann«, sagte Edith. »Mit Sicherheit ist es nicht so zauberhaft wie in den Gärten von Renishaw, aber doch einigermaßen angenehm, wenn man sich gerne in der Natur aufhält. Wenn du es ausprobierst, berichte mir davon!«

Ich notierte: *Geht niemals spazieren. Tanzt nicht. Amüsiert sich beim Dichten.* Edith sah mich den Stift benutzen, griff schneller nach dem Heft, als ich es wegziehen konnte, las und lachte: »Erinnere mich daran, dir noch ein weiteres Notizbuch zu geben, eines für deine ganz eigenen Beobachtungen und Gedanken. Aus deinem verknappten Stil lässt sich bestimmt etwas machen.«

Ich dachte zunächst, sie habe sich einen Scherz erlaubt, und lachte, aber sie blieb ernst: »Das ist nicht zum Lachen, Jane, schreib alles auf, was dir in den Sinn kommt, das Mögliche und das Unmögliche, das Heilige und das Profane, finde die Poesie in den schlichten Ereignissen deines Alltags!«

Ich war skeptisch, wie viel Poesie sich wohl hinter der rußigen Herdklappe finden lassen würde oder im Geräusch meines auf den Boden klatschenden Wischlappens, aber es gefiel mir, dass sie auf diese Weise mit mir sprach. Sie traute mir etwas zu, das mehr mit ihrer Welt zu tun hatte als mit meiner. Sie schien uns beide in gar nicht mal so verschiedenen Welten einordnen zu wollen.

Nach etwa zwei Stunden Fußmarsch waren wir wieder bei unserem Haus angelangt, ich mit einem zur Hälfte mit Wegbeschreibungen, Skizzen und Hinweisen gefüllten Notizbuch und Edith mit einer Tüte Hefeteilchen für Helen. Sie war vor Erschöpfung kaum noch in der Lage, die Treppen hinaufzusteigen.

»Ab morgen wirst du dich ohne Hilfe im Viertel zurechtfinden, Jane, kann ich mich darauf verlassen?«, keuchte sie, als wir endlich im fünften Stock angelangt waren.

»Ja, Miss, kein Problem!«

»Ich bin nämlich auf meine Arbeitszeit angewiesen, wenn wir weiterhin die Miete aufbringen wollen.«

In der Wohnung wurden wir von einer fürchterlich aufgebrachten Helen erwartet, die sich auch von duftendem Gebäck nicht milde stimmen ließ.

»Warum hat das so lange gedauert?«, fauchte sie, kaum dass wir die Wohnung betreten hatten.

»Wir haben uns eben Zeit gelassen«, antwortete Edith, während sie sich, noch in Mantel und Straßenschuhen, in einen Sessel fallen ließ.

»Ich habe befürchtet, sie hätten dich längst tot von der Straße aufgelesen!«, schimpfte Helen. Und an mich gewandt: »Was hast du dir dabei gedacht? Sieh nur, was du angerichtet hast mit deinem Leichtsinn! Miss Edith wird Tage brauchen, um sich von dieser Strapaze zu erholen!«

Ich war derart empört über diese ungeheuerlichen Vorwürfe, dass ich nach einem letzten Blick auf Edith, die mit geschlossenen Augen im Sessel hing, als ginge sie das alles nichts an, aus dem Zimmer lief.

»Nimm gefälligst deiner Herrin den Mantel ab, du unverschämte Person!«, hörte ich Helen noch schreien, als ich die Küchentür hinter mir schloss. Noch nie zuvor war ich derart ungerecht behandelt worden, noch nie hatte mich jemand »unverschämt« genannt. Aber dass Edith keinerlei Versuch unternommen hatte, mich zu verteidigen, verletzte mich am meisten.

Als ich am Abend mit teilnahmsloser Miene das Essen auftrug und einfach so tat, als habe die Auseinandersetzung gar nicht stattgefunden, kam Helen mit keinem Wort darauf zurück. Stattdessen bedankte sie sich freundlich für meine Dienste und wünschte »eine angenehme Nacht«. Womöglich tat ihr der Ausbruch vom Nachmittag leid, oder sie schätzte es, wenn man sich nicht als nachtragend erwies, vielleicht litt sie selbst unter ihrem Temperament. Jedenfalls hatte ich eine brauchbare Strategie im Umgang mit ihr gefunden, ohne Strafe fürchten zu müssen. Ich ließ sie zetern, wenn sie zetern wollte, und vergaß das Gezeter so schnell wie möglich wieder.

Am nächsten Morgen lag neben dem Herd auf dem kleinen Tisch, an dem ich mein Frühstück einnahm, das versprochene zweite Notizbuch sowie ein dickes in Leder gebundenes Buch mit einer hellgelben Seidenschleife darum. *Porträt einer Dame* las ich auf dem braun-goldenen Einband. Beim Aufbinden der Schleife fiel eine Karte heraus: »Meine liebe Jane! Lies, um der Enge unseres Daseins zu entfliehen, schreib aus dem gleichen Grund! So habe ich es auch gemacht, so mache ich es bis heute. In der Literatur, in der Dichtung kannst du, können wir alles sein: Du kein junges, den Launen der Herrschaft ausgesetztes Dienstmädchen mehr – ich nicht länger eine hilflose, zu fast allem unfähige Arbeitgeberin und Freundin. Stets die Deine, Edith Sitwell«

Edith Sitwells Teegesellschaften waren ebenso legendär wie sie selbst. Aber nicht nur deswegen hatte ich meiner Premiere bei einem dieser Ereignisse entgegengefiebert. Endlich würde ich die Menschen persönlich und aus der Nähe erleben, die ich als Kind heimlich von weitem durch die Hecken von Renishaw beobachtet hatte! Am Ende der ersten Arbeitswoche in London war es endlich so weit.

Ich hatte bereits gut vierzig Leute hereingelassen, als erneut die Türglocke läutete, diesmal jedoch mindestens zehn Mal hintereinander, als sei irgendwo im Haus ein Feuer ausgebrochen oder jemand im Flur tot umgefallen.

»Miss! So haben Sie doch Erbarmen mit meinem Alter, meiner Armut und meinem schrumpfenden Gehirn!«

Der Mann war auf keinen Fall älter als fünfundzwanzig, trug feinsten Zwirn und sah alles andere als geistig eingeschränkt aus.

»Bedaure, Sir. Ich habe Anweisung, ausschließlich Gäste einzulassen, die das mit den Einladungen versandte Losungswort fehlerfrei und vollständig aufsagen können.«

Er stöhnte.

»Mein Ehrenwort reicht wohl nicht, oder?«

Ich schüttelte den Kopf.

»Sind Sie neu?«

Ich nickte.

»Kommen Sie schon, Miss, da drinnen warten Freunde auf mich.«

Ich zuckte mit den Schultern.

»Geben Sie mir einen winzigen Hinweis, es fällt mir schon noch ein!«

Mein fortgesetztes Schweigen ließ ihn einen übertriebenen Seufzer ausstoßen.

Dabei hätte er doch einfach darauf bestehen können, mit einer der Gastgeberinnen persönlich zu sprechen, statt im Türrahmen zu verhandeln wie ein fahrender Eisenwarenhändler. Es machte ihm wohl Spaß, mit mir, dem unerfahrenen neuen Dienstmädchen, sein Spiel zu spielen. Grinsend sagte er: »Soll ich vielleicht etwas rezitieren? Ich kenne Verse, in denen kommen Worte vor, die Sie, meine Edelste, in keinem anständigen Buch finden werden, äußerst delikat, passen Sie auf: Zwischen dem Saft deiner Schenkel fand ich die Blüte der ...«

»Obst«, unterbrach ich ihn.

»Wie bitte?«

»Der von Ihnen gewünschte Hinweis auf das Losungswort, Sir. Es kommt eine Obstsorte darin vor.«

»Oh, mein Gott, Sie sind ja herrlich! Edie hat Sie angestellt, stimmt's? Helen war es sicher nicht, der sind Sie viel zu jung, zu frech und – mit Verlaub – zu hübsch, möchte ich wetten. Unter uns: Wie kommen Sie denn mit dieser besserwisserischen Spaßbremse zurecht?«

Ich bedachte ihn mit dem strengsten Gesichtsausdruck, der mir zur Verfügung stand. Unter Ediths kundiger Anleitung sollte ich mich in den folgenden Jahren in dieser Hinsicht zwar noch deutlich steigern, aber fürs Erste gelang es auch so, diesen Witzbold von der Rezitation weiterer erotischer Verse oder Beleidigungen abzuhalten.

»Ist ja schon gut«, murmelte er. »Also: Obst, ja? Hm ... Obst, Obst, verdammtes Obst ...«

Er fuhr sich in gespielter Verzweiflung durch das trotz seiner Jugend bereits schütter werdende Haar, um sich mir im nächsten Moment ohne jegliche Vorwarnung mit einem beachtlichen Hechtsprung zu Füßen zu werfen. Wäre ich nicht blitzschnell ausgewichen, hätte er mich mit sich zu Boden gerissen. So aber landete er krachend auf den Holzdielen, rollte sich mit der Eleganz eines Zirkusartisten seitlich über die Schulter ab und blieb zunächst in sich gekrümmt liegen. Ein Wahnsinniger! Ich wollte schon um Hilfe schreien, da bemerkte ich die Katze. Der vermeintliche Angreifer hatte sich auf den Rücken gedreht und hielt das zappelnde, fauchende Tier wie eine Trophäe mit beiden Armen in die Höhe.

»Hab sie!«, rief er. Dann biss ihm die Katze in den rechten Zeigefinger, und er schrie: »Autsch!« wie ein wehleidiges Kind, ließ das Tier jedoch nicht los, was mir einen gewissen Respekt abnötigte.

»Sind Sie verletzt, Sir?«

»Na, und ob!«

»Sie haben mich zu Tode erschreckt!«

»Dafür sehen Sie aber sehr lebendig aus, wenn ich das so sagen darf. Wie auch immer: Ich bin der Held des Tages, Werteste, und Sie müssen mich ganz ohne das läppische Losungswort in den Salon lassen!«

»So? Muss ich das?«

»Ja. Wenn Miss Sitwell nämlich erfährt, dass aufgrund Ihrer Nachlässigkeit die heiß geliebte Amber beinahe entlaufen wäre, belegt sie Sie mit einem schlimmen Fluch! Mindestens!«

»Unfug! Geben Sie her, das Biest wird noch Ihren Anzug ruinieren.«

Ich langte zu ihm hinunter, packte die nach wie vor wild fauchende Katze im Nacken und warf sie kurzerhand in die Abstellkammer zu den Koffern, eingemotteten Wintermänteln und Hutständern.

Der selbsternannte Held des Tages kam derweil mit beeindruckender Geschmeidigkeit wieder auf die Füße, klopfte sich den Staub vom Revers und betrachtete mit geradezu wissenschaftlicher Faszination seinen Zeigefinger.

»Blut!«, konstatierte er, als handele es sich um ein ihm gänzlich unbekanntes Phänomen. Mit einem leisen Schmatzen steckte er sich den Finger in den Mund. Den Gouvernanten, die ihn wahrscheinlich seine gesamte Kindheit über malträtiert hatten, wäre das sicherlich ein Graus gewesen, mir aber gefiel es: ein mutmaßlicher Lord, der sich einen feuchten Kehricht um Benimmregeln scherte.

»Sie hätten das bösartige Vieh einfach laufen lassen sollen, Sir!«, sagte ich versöhnlich, was ihn aus unerklärlichen Gründen in schallendes Gelächter ausbrechen ließ.

»Na, ob Sie mit dieser Einstellung lange hier arbeiten werden, Liebchen, wage ich zu bezweifeln. Aber richtig so: Es lebe die Rebellion!«

Bevor ich etwas entgegnen konnte, riss mein Gegenüber die Augen auf, schlug sich mit der flachen Hand an die Stirn, so dass eine winzige halbmondförmige Blutspur über seiner rechten Braue zurückblieb, und rief: »Ein goldener Apfel ist kein Reisehindernis!«

»Na also!«, sagte ich. »Jetzt dürfen Sie rein. Willkommen in Pembridge Mansion, Sir, bitte hier entlang!«

»Oh, mein Gott, wie entzückend Sie sind! Ich flehe Sie an: Brennen Sie mit mir durch!«

Während er das sagte, öffnete sich die Tür des Salons.

»Mit wem möchtest du schon wieder durchbrennen, Harold, mein Bester?«

Da stand sie: Edith in ihrer »Samstagnachmittagsrüstung«, wie sie es nannte, wenn wir unter uns waren, und ich konnte nicht anders, als sie mit offenem Mund anzustarren. Zwei Stunden zuvor hatte ich ihr selbst die bodenlange Robe aus mitternachtsblauem Damast um die Schultern gelegt, die schwarze Samtkappe über die Haare gezogen und die tropfenförmige Rubinbrosche daran befestigt. Auch die Perlen und das juwelenbesetzte Brustkreuz hatte ich ihr angelegt, ihre Nägel gefeilt und silbern lackiert, die Ringe über ihre Finger gestreift, die ausgezupften Augenbrauen mit dem Schminkstift zu einem hohen Bogen geformt. Nichts an ihrer Erscheinung war neu für mich, sämtliche Einzelheiten ihrer Garderobe hätte ich blind aufzählen können, und trotzdem war ich in diesem Moment von ihrem Anblick vollkommen überwältigt. Hier war sie, die Legende, der zu dienen ich in die Hauptstadt gezogen war. Im Lichtschein, der aus dem Salon von hinten auf sie fiel, wirkte sie bedeutend größer, als sie mir am Morgen vorgekommen war. Zweifellos war sie mit ihren Einmeterdreiundachtzig eine ungewöhnlich große Frau, jetzt aber ragte eine Riesin wie aus Gullivers Reisen vor mir auf, die den schäbigen kleinen Wohnungsflur in einen märchenhaft-magischen Ort verwandelte.

Auch der flegelhafte Katzenfänger, ein angehender Schriftsteller namens Harold Acton, der Anlass zu großen Hoffnungen gab, wie ich später erfuhr, schien von Ediths Erscheinung beeindruckt.

»Edith, du Göttin! Fürstin unter den Poetinnen und Kämpferin gegen Langeweile und Mittelmäßigkeit …«

»Harold, du bist spät!«, unterbrach sie ihn schroff.

Er schlug die Hacken zusammen, deutete eine Verneigung an: »Verzeih mir, Verehrteste, aber …«, er zeigte auf mich, »ich werde leider mit diesem Mädchen hier durchbrennen müssen!«

»Ach ja?«, sagte Edith, ungefähr so interessiert, als hätte er ihr den Härtegrad seines Frühstückseis geschildert.

Sie hielt ihm ihre Rechte hin, er verneigte sich mit dramatischer Geste und hauchte einen Kuss auf den großen Aquamarin an ihrem Mittelfinger.

»Keine Sorge, Jane, unser junger Freund hier würde wohl eher mit Cecil oder Osbert durchbrennen als mit unsereins, falls du weißt, was ich meine.«

Sie sagte tatsächlich »unsereins«! Und mit welcher Lässigkeit sie diesen Angeber buchstäblich handzahm bekam! Ich war beeindruckt. Dass sie außerdem eine Andeutung auf etwas hatte fallen lassen, das vor den Augen des Gesetzes als Verbrechen galt, sie aber nicht im Geringsten zu stören schien, imponierte mir zusätzlich.

»So, mein Lieber, komm jetzt gefälligst rein. Helen wird gleich mit dem Lesen beginnen, das wirst du sicherlich nicht verpassen wollen.«

Edith nahm den jungen Dichter am Arm und führte ihn mit sich in den Salon, wo sich bereits an die dreißig Gäste versammelt hatten. Im Abgang drehte Harold Acton sich noch einmal nach mir um und warf mir einen Handkuss zu, den ich geflissentlich ignorierte.

Ich war angewiesen worden, nicht nur den Einlass an der Tür zu übernehmen, sondern zu gegebener Zeit, sobald Helen ihren Vortrag beendet hatte, die Damen und Herren mit Tee zu versorgen. Der Applaus, den man bis in die Küche hören konnte, war mein Signal. Nach dem sonderbaren Auftritt von Harold Acton richtete ich meine Schürzenbänder, nahm die große Kanne vom Herd, holte tief Luft und machte mich auf ins Gewühl der illustren Damen und Herren.

Der kleine Salon war gestopft voll und derart verraucht, dass mir die Augen brannten. Einige hatten Sitzplätze auf den schäbigen Polstermöbeln oder einem der wackligen Stühle ergattert, andere standen in kleinen Gruppen herum, manche hatten sich auf dem Fußboden niedergelassen, die Schuhe abgestreift und die Füße unter das Hinterteil gezogen. An der Schlichtheit der Räumlichkeiten schien sich niemand zu stören. Ich machte die Runde, füllte die mir freundlich hingehaltenen Steingutbecher, studierte die Gesichter, besah mir die Kleider, hörte dem Gerede zu, aus dem ich nur teilweise schlau wurde, und versuchte mir Sätze zu merken, die ich später in mein Heft notieren wollte. Insgesamt wirkte die Stimmung, trotz zwangloser Umgangsformen, weniger ausgelassen, als ich erwartet hatte, aber das mochte auch daran liegen, dass niemand das Grammophon in Gang gesetzt hatte und es billigen Schwarztee statt Champagner gab.

Eine junge Frau mit weißblondem Bubikopf in einem kurzen silbernen Kleid, das eine Struktur wie Gefieder hatte, saß mit angewinkelten Beinen in der Fensterbank und war umringt von vier Studenten in Knickerbockern, die sich mir beim Einlass unter albernem Gekicher als »junge Freunde Osbert Sitwells« vorgestellt hatten.

»Wo bleibt eigentlich der gute Osbert?«, fragte die Dame, während sie mit ihrer langen Zigarettenspitze vor dem Gesicht eines der jungen Männer herumfuchtelte. »Kommt er noch?«

Ich blieb mit der Kanne in der Hand so unauffällig wie möglich neben der Gruppe stehen, um die Antwort auf ihre Frage mitzubekommen. Der Student griff in die Tasche seines abgewetzten Tweedjacketts, reichte der Dame mit einer formvollendeten Verneigung Feuer und sagte: »Vielleicht kommt er später noch kurz vorbei, vielleicht heute aber auch gar nicht. Dies ist keine Gegend, in der er sich gerne länger aufhält.«

Ich ärgerte mich über diese Bemerkung. Die Zuneigung der Geschwister untereinander war bei uns in Renishaw fast schon sprichwörtlich gewesen, ich konnte und wollte mir nicht vorstellen, dass ein liebender Bruder sich von heruntergekommener Nachbarschaft abhalten ließ, seine Schwester zu besuchen.

Ich war auf das Erscheinen von Ediths älterem Bruder besonders gespannt gewesen. Osbert Sitwell und ich waren uns schon einmal persönlich begegnet, und ich war mir sicher: Auch er würde sich noch daran erinnern, wenn er mich jetzt wiedersähe.

Es war an einem lauen Augustabend vor etwa zwei Jahren gewesen. Ich hatte mich wieder einmal nahe bei den inneren Gärten herumgetrieben, als vom kleinen Teich her ein Geräusch gekommen war, das mich aufhorchen ließ. Ich wusste, was diese Art Seufzer zu bedeuten hatten. Im Schutz des sogenannten »wilden Wäldchens«, das ans Ufer des kleinen Sees grenzte, schlich ich mich näher heran. Unterhalb der Böschung, im hohen Ufergras, sah ich zwei leidenschaftlich ineinander verschlungene Körper liegen. Trotz der heraufziehenden Dämmerung konnte ich sie gut sehen, und dennoch brauchte es eine Weile, bis ich realisierte, dass es sich bei dem Liebespaar um zwei junge Männer handelte. Vielleicht war mein Erstaunen daran schuld, dass ich mich nicht rechtzeitig wieder hinter den Rand der Böschung geduckt hatte, und womöglich hatte ich auch irgendeinen Laut der Überraschung von mir gegeben, jedenfalls schnellte einer der Körper plötzlich hoch und wandte sich in meine Richtung.

Unfähig, mich zu rühren oder auch nur ein Wort herauszubringen, starrte ich ihn von der Böschung herab an, und mein splitterfasernacktes Gegenüber starrte zurück. Es war Osbert. Seine Blöße schien ihm gar nichts auszumachen, er stand einfach da, groß, schlank, drahtig und wunderschön. Und so wie er die Hände in die Hüften gestemmt hatte, sah er viel mehr wie ein Feldherr aus, der sein Schlachtfeld überblickt, als wie jemand, der gerade von einem Dorfmädchen bei einer verbotenen Handlung erwischt worden war. Er legte, mit einer sehr langsamen, fast zärtlichen Geste den Zeigefinger an seine Lippen, sah mir dabei direkt in die Augen und, tatsächlich, er lächelte! Ohne den Hauch einer Verlegenheit, ohne die geringste Spur irgendeiner Verärgerung oder Sorge grinste er mir zu, als wäre ich eine vertrauenswürdige Komplizin – und als solche fühlte ich mich in diesem Moment auch. Ich nickte, legte dabei gleichfalls den Finger an meine Lippen, hob zum Gruß meine Hand, er winkte zurück. Dann rannte ich, so schnell ich konnte, davon. An mein wortloses Versprechen hielt ich mich eisern und stellte mir seitdem vor, dass es ein stilles Einverständnis zwischen mir und dem ältesten Sohn der Herrschaft gab.

»Was ist, Mädchen, kann man bei Ihnen einen Schluck Tee bekommen?«, riss mich ein untersetzter Mann mit runder Hornbrille, deren dicke Gläser seine Augen winzig aussehen ließen, aus meinen Gedanken. »Entschuldigen Sie bitte, Sir, wie unaufmerksam von mir!«

Als der Tee zu Ende ging, hielt ich Ausschau nach Edith, entdeckte sie am hinteren Fenster, mit Mr Cecil ins Gespräch vertieft. Sie sah blass und angespannt aus, an der kleinen Falte über ihrer Nasenwurzel erkannte ich, dass sie wieder von Rückenschmerzen geplagt wurde.

»Da *ist* sie ja!«, rief Cecil, als ich mich zu ihnen stellte, »wir haben gerade von dir gesprochen.«

Ich sah die beiden skeptisch an.

»Nur Gutes, selbstverständlich!«, fügte Edith hinzu. »Dass du dich so tapfer durchschlägst und uns schon jetzt eine große Hilfe bist.«

Cecil grinste amüsiert, und ich fragte mich, um was es in ihrem Gespräch wohl tatsächlich gegangen war.

»Miss Edith, sollten Sie sich nicht lieber ein Weilchen setzen?«, fragte ich. Edith lächelte: »Siehst du, Cess, das meine ich. Sie hat trotz ihrer Jugend so ein gutes Auge auf mich!«

Ohne uns weiter zu beachten, steuerte sie auf das andere Ende des Salons zu, wo sie Helen gesichtet hatte, die leidenschaftlich auf den gequält dreinschauenden Harold Acton einredete.

»Wie ich sehe, hast du dich bestens hier eingelebt und amüsierst dich«, sagte Cecil, der mich auf eine Art von der Seite musterte, die mich reflexhaft meine Frisur richten ließ.

»Wenn Sie mich bitte entschuldigen wollen, Mr Cecil, ich muss dringend frischen Tee aufsetzen«, sagte ich und schwenkte zur Unterstreichung meiner Worte die leere Kanne.

»Das hat Zeit!«, sagte Cecil.

Ehe ich mich versah, hatte er sich die Teekanne geschnappt und an einen der jungen Studenten weitergereicht, der gerade an uns vorbeispazierte. »Bring das in die Küche!«

Dann packte er mich bei den Schultern, schob mich in die Fensterleibung und sagte: »Bleib einen Augenblick so, damit ich das Licht auf deinen Wangen sehen kann!«

»Wie bitte?«

»Still halten!«

Verblüfft gehorchte ich. Cecil holte einen kleinen Block und einen Bleistiftstummel aus der Tasche seines hellblauen Seidenjacketts und begann hektisch auf das Papier zu kritzeln. Zwischendurch sah er mich immer wieder an, aber sein normalerweise freundliches, feines Gesicht bekam dabei etwas Verbissenes, das mir nicht geheuer war.

»Sir?«, meldete sich der Student.

»Küche!«, befahl Cecil schroff. Der junge Mann zuckte mit den Schultern und trottete davon.

Cecil Beaton achtete nicht weiter auf ihn, riss das oberste Blatt von seinem Block, knüllte es zusammen und warf es auf den Boden, bekritzelte das nächste. Schließlich nahm ich all meinen Mut zusammen, ging zu ihm hin und sah, was er da machte: Er skizzierte das Gesicht einer Frau. Und diese Frau war ich.

»Nein!«, sagte ich.

Cecil schaute von seiner Skizze auf. »Du solltest dich doch nicht bewegen!«

»Was tun Sie da?«

»Ich zeichne, Liebes. Bevor ich jemanden fotografiere, mache ich meistens Skizzen, das ist nichts Besonderes.«

»Wieso sollten Sie mich fotografieren?«

»Ich mache Bilder von Menschen, das ist mein Beruf. Sei dankbar, du kannst dir später eins für deinen Liebsten rahmen lassen.«

»Ich habe aber keinen Liebsten«, murmelte ich, doch da hatte er mich schon bei der Hand gefasst und zog mich mit sich durch die Menge, die sich für ihn, beziehungsweise uns, jetzt fast ebenso mühelos teilte wie zuvor für Edith.

»Hier ist es zu voll und zu dunkel«, erklärte er mir. Als wir an Edith vorbeikamen, die sich in einem regen Gespräch mit Helen und einer adligen Lady mit Zwergspitz auf den Arm befand, sagte Cecil: »Wir brauchen dein Schlafzimmer!«

Edith schaute nicht einmal zu ihm herüber, als sie sagte: »Nur zu!«

»Was werden denn die Leute denken?«, sagte ich, nachdem Cecil die Tür von Ediths Zimmer hinter uns ins Schloss gezogen hatte.

»Nichts denken die, glaub mir, die denken sich in den meisten Fällen rein gar nichts.«

In der Mitte des Zimmers wartete Cecils Kodak, er hatte sie bereits auf das dreibeinige Stativ geschraubt, und ich fragte mich, ob er von Anfang an vorgehabt hatte, mich zu porträtieren.

»Schürze aus, da rüber ins Fenster stellen, und zwar genau so wie eben im Salon, Licht von rechts«, befahl Cecil.

»Bitte!«, fügte er ungeduldig hinzu, als er mein Zögern bemerkte.

Ich tat, wie mir geheißen, während Cecil Ediths großen Ankleidespiegel von der Wand wuchtete und rechtwinklig zum Fenster an den Schreibtisch lehnte, so dass ich mich darin spiegelte. Cecil schob noch einige der Möbel um, zog den Lesesessel beiseite, rückte die Frisierkommode nach rechts, hob den staubigen Vorhang an, legte ihn mir über die Schulter, nahm ihn wieder weg, klopfte ihn aus, verrückte den Spiegel noch mehrere Male, bis er ihn endlich in der richtigen Position hatte.

»Die trostlose schwarze Kutte auch ablegen, bitte!«

Ich schluckte, knöpfte dann aber widerspruchslos mein Kleid auf. Cecil half mir, es abzulegen, warf es anschließend auf Ediths Bett, als sei gar nichts dabei.

»Sehr schön, viel besser!«, sagte er und lächelte endlich.
Ich stand da, im Mieder, und das Einzige, worüber ich mich wunderte, war, dass es mir nichts ausmachte.
»Dreh dich ein bisschen mehr ins Profil, ja, genau so, bist ein braves Mädchen!«
Cecil drehte mich nach rechts, dann wieder nach links, legte erneut den Vorhang über meine nunmehr nackten Schultern, zupfte ihn zurecht, hieß mich den Stoff über der Brust mit den Händen zusammenhalten. Ich gab mir Mühe, alles so zu machen, wie er es haben wollte.
»Gut, aber noch nicht perfekt!«
Er griff nach meinem Kopf, zog die Nadeln aus dem Knoten in meinem Nacken, löste den Zopf. Dann nahm er eine von Ediths Bürsten vom Frisiertisch und bearbeitete meine hüftlangen Haare damit. Strähne für Strähne arrangierte er meine Locken wie bei einer Puppe. Als er fertig war, schaute er sich im Zimmer um, öffnete die Schubladen von Ediths Schminktisch, kramte ungeniert darin herum und nahm schließlich eine dreireihige Perlenkette heraus, die er mir um den Hals legte. Er trat zwei Schritte zurück, verschränkte die Arme vor der Brust, prüfte das Arrangement, nickte zufrieden: »Siehst du, *jetzt* kommen wir zusammen!«
Er ging zu seiner Kamera, rückte das Stativ zurecht und begann zu fotografieren. Man stelle sich das vor: Vierzig palavernde Menschen warteten hinter der Tür auf frischen Tee, und ich stand da, gelassen an den Fensterrahmen gelehnt, halb nackt, interessiert mein mit einem Brokat-Jacquard-Vorhang und drei Reihen Süßwasserperlen angetanes Spiegelbild betrachtend, und war Modell bei einem Fotografen, der später einmal die gesamte Königsfamilie in Szene setzen würde.

Immer wieder kam Cecil hinter seiner Kamera hervor, um etwas an mir zurechtzuzupfen oder umzudekorieren, ich ließ ihn machen, vergaß meine Pflichten, vergaß die Zeit.

Irgendwann sagte Cecil: »Du kannst dich anziehen. Das war's!«

So kam es, dass im November 1927 mein Porträt in Cecil Beatons erster Londoner Ausstellung in der Bond Street hing – neben Porträts von Edith, den drei Geschwistern Sitwell und anderen Berühmtheiten.

In den *Sunday News* fand sich ein Artikel darüber, den Edith für mich aufhob. »Beatons Arbeiten sind fabelhafte Porträts von herrlichen Damen, eine schöner als die andere«, stand da geschrieben. Zur Eröffnung war ich nicht eingeladen, und auch mein Name wurde nirgends erwähnt, doch zum darauffolgenden Weihnachtsfest bekam ich von Cecil einen gerahmten Abzug überreicht.

Solltest du jemals einen Liebsten haben, wisse, dass er dich nicht verdient, stand auf der beiliegenden Karte.

7

Gute Nachrichten

London, 1964

Schwester Farquhar hat Fieber gemessen. »Leicht erhöhte Temperatur, ansonsten aber stabil«, sagt sie.

Was wir dieser Tage noch so stabil nennen.

»Sollten wir den Doktor rufen?«, frage ich.

»Noch ist das nicht nötig. Dame Edith muss allerdings weiter beobachtet, die Temperatur stündlich kontrolliert werden.«

»Das übernehme ich!«, beeile ich mich zu sagen, denn ich weiß, dass die Schwester Theaterkarten für heute Abend hat. Seit Wochen liegt sie uns damit in den Ohren, wie sehr sie sich darauf freut, Sybil Thorndike endlich leibhaftig auf der Bühne zu erleben. Sie hat sich eigens für diesen Anlass ein neues Kleid gekauft und heute Morgen noch extra beim Friseur die Wellen legen lassen. Ich kann mir kaum vorstellen, dass Dame Sybils Auftritt der alleinige Grund für all diesen Aufwand ist. Fast hätte ich die Schwester gefragt, wer sie denn begleiten wird, aber wir pflegen kein Verhältnis, das mich zu derart privaten Erkundigungen berechtigt. Wie auch immer, sie soll sich ihren Theaterbesuch gönnen dürfen. Abgesehen davon habe ich auch nichts dagegen, mal wieder einen Abend alleine mit Edith zu verbringen.

»Sie gehen aus, Doris, wie geplant!«, füge ich mit Nachdruck hinzu.

»Sind Sie sicher? Wäre es nicht doch besser, wenn ich hierbleibe?« Sie ziert sich noch ein wenig, aber ich kann die Erleichterung bereits aus ihrem Gesicht leuchten sehen.

»Ja, ganz sicher. Seien Sie unbesorgt, ich werde mich zu Ihrer Patientin ans Bett setzen und sie keine Sekunde aus den Augen lassen, bis Sie von Ihrem Ausflug auf den Jahrmarkt der Eitelkeiten zurückgekehrt sind.«

Schwester Farquhar grinst. »Sehr witzig. Kennen Sie denn das Stück?«

»Die Romanvorlage ist mir natürlich vertraut«, sage ich.

»Zweifellos«, erwidert Farquhar etwas schmallippig. »Na, dann bleibt mir nur, Ihnen zum Dank anzubieten, nachher bei einer gemeinsamen Tasse Tee von der Aufführung zu berichten.«

»Da werde ich wahrscheinlich zu müde für eine Unterhaltung sein, Schwester Farquhar, aber trotzdem danke für das Angebot.«

Jetzt höre ich mich schon an wie Edith, wenn sie schlechte Laune hat. Ich sehe, wie Doris Farquhar sich achselzuckend abwendet und den hellblauen Schwesternkittel aufknöpft. Als sie kurz darauf die Wohnung verlässt, höre ich sie durch den Flur trällern: »We are going on a summer holiday ...«

Jetzt wüsste ich wirklich gern, in wessen Begleitung sie ausgeht. Eine Affäre sei ihr zugestanden, aber ich will doch hoffen, dass sie mit ihren knapp vierzig Jahren nicht noch jemandem erlauben wird, ihr ernsthaft den Hof zu machen. Es wäre schade, wenn sie uns verlassen würde. Sie ist viel geduldiger mit Edith als ihre Vorgängerin, auch der tägliche Umgang mit ihr ist angenehm unkompliziert. Ich habe eine Weile gebraucht, um diese Tatsache zu akzeptieren, aber spätestens seit dem Totalzusammenbruch in Los Angeles weiß ich es zu schätzen, den Alltag mit Edith nicht alleine schultern zu müssen.

Vielleicht setze ich mich später doch noch auf einen Plausch mit Schwester Farquhar in die Küche.

Edith liegt im Bett, wachsbleich, mit roten Fieberflecken auf den Wangen, ihre Brust hebt und senkt sich, der Atem geht schwer. Sämtliche Katzen haben sich über die Laken und Decken verteilt, und einmal mehr ärgert es mich, dass Schwester Farquhar dies duldet, ja sogar befördert. »Lassen Sie die Tierchen bei Dame Edith liegen, Jane. Sie geben ihr etwas Wärme und tun ihr gut«, sagt sie jedes Mal zu mir, wenn ich die Katzen aus dem Schlafzimmer verbannen will. Selbst wenn ich hygienische Gründe aufführe, winkt sie nur ab: »Ach was, Hygiene! Die wird überbewertet! Außerdem ist Wohlbefinden gut für die Abwehrkräfte.«

Shadow, der Siamkater, hat sich auch wieder an privilegierter Stelle breitgemacht, eng an den Hals seiner Herrin geschmiegt, die, wie um auch noch im Tiefschlaf die Verbundenheit mit ihrem angeblichen Seelenverwandten zu demonstrieren, ihren Kopf zu ihm herübergeneigt hat. Shadow faucht und versucht mich zu kratzen, als ich ihn am Genick packe und aus dem Zimmer trage.

Die drei restlichen Katzen sind bei meinem Anblick aufgesprungen und davongehuscht. Glück für sie.

Edith stöhnt auf, greift im Schlaf nach der Stelle, wo bis eben noch der Kater lag. Ihre Hände wandern auf der Decke unruhig hin und her.

Wie stolz sie immer auf diese Hände war und noch immer ist.

Weihnachten vor fünf Jahren haben wir Grußkarten verschickt, auf denen nichts als Ediths Linke mit dem Gehäuse einer großen Wasserschnecke zwischen den Fingerspitzen abgebildet war. Die hymnischen Rückmeldungen waren kaum zu bewältigen gewesen. »Siehst du, Jane, meine linke Hand, immerhin, erfreut sich ungebrochener Beliebtheit!«, hatte Edith triumphierend ausgerufen, als wäre damit irgendetwas bewiesen. Wie oft habe ich diese Hände gepflegt, habe sie in Seifenlauge gebadet, massiert und eingecremt, wie oft habe ich diese Fingernägel gefeilt, poliert und lackiert. An Ediths Hände darf auch Schwester Farquhar nicht heran; sogar Elizabeth, der Vielgepriesenen, wird alles gestattet, nur die Maniküre nicht. »Das ist Janes Sache!«, sagt Edith in einem Ton, der keinen Widerspruch duldet.

Selbst krank im Bett, wie heute, besteht sie darauf, dass ich ihr nach der Morgentoilette ihre Lieblingsringe überstreife: die beiden großen Aquamarine an den rechten Mittelfinger, den Amethyst und den ovalen Citrin an den linken Ringfinger. Das ist das Minimum an Schmuck, das sie benötigt, um sich einem neuen Tag zu stellen. Den quadratischen Aquamarin von ihrer Großmutter trägt sie sogar nachts. »Ohne meine Ringe fühle ich mich vollkommen nackt!«, sagt Edith oft. »Sie schützen mich, indem sie die Blicke der Betrachter auf meine Hände lenken, weg von meinem reizlosen Gesicht.«

Ich habe es aufgegeben, Einspruch zu erheben, wenn sie so redet.

Heute früh musste es auch die überdimensionale Jadebrosche mit der gezackten Silberfassung sein, eines der Stücke, die der Bojar vor dreißig Jahren für sie entworfen hat.

Auf Ediths Anweisung hin habe ich die Flügel der Bettjacke damit zusammengesteckt, so dass es jetzt ein bisschen so aussieht, als trage sie ein schützendes Schild auf der Brust. Praktisch ist das nicht, vor allem, wenn sie auf die Bettpfanne gehoben werden muss und sich mir die Spitzen der Silberfassung dabei schmerzhaft in die Brust bohren, aber sie wollte die Brosche präzise auf der Höhe des Herzens. Ein Hinweis darauf, wie schwach sie sich fühlt. Selbstverständlich bekommt sie ihren Willen.

Noch immer suchen ihre Hände, fahren unruhig und zuckend auf den Laken hin und her. Ich fange sie ein, halte sie, möglichst sanft, aber fest genug, dass sie allmählich zur Ruhe kommen. Auch das ist etwas, das ich schon tausend Mal gemacht habe, während nächtlicher Angstzustände, manchmal stundenlang, bis der Schlaf oder der Brandy sich ihrer erbarmt haben. Ediths Hände sind mir vertrauter als meine eigenen.

Edith öffnet die Augen.

»Emma! Da bist du ja endlich! Mach die Schnallen auf, dass ich rauskann!«

Wie lange ist es her, seit mich das letzte Mal jemand mit meiner Mutter verwechselt hat?

»Hier ist Jane, Dame Edith.«

»Jane, ja, ich erinnere mich. Wie geht es dem Kind?«

»Welchem Kind?«

»Es tut mir so unendlich leid, Emma! Ich habe lange nichts gewusst, das musst du mir glauben!«

Ihre Augen fallen wieder zu, ihr Atem geht jetzt stoßweise, röchelnd, ich sollte vielleicht doch nach dem Arzt telefonieren.

Auf dem Nachttisch steht eine Schüssel mit Wasser und

einem Leinentüchlein. Ich wringe das Tuch aus, lege es auf Ediths Stirn, streiche ihr übers Haar.

Meine Mutter ist nun schon seit über achtzehn Jahren tot.

»Was haben Sie nicht gewusst? Was tut Ihnen leid, Dame Edith?«, frage ich, obwohl ich weiß, dass ich sie vom Sprechen abhalten, jegliche Aufregung von ihr fernhalten sollte.

»Was tut Ihnen leid?«, wiederhole ich, diesmal lauter.

Sie schlägt erneut die Augen auf, aber statt mir zu antworten, bekommt sie einen heftigen Hustenanfall. Sie spuckt etwas Schleim in das von mir hingehaltene Taschentuch, danach geht ihr Atem ruhiger.

»Stell dir mal vor«, sagt sie erstaunlich klar, »ich habe von deiner lieben Mutter geträumt.«

Jetzt wird also wieder eins ihrer Spiele gespielt. Ihr Blick scheint wachsam, beinahe misstrauisch. So sieht sie mich sonst nie an.

»Meine Kehle ist vom vielen Träumen so trocken geworden, dass ich zu ersticken drohe!«

»Was haben Sie denn genau geträumt, Dame Edith?«, insistiere ich, obwohl das gegen die Spielregeln ist.

Sie nimmt das feuchte Tuch von ihrer Stirn, reicht es mir. »Tu diesen glitschigen Lappen weg, Jane, ich ertrage ihn nicht! Gib mir zu trinken!«

Ich zögere noch einen Moment, warte, ob sie eventuell doch meine Frage beantwortet, werde mir im selben Augenblick bewusst, wie sinnlos es ist. Also fülle ich ihr, entgegen der ausdrücklichen Anweisung von Schwester Farquhar, den Becher aus der Brandyflasche, die wir in der Schminkkommode versteckt halten. Edith trinkt, muss zwischendurch mehrfach absetzen, um Atem zu schöpfen, scheint aber jetzt wieder bei sich zu sein.

»Geht es Ihnen besser, Dame Edith?«
Sie nickt und lässt sich zurück in die Kissen sinken.
»Nur müde bin ich, so entsetzlich unendlich müde!«

Ich muss an ihrem Bett sitzend ebenfalls eingenickt sein. Keine Ahnung, wie lange ich geschlafen habe, aber es ist stockfinster draußen, als ich davon wach werde, dass jemand heftig an meiner Schulter rüttelt.

»Jane, wachen Sie auf!«

Über mir, spärlich beleuchtet vom Schein der Straßenlaterne vor den Fenstern, erscheint das Gesicht von Schwester Farquhar. Sie sieht ärgerlich aus, aber nicht allzu sehr. Ich schiebe den Stuhl, auf dem ich sitze, ein Stück zurück, gehe zum Lichtschalter. »Ist ja gut, Doris, sie müssen mich nicht anschreien!«

Schwester Farquhar hat noch Hut und Mantel an, streift jetzt mit zackigen Bewegungen die Handschuhe ab, nimmt die leere Brandyflasche vom Nachttisch, schüttelt den Kopf.

»Ihr lernt es wirklich nie, ihr beide!«

Aus dem Bett kommt ein Kichern.

»Ja, lacht nur über mich! Die Fieberkurve ist auch nicht fortgeführt worden«, schimpft die Schwester. »Ich habe mich auf Sie verlassen, Jane!«

Jetzt ist sie doch ärgerlich.

Ich schaue zu Edith herüber, die sich im Bett aufgesetzt hat und uns aufmerksam beobachtet. Ich könnte schwören, dass sie nur mühsam ein Schmunzeln unterdrückt.

»Jane hat Recht, Doris, mir geht es gut«, sagt Edith, und man muss es der Farquhar wirklich hoch anrechnen, dass sie jetzt zwar etwas resigniert, aber durchaus nicht unfreundlich sagt: »Aber ja, Dame Edith, Jane hat Recht, wie immer. Und wahrscheinlich haben Sie ihr auch persönlich die Weisung erteilt, die Fieberkurve nicht fortzuführen und stattdessen ein Nickerchen zu machen, richtig?«

»Möglich wäre es«, antwortet Edith.

»Im Gegenzug wird Jane mir dann gleich bestätigen, dass Sie, Dame Edith, eine große Portion Lammbraten mit Minzsoße und Bratkartoffeln zum Abendessen verputzt haben, stimmt's?«

»Auch das liegt durchaus im Bereich des Möglichen«, feixt Edith.

Sie sieht tatsächlich viel besser aus, die Krise scheint für diesmal überwunden. Das Fieber muss gesunken sein. Ob das an den Medikamenten liegt, die Farquhar ihr vor ihrem Ausgang noch verabreicht hat, oder an meinem Brandy, lässt sich schwer sagen.

Die Schwester und ich schauen uns an, ich zucke mit den Schultern, Farquhar seufzt, berührt mit drei Fingern ihrer Rechten Ediths Schläfe, will etwas sagen, da unterbricht uns das schrille Klingeln des Telefons im Untergeschoss.

»Schnell, schnell!«, ruft Edith.

Schwester Farquhar läuft unverzüglich los, obwohl das gar nicht zu ihren Aufgaben zählt.

Ich muss unbedingt daran denken, beim nächsten Besuch von Lady Ellerman oder Sacheverells jüngerem Sohn Francis zu erwähnen, dass die Verlegung des Fernsprechapparats in Ediths Schlafzimmer sicher eine große Freude für sie wäre.

»Wer ruft denn wohl um diese Uhrzeit an?«, fragt Edith. Ich gebe ihr die Antwort, die sie hören will: »Das kann nur Miss Salter sein. Und wenn Elizabeth so spät noch anruft, dann nur, weil sie gute Nachrichten zu vermelden hat.«

»Was, glaubst du, wird es sein?«
»Was fehlt denn noch?«
»Ach, wie herrlich das wäre, Jane, stell dir nur mal vor!«
Ich fange ein weiteres Mal ihre ruhelosen Hände ein.

Ediths Sekretärin, Elizabeth Salter, ist nun schon seit Wochen in Paris, um zumindest einen Teil des verschollenen Besitzes aufzutreiben, den wir bei Kriegsausbruch zurücklassen mussten. Einige der wichtigsten Manuskripte, viele Bücher und eine stattliche Anzahl der unersetzbaren Schreibhefte hat sie schon bei ihrer letzten Reise gefunden und zurück zu uns nach London geschafft. Leider war es unumgänglich, die Manuskripte kurz darauf in eine Auktion bei Sotheby's zu geben, aber immerhin konnten so Schulden beglichen werden, die, trotz Gönnerinnen vom Schlag Lady Ellermans, wohl das Ende unserer kleinen unabhängigen Menagerie bedeutet hätten.

Doch noch immer verstaubt ein sehr spezieller Teil von Ediths Kostbarkeiten irgendwo im siebten Arrondissement, und die tapfere Elizabeth jagt mit der Ausdauer eines Terriers hinter ihnen her.

Paris! Wie gerne ich statt ihrer hingefahren wäre!

Als Schwester Farquhar nach einer ganzen Weile wieder auf der Bildfläche erscheint, ist sämtlicher Ärger aus ihrem Gesicht verflogen, und sie strahlt, als hätte sie den Weihnachtsmann anzukündigen.

»Ich soll von Miss Salter ausrichten, dass die Bilder endlich gefunden wurden. In einem Vorratsschrank in der Rue Saint-Dominique, den irgendjemand zutapeziert hatte, deswegen hat es so lange gedauert, bis die Leinwände entdeckt wurden.«

Edith drückt meine Hand so fest, dass es wehtut.

»Pavliks Bilder!«, flüstert sie.

Als ob ihr Pavel Tchelitchew zu seinen Lebzeiten nicht schon genug Kummer bereitet hätte, jetzt sucht er uns nach all den Jahren in Form dieser Gemälde heim.

»Wissen Sie, wie viele es sind?«, frage ich Schwester Farquhar. Sie schüttelt den Kopf. »Nur dass sie in einem hervorragenden Zustand sind, lässt Miss Salter noch ausrichten.«

»Oh, wie wundervoll!«, jubelt Edith, deren Wangen sich jetzt wieder ungesund röten.

»Ja«, sage ich. »Das haben wir nicht zu hoffen gewagt.«

»Wir werden sie nicht alle behalten können, das denkst du doch jetzt, Jane, oder?«, fragt Edith heiser.

»Warten wir es erst einmal ab«, sage ich.

Über ihre rechte Wange rollt eine Träne, dann eine weitere.

»Ich dachte, ich überbringe gute Nachrichten«, sagt Schwester Farquhar irritiert.

»Es gibt keine bessere«, schluchzt Edith.

Das allerdings ist Auslegungssache, denke ich. Laut sage ich:

»Wir brauchen mehr Brandy!«

8
Der geliebte Bojar

»Ich will da leben, wo die Menschen sind, die ich meine wahren Freunde nennen kann!« Mit diesen Worten hatte Edith mich begrüßt, als ich an einem trüben Vormittag im April 1932 mit dem Frühstückstablett in ihr Schlafzimmer kam.

Seit Tagen wechselten wir uns an Helens Krankenbett ab. Entsprechend kurz und unruhig waren die Nächte gewesen. Wahrscheinlich maß ich Ediths Aussage deshalb zunächst keine Bedeutung zu.

»Sie haben auch hier Freunde, Dame Edith«, sagte ich bloß.

»Ach, diese scheinheilige Londoner Bagage, ich ertrage sie nicht länger!«

Derartige Tiraden hatte ich schon hunderte Male aus ihrem Mund gehört, ohne dass sich daraus irgendwelche Konsequenzen ergeben hätten.

»Bald hat sich Miss Helen von ihrer Operation erholt, und Sie können wieder für ein paar Tage nach Paris reisen«, sagte ich leichthin, während ich die Kissen in ihrem Rücken so zurechtzuschieben versuchte, wie es ihr angenehm war.

»Nicht reisen! Leben, verdammt nochmal!«, brüllte Edith, griff sich blitzartig eines der Kissen und schleuderte es knapp an mir vorbei auf ihren Toilettentisch, wo es unter den Fläschchen, Tiegeln und Flakons klirrend und splitternd einige Verwüstung anrichtete.

»Leben, Jane! Ist das zu viel verlangt?«, fügte sie leiser hinzu.

In diesem Moment ahnte ich, dass unsere Tage in der Moscow Road gezählt sein könnten. Mit den »wahren Freunden« meinte Edith nämlich einen ganz bestimmten Menschen: den in Paris ansässigen Maler Pavel Tchelitchew.

In den fünf Jahren, die ich bereits in ihren Diensten stand, war Edith mit steter Regelmäßigkeit alle zwei bis drei Monate unter dem Ausruf »Pavlik braucht mich!« durch die Wohnung gelaufen und hatte dabei mit einem Briefbogen herumgewedelt, als würde sie ein Seenotsignal abgeben. Das hieß für mich: Reisegarderobe herrichten und die Koffer packen. Anfangs war Edith noch gemeinsam mit Helen aufgebrochen, die angab, ihre in Paris wohnhafte Schwester Evelyn besuchen zu müssen, in erster Linie aber ein wachsames Auge auf Edith behalten wollte. Seit Helens Krankheit das Reisen für sie nahezu unmöglich machte, brach Edith immer öfter allein auf. Zu meinem Verdruss war ich bislang noch nie aufgefordert worden, sie nach Paris zu begleiten. Zu teuer, befand Helen, außerdem konnten wir sie aufgrund ihrer geschwächten Konstitution nicht mehr alleine lassen.

Wenn Edith nach einer, seltener auch zwei Wochen zurück war, manchmal euphorisiert, dann wieder kreuzunglücklich und in jedem Fall völlig entkräftet, musste ich alles stehen und liegen lassen und mich um sie kümmern. Ich ließ Fußbäder ein, legte Wärmflaschen unter das Plumeau, brachte heiße Milch mit Honig und einem Schuss Schlehenlikör ans Bett, massierte ihre schmerzenden Schultern mit selbst gemachter Wacholderöllotion, hörte mir geduldig Lobgesänge auf »den wunderbaren Pavlik« sowie Schimpfkanonaden auf den ignoranten Rest der Welt an und blieb bei ihr, bis sie eingeschlafen war. Ich tat, was in meiner Macht stand, damit sie sich so gut wie möglich von den überstandenen Strapazen erholte, und ich machte das wirklich gerne. Dabei wusste ich nur zu gut, dass ihr desolater Zustand weniger den Anstrengungen der Reise als vielmehr der ewigen Tortur mit diesem Maler geschuldet war. In unserer Abneigung gegen den »Bojaren«, wie er sich aufgrund der altrussischen Abstammung seiner Familie gern nennen ließ, waren Helen Rootham und ich uns übrigens einig wie selten. Doch selbst Helen vermochte hier nichts zu bewirken.

»Ja, ja, Liebes, mach dir keine Gedanken«, wiegelte Edith stets ab. Auf Diskussionen über Sinn und Unsinn der diversen »Pavel-Aktivitäten«, wie Helen sie abschätzig nannte, ließ Edith sich erst gar nicht ein.

Hätte man doch auf Gertrude Stein gehört! Bei einer ihrer wöchentlichen Soireen in der Rue de Fleurus sollen sich Edith und Pavel Tchelitchew im April 1927 zum ersten Mal begegnet sein.

Cecil, der ebenfalls mit dieser berühmten Kunstsammlerin und Literatin befreundet war, war Zeuge dieser Szene, ich habe ihn mehr als einmal davon erzählen hören.

»Hier präsentiere ich Ihnen Pavel Tchelitchew, der Sie bereits aus der Ferne bewundert hat«, sollen Miss Gertrudes Worte gewesen sein, als sie den langen dürren Maler mit dem mürrisch-melancholischen Gesicht vorstellte. »Wenn Sie sich mit ihm abgeben möchten, liebste Edith, haben Sie allein das zu verantworten. Ich kann für seinen Charakter keinerlei Garantie übernehmen!« Und an Tchelitchew gewandt: »Voilà, Pavlik, da haben Sie Ihre Muse!«

Edith sei Tchelitchew, der sie aus großen dunklen Augen angestarrt habe wie eine Geistererscheinung, im selben Moment verfallen. Miss Gertrudes Warnung hingegen sei unbeachtet verhallt.

»Sie ist Russin!«, soll Tchelitchew nach einer Weile des stummen Anstarrens ausgerufen haben.

»Mitnichten«, habe Miss Alice, die mit Miss Gertrude zusammenlebte, widersprochen. »Miss Sitwell stammt aus Derbyshire, aus einem alten englischen Adelsgeschlecht.«

Tchelitchew insistierte: »Ich erkenne eine russische Seele, wenn sie vor mir steht! Sie, verehrte Edith, gleichen Père Zosimov, dem Beichtvater meines Vaters, wie ein Zwilling dem anderen. Ich muss und ich werde Sie malen!«

Nach dieser Deklamation habe er Ediths Rechte an sich gerissen und mit spitzen Lippen einen Kuss über den Handrücken gehaucht, ohne dass sein Mund ihre Haut berührte. Sie soll dabei wie ein verzückter Backfisch gestrahlt und das doch eher zweifelhafte Kompliment mit folgenden Worten erwidert haben: »Tun Sie mit mir, was immer Sie wollen, mon cher Pavel!«

»Pavlik nahm das zwar durchaus wörtlich, aber leider nicht in dem Sinn, in dem unsere liebste Edie gern von ihm genommen worden wäre«, pflegte Cecil zu enden.

Tatsächlich hatte Edith trotz ihrer vierzig Jahre keinerlei Erfahrung in Liebesdingen, und ja, sie war rettungslos von ihm hingerissen, gleichzeitig aber war sie viel zu klug, um nicht von Anfang an gewusst zu haben, worauf sie sich mit diesem Menschen einließ.

»In der Liebe ist es wertvoller zu geben, als zu empfangen«, lautete ihre Einstellung, und fortan war es ihr Bestreben, Tchelitchew glücklich zu sehen – ein undankbares, schwer herzustellendes und bestenfalls kurzlebiges Vergnügen. Denn zum Glücklichsein hatte der Bojar noch weniger Talent als Edith selbst. Da er aber ein Ehrgeizling war, sah sie ihre Chance als seine Glücksbringerin darin, sich mit all ihren Möglichkeiten, und leider auch darüber hinaus, für den Erfolg einzusetzen, den er sich so glühend wünschte und der ihm ihrer Meinung nach unbedingt zustand.

Im Lauf ihres Lebens hat Edith viele Künstler, meist junge gut aussehende Männer, mit Hingabe gefördert und unterstützt, aber Tchelitchew ist und bleibt diesbezüglich ihr Meisterstück. Nicht, weil er dank ihres Einsatzes übermäßig erfolgreich geworden wäre, aber in keinen ihrer Protegés hat Edith ein solches Übermaß an Zeit, Geld, Engagement und selbstlose Leidenschaft investiert.

Unsere Londoner Wohnung in der Moscow Road wurde mit seinen Gemälden, Aquarellen, Skizzen und Zeichnungen gepflastert, sie vermehrten sich stetig: schlafende Katzen, hohläugige Pferdeköpfe, wenig schmeichelhafte Porträts von Damen der Gesellschaft, merkwürdig verzogene Obstkörbe in diversen Auflösungszuständen, ringende nackte Muskelpakete, schwermütig dreinschauende Jünglinge mit Speeren in den Händen, eigenartige Fantasiegebilde und albtraumhaft anmutende Szenen, allesamt finsteres, deprimierendes Zeug, das ich nicht leiden konnte und dem ich mich nur widerwillig mit meinem Staubwedel näherte. Einige Porträts, die er von Edith angefertigt hatte, machten mich regelrecht wütend. Merkte sie denn nicht, was für einen lieblosen Blick auf sie er damit zum Ausdruck brachte?

Neben den mit seinen Machwerken vollgehängten Wänden quollen Ediths Schubladen von Tchelitchews Zeichnungen und Drucken über. Jeder halbwegs zahlungskräftige

Gast wurde genötigt, sie anzusehen, begleitet von ausgedehnten Vorträgen über »das wichtigste derzeit lebende Malergenie, dessen Werke zu besitzen einem Sammler mehr als schmeichelt, von der in kürzester Zeit zu erwartenden immensen Wertsteigerung ganz zu schweigen«.

Selbst Leute, die sie nicht ausstehen konnte, Damen aus dem sogenannten »Amüsierclub« Lady Idas zum Beispiel, die unter anderen Umständen niemals unsere Schwelle überschritten hätten, begann Edith einzuladen und zu umwerben, damit sie Geld in Tchelitchews Bilder investierten. Es existierte kaum noch ein anderes Thema für sie, was bald auch die Stimmung in unserem Haushalt erheblich trübte.

Abgesehen davon, dass sie ihn genauso wenig leiden konnte wie ich, hatte Helen an Ediths Verhalten in Bezug auf Pavel in erster Linie auszusetzen, dass es Anlass zu Gerede gab. Sie war jedes Mal außer sich, wenn ihr zu Ohren kam, dass wieder irgendjemand über eine leidenschaftliche Affäre der beiden mutmaßte. »Du machst dich unmöglich, du zerstörst deinen und unseren guten Ruf!«, zeterte sie dann.

Edith, die zur Furie werden konnte, wenn böswillig über sie getratscht wurde, zuckte bloß mit den Schultern.

»Wir leben in einer anderen Zeit mit anderen Regeln, und du bist nicht mehr meine Gouvernante, Liebling«, sagte sie einmal, worüber Helen sich furchtbar echauffierte. Aber Edith ließ in Sachen Pavel sämtliche Vorhaltungen an sich abperlen wie die Tropfen eines angenehm warmen Sommerregens.

»Einige Spießbürger halten mich für sittenlos und nennen meine Handlungsweisen anrüchig? Sollen sie doch!«

Ich muss zugeben, dass mir diese immer deutlicher zutage tretende Lässigkeit in moralischen Fragen imponierte – hätte sich diese Ungeniertheit nur nicht auf diesen speziellen Menschen kapriziert. Denn Ediths Liebe zu Pavel tat ihr ganz offenkundig nicht gut. Man konnte zusehen, wie sie verfiel. Abgesehen von den Erschöpfungszuständen nach den Reisen wurde sie immer unglücklicher, da half irgendwann keine noch so reichhaltige Wacholderlotion mehr, und selbst der Schlehenlikör wirkte kaum noch aufhellend. Ein weiteres Indiz ihres fortschreitenden Unglücks war, dass Edith ihre Dichtung zu vernachlässigen begann. Das, was sie nach eigener Aussage »aus dem Würgegriff einer mich verkrüppelnden Kindheit in die heilende Grenzenlosigkeit der freien Sprachmelodie gerettet« hatte, ihr »Überlebenselixier«, versiegte beinahe. Edith fand, wie sie mir eines Abends in einem kurzen Anfall von Klarheit gestand, ihren eigenen Rhythmus nicht mehr. Nachts befielen sie immer häufiger Panikzustände.

»Ich verliere meine Sprache, alles löst sich auf!«, schrie sie einmal während eines solchen Anfalls. »Ich gehe mir selbst verloren, werde ausgesaugt und zerfalle in die schwarze Leere des bodenlosen Nichts!« Sie zitterte am ganzen Leib, während ihr der Angstschweiß auf der Stirn stand, und es dauerte mehrere Stunden, bis sie sich in meinen Armen wieder halbwegs beruhigt hatte.

Auch die finanziellen Sorgen nahmen zunehmend bedrohliche Ausmaße an. Ediths Buch »Gebräuche an der Goldküste« mit Gedichten aus einer unbeschwerteren Zeit hatte sich so gut verkauft, dass wir eine Weile halbwegs entspannt davon hätten leben können, wären die Ausgaben nicht weit über die Einkünfte hinausgegangen. Zum einen rissen die Arztrechnungen für Helen, die krankheitsbedingt kein eigenes Geld mehr verdienen konnte, ein großes Loch in die Haushaltskasse. Zum anderen finanzierte Edith allzu bereitwillig kostspielige Wünsche Tchelitchews: eine Reise nach Venedig für ihn und seinen Begleiter hier, ein Zuschuss für eine Ausstellung dort, eine Staffelei aus Tropenhölzern, ein antiker Samowar für das Atelier, ein seidener Morgenmantel, maßgeschneiderte Oberhemden und so weiter. Der »liebste Pavlik« brauchte einen Wunsch nur zart anzudeuten, und Edith bettelte förmlich darum, ihn erfüllen zu dürfen. Ich habe einige ihrer Briefe aus dieser Zeit gelesen, ich weiß, wovon ich spreche.

Dass Helen ärztliche Fürsorge brauchte und Edith ihr diese ermöglichte, war selbstverständlich. Edith vergaß trotz allem niemals, was sie ihrer ehemaligen Gouvernante und langjährigen Gefährtin zu verdanken hatte. Aber die ständigen Ausgaben für den Bojaren? Musste das sein? Konnte der sich nicht andere Mäzene suchen oder einfach eine anständige Arbeit? Es ist denkbar, dass Tchelitchew sich von Ediths Abstammung und ihrem Auftreten, den Juwelen, der extravaganten Garderobe blenden ließ. Aber selbst wenn ihm nicht bewusst gewesen sein sollte, wie knapp die jährlichen Zuwendungen seitens ihrer Familie bemessen waren, wie hart sie für ihre zusätzlichen Einkünfte arbeiten musste und wie sehr sie selbst immer wieder auf die Unterstützung anderer angewiesen war, hätte er sich ihr gegenüber erkenntlicher zeigen müssen. Die Wahrheit war: Tchelitchew nutzte Ediths Ergebenheit gnadenlos aus.

Der Bojar war nicht nur kein Liebhaber, er war nicht einmal ein wirklicher Freund. Er schätzte bestenfalls das exotische Äußere, die kunstvolle Inszenierung von »La Sitwuka«, jedenfalls solange sie ihm zugutekam. Er genoss es, mit ihr an seiner Seite im Zentrum der allgemeinen Aufmerksamkeit zu stehen, wenn sie durch die Pariser Museen, Galerien, Theater, Konzertsäle flanierten und alle das seltsame Paar angafften. Und weil Edith für seine Zwecke gar nicht paradiesvogelhaft genug erscheinen konnte, begann er Schmuck und Kleider für sie zu entwerfen, die ihren bisherigen Stil an Extravaganz und unkonventioneller Üppigkeit noch weit übertrafen. Edith hielt seine Bemühungen um ihr perfektes Äußeres für persönliches Interesse und war selig.

»Wenn ich Pavels Schöpfungen trage, fühle ich mich aufgewertet, stark und unverwundbar!«, schwärmte sie. Es stimmt, sie sah in den Tchelitchew-Kreationen fantastisch aus, aber in Wirklichkeit maskierten sie nur ihre wachsende Schwachheit. Und sie kosteten sie ein Vermögen.

Und nun schien Edith also ernsthaft darüber nachzudenken, ihre Zelte in London abzubrechen, um sie in Paris, in Tchelitchews Nähe, wieder aufzuschlagen. Wie wollte sie das aushalten?

Und was bedeutete es für meine Zukunft?

Edith hatte nichts davon verlauten lassen, mich mitzunehmen. Im Übrigen war es fraglich, ob Sir George, von dessen Londoner Bank noch immer mein Gehaltsscheck eintraf, diesen auch nach Paris transferieren lassen würde. Ich hatte nicht die geringste Lust, zurück ins Cottage zu ziehen. Zwar war ich immer froh darüber gewesen, Edith bei ihrer Augustreise nach Renishaw zu begleiten und eine entspannte Zeit bei meiner Mutter zu verbringen, während sie sich im Haupthaus mit ihrer Familie herumplagte, aber noch mehr hatte es mich gefreut, wenn es dann wieder Zeit wurde, nach London zurückzukehren.

Weil ich also unbedingt in der Stadt bleiben wollte, nahm

ich mir vor, ein Stellengesuch aufzugeben. Doch jedes Mal, wenn ich anfing, ein entsprechendes Schreiben aufzusetzen, landete der Briefbogen zerrissen in der Ofenklappe. Nach Dutzenden Versuchen musste ich mir eingestehen, dass ich gar keine andere Stellung finden wollte. Ich wollte an Ediths Seite bleiben, ob in London oder am Nordpol oder sonst wo, war zweitrangig. Nie war mir das mehr bewusst als in jenem Frühjahr 1932, in dem ich fürchtete, dass Edith mich verließ.

Die Hinweise auf einen bevorstehenden Umzug verdichteten sich, die Ungewissheit bezüglich meines Schicksals blieb. Edith direkt zu fragen, wagte ich nicht, zu groß war meine Sorge, mit einer Antwort auch die Kündigung zu erhalten. Sie sprach immer öfter davon, wie viel besser und ungestörter sie in Paris würde arbeiten können. Alle, die etwas auf sich hielten, seien längst dort, Maler, Dichter, Literaten, die ganze Stadt sei eine riesige kreative Werkstatt. Und sämtliche Reden dieser Art gipfelten darin, dass es im Übrigen auch nicht schade, sich dauerhaft in Pavliks Umfeld aufzuhalten, um ihn besser fördern zu können. Zu meinem Glück brachten solche Aussagen Helen immer wieder dazu, das Umzugsprojekt auf vielfältige Weise zu sabotieren. Am Ende jedoch vergebens.

Ich bekam mit, wie Edith Pläne machte, diesbezügliche Briefe schrieb, Behörden kontaktierte. Ende Mai lieh sie sich eine größere Summe von Osbert, um ihre Londoner Schulden zu begleichen. Meine Sorgen wuchsen von Tag zu Tag. Als man dann Anfang Juni den alten Mr O'Sullivan am helllichten Tag erschlagen im Hinterzimmer seines Knopfladens fand, tobte Edith, sie wolle unter keinen Umständen mehr in der Moscow Road wohnen bleiben, wo man jederzeit Gefahr laufe, von marodierenden Meuchelmördern hingeschlachtet zu werden. Sie war derart aufgewühlt, dass ich dachte, sie würde mir noch vor Sonnenuntergang Lebewohl sagen.

Allein der Umstand, dass an diesem Tag die Visite von Dr. Wilson abgewartet werden musste, weil Helen sich vor lauter Schmerzen nicht mehr bewegen konnte, hielt Edith von der sofortigen Abreise ab.

Es hatte keinen Sinn, dagegen anzugehen. Ich riss mich also zusammen und schwieg. Stattdessen begann ich wie besessen zu putzen und aufzuräumen, stahl sogar Blumen aus den Kensington Gardens und arrangierte sie in Wassergläsern zu bunten Sträußen im Salon, damit Edith sich in der Wohnung wohler fühlte. Doch sie bemerkte es nicht einmal.

»Ich halte es hier nicht mehr aus!« wurde zur stehenden Rede für jede Gelegenheit.

Als schließlich dann auch noch eine drastische Mieterhöhung ins Haus kam, gab das den letzten Ausschlag dafür, Pembridge Mansion aufzugeben.

Ich war gerade damit beschäftigt, den Tisch nach dem Mittagessen abzuräumen, und ließ beinahe die Suppenschüssel fallen, als ich Helen sagen hörte: »Damit ist es also entschieden: Wir kündigen zu Ende August und beziehen, wie besprochen, jede ein Zimmer bei meiner Schwester in der Rue Saint-Dominique. Evelyn freut sich schon auf uns.«

Ich schaffte es gerade noch, aufrecht den Raum zu verlassen. In der Küche angelangt, knallte ich die Schüssel ins Spülbecken, dass es krachte, und ließ mich auf einen Hocker fallen. Nach mehr als fünf gemeinsamen Jahren und allem, was ich für sie getan hatte, der Pflege Helens, dem Beistand bei Ediths nächtlichen Panikzuständen, den ungezählten freien Abenden, auf die ich klaglos verzichtet hatte, der ganzen Plackerei in einem Haushalt, der mindestens zwei Dienstmädchen und eine Köchin vertragen hätte, fühlte ich mich verraten und zurückgestoßen. Wer weiß, was ich in meiner Verzweiflung noch Dummes angestellt hätte. Doch just in diesem Moment läutete die Türglocke, und der gute Harold Acton kam vorbei.

»Herrje, Janie, wer hat dich denn so zugerichtet? In diesem Zustand kann ich dich aber nicht mit zum Empfang der Kronprinzessin nehmen.«

»Dann lassen Sie es eben bleiben, Sir!«, blaffte ich ihn an.

»Was ist denn los?«, fragte er. Die aufrichtige Sorge, die in seiner Stimme mitschwang, obwohl er jedes Recht gehabt hätte, verärgert zu sein, brachte mich wohl dazu, mich noch ein wenig mehr zu vergessen: »Ich muss mir eine andere Verdienstmöglichkeit suchen, am besten heute noch. Das ist los!«

»Haben sie dich gefeuert? Bis du schwanger?«

Ich schüttelte den Kopf.

»Gott sei Dank! Jetzt hast du mir aber einen schönen Schrecken eingejagt, böses Mädchen!«, sagte Acton, der zu seiner üblichen Launigkeit zurückgefunden hatte.

»Können Sie nicht ein auf unkonventionelle Haushalte spezialisiertes Dienstmädchen wie mich anstellen, Mr Acton? Die Gelegenheit ist einmalig, ich lasse mich auf fast jede Bedingung ein.«

Er lachte. »Nichts lieber als das! Aber Edith würde mir den Kopf abreißen und ihren grauslichen Katzen zum Fraß vorwerfen, wenn ich dich ihr wegnähme. Du weißt, ich bete dich an, mein Engel, aber ich will noch nicht sterben, nicht einmal für dich!«

»Meine Frage war ernst gemeint, Sir!«

Jetzt war er sichtlich verblüfft. »Wie kannst du sie nur verlassen wollen, Jane? Wenn Edie deinen Lohn nicht mehr zahlen kann, übernehmen Osbert oder ich das, aber bleib bei ihr, du bist das einzig vernünftige Wesen zwischen all diesen Wahnsinnigen hier!«

Ich überhörte das Kompliment und jammerte: »Aber sie muss ja unbedingt nach Paris übersiedeln!« Ich brach in Tränen aus.

»Ach, komm schon, Kleine …«, murmelte Acton und tätschelte mir etwas unbeholfen die Schulter. Nach einer peinlichen Weile griff er in seinen Gehrock und hielt mir ein seidenes Taschentuch hin, das nach Lavendel duftete. Ich nahm es, und weil es mit Etikette und Anstand sowieso schon vorbei war, schnäuzte ich mich laut hinein.

»Beruhige dich ein wenig und bring dich wieder in einen ansehnlichen Zustand, bevor du uns noch in den Tee heulst«, sagte Acton. »Ich kenne ja den Weg.«

Daraufhin ließ er mich im Flur stehen und schritt kopfschüttelnd zur Wohnzimmertür.

Keine fünf Minuten später kam Edith zu mir in die Küche gerauscht: »Was erfahre ich da? Seit wann willst du nicht mit uns nach Paris kommen?«, fauchte sie.

Ich starrte verwirrt und verheult zu ihr hinauf, unfähig, auch nur ein Wort herauszubringen.

»Weinst du etwa?«

Ich schüttelte trotzig den Kopf, während mir Wasser und Rotz aus Augen und Nase liefen.

Sie holte tief Luft, und ich erwartete schon eine ihrer Wutkaskaden, da griff sie sich plötzlich an die Stirn und sagte: »Habe ich etwa vergessen, das mit dir zu besprechen? Wie konnte ich nur? Dabei bleibt uns kaum noch Zeit für die Vorbereitungen. Du brauchst neue Kleider und Schuhe, und mit dem Sprachunterricht bei Helen musst du ebenfalls unverzüglich beginnen. Es gibt so unsagbar viel zu tun, Jane, wie sollte ich das ohne deinen Beistand schaffen!«

Den letzten gemeinsamen Abend in Pembridge Mansion verbrachten Edith und ich im leeren Salon beim Schein einer Kerze, weil der Strom bereits abgestellt worden war. Helen war mit einer eigens zu diesem Zweck engagierten Reisepflegerin bereits vorausgefahren, weil sie das Chaos und den Krach nicht mehr ausgehalten hatte. Das gesamte Geschirr war verpackt, und so ließen wir in Ermangelung von Gläsern den einzig verbliebenen Keramikbecher zwischen uns hin und her wandern, den Edith mit Champagner füllte, bis die Flasche leer war. Von der Packerei völlig entkräftet und vom Champagner beflügelt, begann sie nach einer Weile mir freimütig und schonungslos von ihrer Anfangszeit in London zu erzählen. Was für eine Erlösung es für sie gewesen sei, »endlich der Gängelei des Rotfuchses und den Gemeinheiten meiner minderbemittelten Mutter entkommen zu sein! Zusammen mit Helen durfte ich so viele Galerien, Theater, Konzerte und Literatursalons besuchen, wie ich wollte, ohne mich dafür rechtfertigen oder mir gar vorhalten lassen zu müssen, ich sei doch ohnehin nicht mehr für die Ehe vermittelbar, wozu also ausgehen?«

Tagsüber hatte sie sich wie besessen in ihre Dichtung gestürzt. Neue geistige Räume erschlossen sich ihr wie von selbst, niemand konnte, niemand wollte sie mehr davon abbringen, vorbehaltlos für ihre Kunst zu leben.

Auch ihre Art, sich zu kleiden, begann sich in diesem »ersten Jahr der Befreiung« zu ändern. »Ich war jetzt jemand, der seine Stimme erheben und wahrgenommen werden wollte. Die Dichterinnen der alten Zeit, denen ich mich verwandt fühlte, hatten den Rang von Priesterinnen, und das sah man ihnen auch an.«

Osbert residierte zu dieser Zeit bereits am Carlyle Square, später kam auch Sacheverell dazu, und die Geschwister schockierten mit ihren Auftritten als »unheilvolles Trio« die feine Londoner Gesellschaft. »Ich war siebenundzwanzig Jahre alt, als ich endlich ordentlich zu feiern lernte, ist das zu fassen? Wir haben uns alles erlaubt, nur eines nicht: langweilig zu sein!«

Sie berichtete von dem weinseligen Abend, an dem die Brüder auf die Idee gekommen waren, dass der junge William Walton, der damals neben Sacheverell ebenfalls bei Osbert eingezogen war, einige von Ediths Gedichten vertonen sollte.

»Anfangs hat er sich noch geziert, und Osbert musste ihn förmlich zwingen, sich auf die Sache einzulassen. Aber dann fand Willie seine Töne in meinen Versen, als hätten sie nur darauf gewartet, von ihm dort geborgen zu werden. Mir hingegen kamen ständig neue Wörter und Satzkonstruktionen in den Sinn, die in Dialog mit seinen Klangfarben und Rhythmen traten. Osbert und Sachie gaben ebenfalls ständig ihren Senf dazu, und so wurde ein wildes, ungestümes und vor allem lustiges Gebilde daraus, das uns herrlich aus dem Ruder lief. Die Musiker haben uns bei den Proben nach allen Regeln der Kunst verflucht und mussten immer wieder mit Likör und Bier besänftigt werden.«

Bei den Aufführungen von »Facade«, wie sie das Werk tauften, stellte sich Edith für das Publikum unsichtbar hinter einen Vorhang, den ein mit Osbert befreundeter Künstler gestaltet hatte. Im Zentrum war eine riesige Maske aufgemalt, deren Mund ein Loch im Vorhang bildete. An dieses Loch hielt Edith ein gewaltiges Megafon aus Papiermachee, durch das sie ihre Verse schmetterte, während das aus sechs genervten Musikern bestehende Orchester unter Waltons tapferem Dirigat dazu spielte.

»Erst haben wir es für unsere Freunde und Bekannten im oberen Salon am Carlyle Square aufgeführt. Zu einer späteren öffentlichen Vorstellung in der Aeolian Hall kamen dann auch selbsternannte Kunstliebhaber und andere Kleingeister, vornehmlich die Herren Kritiker, um sich im Anschluss borniert und ignorant über uns zu echauffieren. Im *Daily Graphic* stand am nächsten Tag, wir hätten dem Publikum Geld *zahlen* sollen, dafür, dass es sich unser »Gefasel und Gekreisch« anhört. Im *Evening Standard* machte man sich auf schäbigste Art und Weise mit einer dummen Parodie über uns lustig, und mich nannten sie »Nebelhorn«! Sie warfen mir vor, ich hätte die englische Sprache auf respektloseste Weise malträtiert. Den dargereichten Punsch haben sie aber allesamt gerne genommen, bevor sie ›Skandal!‹ gebrüllt und sich sonst wie aufgeführt haben. Einige haben uns sogar Prügel angedroht. Es war ein sagenhafter Tumult, geradezu episch!«, schwärmte Edith.

»Da wäre ich zu gerne dabei gewesen«, sagte ich.

»Wenn wir es irgendwann noch einmal aufführen sollten, werde ich dich in die allererste Reihe setzen, dir eine Nachtigallenfederkappe aufsetzen und dich zwingen, abwechselnd laut ›Bravo!‹ und ›Zumutung!‹ zu brüllen, dabei mit Rosen und faulen Tomaten zu werfen, das hast du dann davon.«

»Es wird mir eine Ehre sein!«, sagte ich lachend.

»Ich werde dich in Zukunft sowieso öfter mitnehmen, Jane, das habe ich mir fest vorgenommen. Eine Schande, dass du mich bislang lediglich in unserem eigenen Salon hast vortragen hören.«

Ich wollte ihr gerade erzählen, wie ich sie damals auf Renishaw durch die Hecken beobachtet hatte, da sprang sie auf, vergaß ihre Beschwerden und begann, eines ihrer Gedichte zu rezitieren, ganz für mich alleine.

In den darauffolgenden Jahren und Jahrzehnten war ich noch bei vielen ihrer Aufführungen, Lesungen und Vortragsreisen zugegen, ich habe sie in beindruckenden Sälen und edlen Festhallen vortragen hören, ja sogar in Gegenwart der Königin, aber diese kleine Privatvorstellung im ersterbenden Schein einer heruntergebrannten Kerze war vielleicht die glanzvollste Darbietung Ediths, die ich erlebt habe. Wie sie da stand, ungeschminkt, in ihrer alten grünen Wolljacke, ein Halstuch lässig um den Kopf gebunden, die Füße in abgetragenen Lederslippern, den Kopf in den Nacken gelegt, wie von innen leuchtend. Und wie sie ihre Verse für mich abfeuerte, halb singend, halb schreiend, dann wieder flüsternd, zischend, einzelne Silben in die Länge ziehend ... – als säßen tausende Zuhörer im Publikum.

Tags darauf, an einem sonnigen Augustnachmittag, zog ich ein letztes Mal die schäbige grüne Tür hinter mir ins Schloss, an der ich so viele Menschen willkommen geheißen und auch nicht wenige abgewiesen hatte, und verließ die Wohnung Pembridge Mansion in der Moscow Road in Bayswater, London, für immer.

9

Himmel und Hölle

Ach, Paris! Was hatte ich mich darauf gefreut, diese Stadt endlich selbst zu erleben! Ich kannte Cecils Skizzen und Fotografien, ich hatte all die Bilder in den Magazinen betrachtet, die im Salon herumlagen, und malte mir die Ankunft in der »elegantesten Metropole der Welt«, wie sie in den Zeitschriften genannt wurde, in den leuchtendsten Farben aus.

Wir kamen kurz vor Mitternacht in der Rue Saint-Dominique an, es war stockdunkel, und mein erster Eindruck von Paris war ein unerträglich widerlicher Gestank.

»Die Abortleerer sind wohl gerade da gewesen«, sagte Edith in einem Ton, als informiere sie mich über die Öffnungszeiten der Kohlenhandlung gegenüber.

Unser Fahrer hatte Ediths Koffer, meine Reisetasche und den Korb mit Amber, von der Edith sich nicht hatte trennen können, vor dem schlichten grauen Haus mit der Nummer 129 aufs Trottoir geknallt, hatte stumm sein reichlich bemessenes Trinkgeld kassiert und war schnellstens wieder in seinem Wagen verschwunden, während ich mir Harold Actons Seidentaschentuch vor den Mund pressen musste, um mich nicht in den Rinnstein zu übergeben.

Helens um zwei Jahre jüngere Schwester Evelyn, bei der wir unterkamen, hieß uns trotz der späten Stunde überschwänglich willkommen und entschuldigte sich für den

Gestank, als sei sie persönlich dafür verantwortlich: »Ausgerechnet heute, es tut mir so leid!«

»Ist schon gut, Evie, in Bayswater duftet es auch nicht nach Rosenwasser«, entgegnete Edith mit einem mahnenden Seitenblick auf mich. Ich nickte und folgte den beiden Frauen in ein kleines Zimmer, das lediglich mit einem schlichten Esstisch, an dem sechs Stühle gerade Platz fanden, eingerichtet war.

»Ihr seid sicher hungrig von der Reise«, sagte Evelyn. »Setzt euch doch bitte!«

Wie selbstverständlich hatte sie neben dem Gedeck für Edith auch eins für mich vorgesehen.

»Hier in Paris handhaben wir die Dinge ein bisschen lockerer, als Sie es vielleicht von der Insel gewohnt sind«, sagte sie, als sie mein Zögern bemerkte.

Evelyn Wiel, geborene Rootham, war während des ersten großen Krieges als Krankenpflegerin nach Paris gekommen und hatte einen norwegischen Diplomaten namens Truels Wiel geheiratet. Nachdem der schneidige Monsieur Wiel sie eines traurigen Tages wegen einer schwedischen Botschaftertochter verlassen hatte, war sie allein zurückgeblieben. Mehr schlecht als recht schlug sie sich seit nunmehr elf Jahren mit Schreib- und Übersetzungsarbeiten durch. Dass Edith sich an der Miete für die sechs kleinen Zimmer, aus der die bescheidene Wohnung im obersten Stockwerk bestand, beteiligen würde, machte ihr das Leben sicher um einiges leichter, noch mehr aber freute sie sich offenkundig über Gesellschaft.

Madame Evelyn, wie ich sie nannte, war eine zierliche, noch immer hübsche Frau Mitte fünfzig, deren Verehrung für Edith mitunter ein wenig anstrengend werden konnte. Trotzdem mochte ich sie und kam gut mit ihr aus. Im Gegensatz zu ihrer Schwester Helen fehlte Evelyn jeglicher Hang zum Herrischen, und so ließ sie mich weitgehend tun, was ich für richtig hielt. Obwohl sie selbst oft kränklich und nicht im Vollbesitz ihrer körperlichen Kräfte war, ertrug sie die Zustände ihrer Schwester mit bewundernswerter Geduld.

Der Umzug schien Helens Kraftreserven endgültig aufgebraucht zu haben, wir erkannten sie kaum wieder, so sehr hatte sie in den wenigen Wochen, die wir sie nicht gesehen hatten, an Gewicht verloren. Ihre Wangen waren eingefallen, die Augen lagen in tiefen Höhlen. Ohne Hilfe kam sie kaum aus dem Bett, und wenn man sie zu stützen versuchte, konnte es leicht passieren, dass sie laut aufschrie. Die Ärzte hatten Knochenkrebs diagnostiziert, und wie es aussah, hatte die Krankheit inzwischen auch die Wirbelsäule befallen. Evelyn hatte Helen zu einer weiteren Operation im Hospital angemeldet, man hatte ihr aber lediglich Hoffnung auf eine Verzögerung des Verlaufs gemacht, an Heilung war nicht mehr zu denken.

Die Einzige, deren Unterbringung sich durch den Umzug nach Paris verbesserte, war ich. Mit meiner »Chambre de bonne« im Dienstbotentrakt, der über eine hölzerne Treppe im Seitenflügel separat zugänglich war, konnte ich sehr zufrieden sein. Das Zimmer war zwar klein, aber immer noch doppelt so groß wie das Kabuff, in dem ich in Pembridge Mansion gehaust hatte, und es hatte ein kleines Dachfenster, durch das ich, wenn ich mich auf die Zehenspitzen stellte, über die Nachbardächer hinweg direkt auf den Eiffelturm und weiter rechts über die Seine schauen konnte, wo sich nachts tausend Lichter auf dem Wasser spiegelten. Das Zimmer links neben mir bewohnte ein Mädchen namens Pauline, die bei den Fourniers im ersten Stock arbeitete. Pauline versuchte geduldig aus den wenigen französischen Brocken, die ich noch in London von Helen beigebracht bekommen hatte, herauszuhören, was ich ihr sagen wollte, und erklärte sich bereit, mit mir zu üben. Wir mochten uns auf Anhieb, verbrachten freie Nachmittage und Abende gerne gemeinsam und wurden Freundinnen.

Edith hingegen war alles andere als zufrieden. Nachdem wir ihre Sachen ausgepackt und notdürftig verstaut hatten, saß sie trübsinnig zwischen hoch aufgetürmten Bücher-, Bilder- und Papierstapeln in einem winzigen Zimmer, das nicht einmal Raum für einen Schreibtisch ließ.
»Wo und wie soll ich hier arbeiten?«
»Im Bett, wie vorher auch?«
»Ihr vorlauten und naiven jungen Leute glaubt immer, die simpelsten Lösungen sind auch gleich die besten!«
»Immerhin sind es Lösungen.«
Doch Edith hatte an diesem Tag keinerlei Sinn für Humor. Insofern dachte ich mir schon, dass das Zimmer nicht allein an ihrer Übellaunigkeit schuld war.
»Mit mir könnt ihr es ja machen!«, wetterte sie los. »Auf meine Bedürfnisse braucht man bekanntlich keinerlei Rücksichten zu nehmen, geschweige denn sich an Abmachungen zu halten. Die dumme alte Edith wird nicht gefragt, sie hat sich in die Umstände zu fügen, ob es ihr nun passt oder nicht.«
»Was ist passiert?«, fragte ich.
»Pavlik ist nicht in der Stadt. Obwohl er über den Zeit-

punkt meiner Ankunft genauestens informiert war, ist er gestern abgereist. Angeblich musste er dringend aufs Land fahren und kann so bald nicht zurückkehren. Er muss Tag und Nacht für eine bevorstehende Ausstellung arbeiten und würde, auch wenn er hier wäre, kaum Zeit für mich erübrigen können. Als ob ich ihn jemals beim Malen gestört hätte!«

Es war das erste Mal, dass sie sich laut über Tchelitchew beschwerte, statt wie sonst immer alles, was er tat oder von sich gab, zu entschuldigen, zu rechtfertigen, mit unbeirrbarem Verständnis hinzunehmen. Und natürlich war ihre Enttäuschung verständlich. Statt mit Pavel durch die Galerien zu spazieren, Konzerte oder Soireen zu besuchen und in die Oper zu gehen, hockte sie in dieser trostlosen Wohnung, wo man nicht einmal guten Gewissens Besuch empfangen konnte, weil Helen das Zimmer direkt am Korridor belegt hatte und jeder, der kam oder ging, sie empfindlich störte.

Edith stürzte sich in die Arbeit an einem Buch, das den Titel »Englische Exzentriker« tragen sollte, einem Auftragswerk, das sie zur Verbesserung unserer finanziellen Lage angenommen hatte. »Ich muss eine Reihe höchst sonderbarer Damen und Herren porträtieren«, berichtete sie mir. »Aristokraten und Matrosen, Dichter und Gelehrte, Modeliebhaber und Eremiten, Kämpferinnen für die Gleichstellung der Frau und brillant, aber unglücklich Liebende. Es ist ein rechtes Durcheinander an skurrilen, prächtigen und bemerkenswerten Gestalten. Ihnen allen sind zwei Dinge gemeinsam: England und Außergewöhnlichkeit.«

»Das ist sicher sehr interessant, Miss Edith.«

»Das ist in erster Linie eine gigantische Schufterei, Jane!«
Täglich schrieb, recherchierte und korrigierte sie viele Stunden lang, musste mitunter zum Essen gedrängt werden, sonst hätte sie die Mahlzeiten einfach ausgelassen. Ab und zu las sie mir abends einzelne Passagen daraus vor, wenn ich jedoch etwas Lobendes sagen wollte, wehrte sie nur ab: »Ach, ich wollte, das langweilige Machwerk wäre schon fertig und ich könnte mich wieder der Lyrik zuwenden!«

Sie hielt nichts davon, ihre Zeit in Cafés oder Bistros zu verbringen, wie viele andere Schriftsteller und Dichter es taten, und zog sich, wenn sie nicht gerade Evelyn oder mir mit Helen half, meistens allein in ihr Zimmer zurück, wo sie nicht gestört werden wollte. Aus dem Haus ging sie in der Regel nur für die obligatorischen Besuche im Polizeirevier, wo wir uns als Ausländerinnen regelmäßig melden mussten. Sie hasste diese Behördengänge, wie sie nach und nach scheinbar alles in dieser Stadt zu hassen begann.

»Die Leute hier haben keinen Anstand. Sie starren mich böse an und spotten hinter meinem Rücken über mich. Ich ertrage das nicht!«

Natürlich erregte die große Frau mit den markanten Zügen und den mittelalterlich anmutenden Kleidern selbst in den Straßen von Paris Aufsehen. Edith kannte das Angestarrtwerden aus London, aber auf einmal konnte sie es nicht mehr ertragen, drückte sich an den Hauswänden entlang, das Gesicht von den Passanten abgewandt. Manchmal musste ich sie an der Hand hinter mir herziehen wie ein störrisches, verängstigtes Kind. Ihr Schutzschild hatte Risse bekommen. Ich konnte ihr nicht helfen.

Solange Pavel fort war, gab es nichts, das ihre Stimmung aufhellen konnte, selbst der Trost, den die Katze ihr sonst geschenkt hatte, blieb aus. Amber suchte sich zu Ediths Kummer ihren Schlafplatz lieber woanders, statt auf ihrem Schoß.

Pavel Tchelitchew verbrachte die gesamten ersten Wochen nach unserem Umzug in Guermantes, etwa eine Zugstunde östlich von Paris. Eine befreundete Malerin hatte ihm und seinem Liebhaber Allen Tanner, den ich von einer unserer Teegesellschaften in London kannte, ein kleines Landhaus zur Verfügung gestellt, damit er der Geschäftigkeit der Stadt und seiner dunklen Atelierwohnung für eine Weile entkommen konnte. Dass da noch etwas war, beziehungsweise jemand, dem Pavel hatte entkommen wollen, lag meines Erachtens auf der Hand. Er beantwortete Ediths Briefe nur selten und wenn, dann mit der immer gleichen Nachricht, »très chère Sitwuka« könne aus verschiedenen Gründen noch immer nicht empfangen werden, nicht einmal für einen kurzen Besuch. Jeder dieser Briefe versetzte Edith einen weiteren Schlag.

Ende September traf dann endlich die Ankündigung seiner bevorstehenden Rückkehr ein.

»Pavlik schreibt, dass er schon morgen hier sein wird«, jubelte Edith. »Er will ein neues Porträt von mir malen. ›Ich muss dich zum Herzstück meiner nächsten Ausstellung machen, Sitwuka‹, schreibt er. Ist das zu fassen?«

»Schön für Sie«, sagte ich, vielleicht etwas zu verhalten.

Im nächsten Augenblick kippte ihre Freude auch schon ins Gegenteil. Das Strahlen fiel aus ihrem Gesicht, wich einem verkniffenen und verbitterten Ausdruck, der mir leider nur allzu bekannt vorkam.

»Weißt du was?«, sagte sie. »Diesmal soll er auf mich warten! Er soll mich bitten und nochmals bitten, bis ich vielleicht etwas Zeit erübrigen kann, ihm behilflich zu sein. Das wird aber sehr lange dauern!«

»Richtig so, Miss Edith. Sie haben Wichtigeres zu tun, als zu warten, bis Monsieur Tchelitchew sich herablässt.«

Sie warf mir einen nachdenklichen Blick zu, runzelte die Stirn, beugte sich mit einem leichten Wedeln ihrer Rechten, das mir bedeuten sollte, ich könne jetzt gehen, über ihr Notizheft.

Am selben Abend bekam sie eine ihrer Attacken, und Evelyn erklomm voller Sorge die Holzstiege zu meinem Zimmer, um mich zu holen. Ich verbrachte die Nacht an Ediths Bett, legte feuchte Tücher auf ihre Stirn, flößte ihr Tee ein, hielt ihre Hände. Tchelitchew wurde mit keinem Wort erwähnt. Am nächsten Morgen wachte ich davon auf, dass mir Edith liebevoll über das Haar strich. Ich war mit dem Kopf auf ihrer Bettkante eingeschlafen.

»Jane, meine liebe treue Seele, hilf mir bitte schnell beim Ankleiden, ich habe heute so viel vor!«

Wenig später war sie bereits aus der Wohnung geeilt und auf dem Weg in die Rue Jacques-Mawas im fünfzehnten Arrondissement, wo der Bojar seine Atelierwohnung hatte. Ich war fassungslos.

»Lass sie doch«, sagte Madame Evelyn.

»Was bleibt uns anderes übrig«, sagte ich.

Schon nach einer knappen Stunde kehrte Edith zurück. Als ich ihr die Tür öffnete, fiel sie mir fast in die Arme, leichenblass, ihr Gesicht wie aus Stein.

»Er war da, aber er hat mich nicht hereingebeten«, presste sie mit belegter Stimme hervor.

Tchelitchew hatte sich allen Ernstes geweigert, Edith zu empfangen. Sie hatte sich von Allen Tanner, der mit nichts als einem offenen Bademantel bekleidet gewesen war, an der Tür abweisen lassen müssen.

»Was glaubt dieser Mann, wer er ist, dass er es wagt, Sie derart zu brüskieren?«, echauffierte ich mich, während ich ihr Mantel und Stola abnahm, ihren Arm stützte, sie in ihr Zimmer führte.

»Sei still, Jane«, sagte Edith, die am ganzen Leib zitterte. »Würdest du bitte einfach still sein.«

Zwei Tage danach erschien ein Bote bei uns und überbrachte die Nachricht, dass Edith unverzüglich ins Atelier kommen und die von Pavel entworfene schwere Brokatrobe mit der Pflanzenornamentik und den weiten Ärmeln tragen müsse. Edith wies mich umgehend an, besagtes Kleidungsstück herauszusuchen.

»Wollten Sie ihn nicht erst einmal warten lassen, Miss Edith?«

»Wie stellst du dir das vor, Jane? Ich muss einem Kunstwerk auf die Welt helfen, das es ohne mich nie geben wird. Ich werde gebraucht!«

Unverzüglich machte sie sich auf den Weg.

Während der folgenden Wochen sah ich sie lediglich beim An- und Auskleiden, ansonsten war sie unterwegs. Sie saß Modell, schleppte vermögende Leute ins Atelier, vernachlässigte ihre eigene Arbeit, um dem »wunderbaren Pavlik« zu Diensten zu sein.

Ich blieb, da Evelyn morgens zur Arbeit ins Büro ging, meistens mit Helen allein in der Wohnung. Sie schlief die überwiegende Zeit. Wenn sie aufwachte, fragte sie, noch bevor sie nach ihren Morphium-Tropfen verlangte, immer zuerst, wo Edith sei.

»Sie ist unterwegs, Miss Rootham.«
»Mit dem Russen?«
»Ich denke schon.«
»Was für eine Verschwendung! Dieser mickrige Schleimer hat ihre Liebe nicht verdient!«
Manchmal denke ich, es wäre für uns alle besser gewesen, wenn Edith und Helen einander auf die gleiche Art hätten lieben können wie die beiden Amerikanerinnen, Miss Gertrude und Miss Alice, mit ihrem Salon in der Rue de Fleurus, von denen Cecil erzählt hatte. Die beiden arbeiteten und lebten zusammen, teilten alles, nannten sich angeblich sogar »Ehefrau«. Oder wie die Mademoiselles Sylvia und Adrienne aus der Rue de l'Odéon. Auch sie hatten eine gemeinsame Wohnung, aber jede führte ihre eigene Buchhandlung: *Shakespeare and Company* für englische und auf der anderen Straßenseite *La Maison des Amis des Livres* für französische Bücher. Sie ergänzten sich auch darin auf geradezu vollkommene Weise. Mademoiselle Sylvia mit ihrem wilden Haarschopf und den Herrenanzügen, zu der ich gelegentlich geschickt wurde, um etwas für Edith abzuholen, gefiel mir besonders gut. Sie wirkte auf eine so lässige Art zufrieden mit ihrem Dasein. Diese Frauen machten und liebten einfach was und wen sie wollten. In Paris konnte man sich Freiheiten nehmen, die in London oder gar zu meiner Jugendzeit in Derbyshire noch undenkbar gewesen waren. Doch so sehr Helen auch litt, Edith gefielen nun einmal junge, gut aussehende Männer. Dabei hatte sie niemals auch nur eine Affäre. Das hätte ich in irgendeiner Weise mitbekommen, da bin ich ganz sicher. Wenn ich bei unseren Gesellschaften die Herren beobachtete, mit denen Edith sich unterhielt, waren neben denen, die sich eher dis-

tanziert zeigten, oft solche, denen deutlich anzumerken war, dass sie ihre Gesprächspartnerin schätzten, nicht selten sogar von Herzen mochten. Edith zählte deutlich mehr Männer als Frauen zu ihren Freunden. Aber nie habe ich einen Mann bei uns erlebt, dessen Interesse an Edith erkennbar über das rein Freundschaftliche hinausgegangen wäre.

»Dichterinnen sollten sowieso nicht heiraten«, hatte ich sie einmal sagen hören. Ich vermute, sie hatte auch Angst davor, sich an jemanden zu binden und in ihrer Schaffenskraft eingeschränkt zu werden. In den freizügigen Künstlerkreisen von Paris hätte sie, wenn sie es darauf angelegt hätte, vielleicht doch die Möglichkeit für das eine oder andere amouröse Abenteuer finden können, bei dem sie sich ja nicht gleich hätte verheiraten müssen, aber sie war von diesem Bojaren besessen, und dieser unglückselige Wahn überschattete lange Zeit alles andere.

Es muss etwa sechs oder sieben Wochen nach Tchelitchews Rückkehr in die Stadt gewesen sein, als ich mich an einem ungewöhnlich milden und sonnigen Oktobernachmittag, beladen mit einem Korb voller Weißbrot, Gemüse und Milchflaschen, unserem Haus näherte und ein helles Lachen hörte. Ich sah die Bedienung vor dem Café im Erdgeschoss unseres Hauses stehen und mit einem Gast plaudern, der dort Platz genommen hatte. An den übereinandergeschlagenen Hosenbeinen erkannte ich sofort, um wen es sich handelte.

»Bonjour, Monsieur!«, rief ich.

»Janie, ma chérie! Komm schnell her!«

Er saß lässig zurückgelehnt da, trug einen blau-weiß gestreiften Seemannspullover unter einem bunt karierten

Mantel, weite weiße Hosen und dazu passende Segeltuchschuhe. Seinen Hals schmückte ein kleines rot gemustertes Tuch, den Strohhut mit der breiten Krempe hatte er sich auf den Hinterkopf geschoben, in seinem Schoß ruhte die kleine schwarze Kodak.

»Kein halbes Jahr bist du in Paris, und schon klingst du französischer als eine Französin, mon petit ange!«, sagte Cecil. Er schien sich wirklich zu freuen, mich zu sehen.

»Setz dich, mon amour, ich habe gehofft, dass ich dich hier treffe.«

Er deutete auf das Rotweinglas und sagte zur Bedienung: »Für Mademoiselle auch einen.«

Ich zeigte auf die Kaffeetasse: »Lieber so einen, bitte!«

»A votre service, Mademoiselle!«, sagte das Mädchen etwas schnippisch und ging ins Café, um mir, wie sich einige Minuten später herausstellte, einen Petit Rouge zu bringen.

»Jane, wie geht es Edith?«, fragte Cecil, dem mit einem Mal jegliche Heiterkeit abhandengekommen war.

»Haben Sie sie denn noch nicht getroffen, Sir?«

»Doch. Gestern bei Pavlik«, sagte Cecil.

»Oh!«, sagte ich.

»Genau«, sagte er.

Er war am Nachmittag mit Tchelitchew zu einer ersten Sitzung für ein Porträt verabredet gewesen. Weil er aber vor diesem Termin noch ein bisschen in der Gegend herumspazieren und Fotos machen wollte, war er bereits mittags im fünfzehnten Arrondissement unterwegs, als ihn ein Regenguss überraschte. Die Rue Jaques-Mawas lag ganz in der Nähe, und Cecil beschloss, schon früher als verabredet zu Pavel zu gehen und dort Zuflucht vor dem Regen zu suchen. Wie immer stand das Haus, in dessen Dachgeschoss Tchelitchews Atelierwohnung lag, offen, und Cecil stieg gerade am Fenster der Concierge vorbei die Treppen hinauf, als er von oben Lärm hörte. Zunächst dachte er sich nicht viel dabei. Im fünften Stock angekommen, bemerkte er allerdings, dass der Krach aus Pavels Atelier drang. Cecil blieb stehen und überlegte, ob er lieber wieder gehen sollte, weil Pavel beschäftigt war, da wurde der Lärm lauter, es klang, als würden drinnen größere Gegenstände durch den Raum geworfen, Glas zersplitterte, ein dumpfer Knall, dann wieder Scheppern, Poltern und schließlich auch Geschrei: »Du raubst mir die Luft zum Atmen, du machst mich krank, du grässliches Weib! Ich will dich mit meinen eigenen Händen zerquetschen! Ich bringe dich um! Ich schwöre, du stirbst in dieser Sekunde …!«

Cecil hämmerte mit beiden Fäusten an die Tür und brüllte: »Aufhören! Sofort aufhören! Ich trete die Tür ein und rufe die Polizei!«

Daraufhin wurde es schlagartig still.

»Hallo?«, rief Cecil, dem das Herz bis zum Hals schlug. Dann näherten sich Schritte. »Wer ist da?«, fragte Pavel durch die geschlossene Tür.

»Ich bin's, Cecil. Mach auf, verdammt nochmal!«

Es dauerte noch einen Moment, bis die Tür sich sehr langsam öffnete und Pavel im Türspalt erschien. Er fuhr sich betont lässig mit den Fingern durchs Haar, lächelte und sagte: »Beaton, altes Haus! Ich habe erst nachmittags mit dir gerechnet.«

Cecil stieß Tchelitchew grob zur Seite und stürmte in die Wohnung. Inmitten eines wilden Durcheinanders von umgekippten Leinwänden und Staffeleien, herumliegenden

Farbtuben, ausgelaufenen Flüssigkeiten und zerbrochenem Porzellan fand er Edith. Sie saß in einem alten mit Farbklecksen übersäten Ohrensessel und nippte an einer Tasse, die sie samt Unterteller auf ihrer flachen rechten Hand balancierte. Ihre Linke hatte sie hinter dem Rücken versteckt, ihr goldener Turban saß schief, einer ihrer Ärmel hatte einen langen Riss.

»Was zur Hölle ist hier los?«, fragte Cecil.

»Cess, mein Liebling, welch eine Überraschung!«, sagte Edith heiter. »Was soll schon los sein? Ich trinke Tee mit Pavlik.«

»Es hörte sich an, als würde hier drin ein Massaker stattfinden!«

Pavel und Edith lachten gleichzeitig los, sie gackerten und prusteten wie Kinder, und Cecil kam sich vor wie ein kompletter Idiot.

»Deine Fantasie geht mit dir durch wie immer, mein Bester«, kicherte Edith. »Wir haben nur etwas temperamentvoll rezitiert. Da können bei so leidenschaftlich veranlagten Menschen wie uns schon mal die geflügelten Pferde durchgehen, nicht war, mein Bojar? Ha ha ha!«

»Tasse Tee, Beaton?«, fragte Pavel. »Zucker und Milch sind leider aus.«

»Ihr seid völlig irre, alle beide!«, sagte Cecil.

Auch das wurde mit schrillem Gelächter quittiert.

Daraufhin habe er auf dem Absatz kehrtgemacht und sei gegangen.

»Jane«, schloss Cecil, »was um Himmels willen ist da los?«

»Wenn ich es nur wüsste«, antwortete ich.

»Ist etwas mit Ediths linker Hand?«

»Eine Quetschung mit Bluterguss. Nichts gebrochen. Madame Evelyn hat sich darum gekümmert. Edith hat behauptet, sie habe sich die Hand in der Taxitür geklemmt.«

»Unfassbar!« Cecil schüttelte traurig den Kopf.

Er erhob sich, griff in seine Hosentasche, kramte einige Münzen hervor, warf sie auf den Tisch.

»Ich muss los, kann heute nicht mehr mit hinaufkommen. Sag ihr lieber nicht, dass ich dir das erzählt habe, ja? Sprich bitte auch mit niemand anderem darüber.«

»Natürlich, Sir.«

»Vielleicht hat sie sich ja wirklich beim Taxifahren verletzt.«

»Auch so etwas soll schon vorgekommen sein.«

»Ich kann ihr nicht helfen, Jane, das verstehst du, oder?«

»Niemand kann das.«

Er nickte, tippte mit zwei Fingern an seinen Strohhut und schlenderte davon. Weder seinen Wein noch seinen Kaffee hatte er angerührt. Ich schaute ihm nach, bis der karierte Mantel hinter der Bäckerei durch den Torbogen in der Rue de l'Exposition verschwand, und wusste, dass in Wirklichkeit alles noch viel schlimmer war.

Cecil Beaton tauchte einige Tage später wieder in der Rue Saint-Dominique auf, diesmal angekündigt, um Edith für einem Wochenendausflug nach Guermantes abzuholen, zu dem Tchelitchew sie beide und eine Gruppe weiterer Künstler eingeladen hatte.

»Wie geht's?«, fragte er ungewohnt zaghaft, als ich ihm öffnete.

»Wie immer«, antwortete ich kurz angebunden.

Cecil zuckte resigniert mit den Schultern. »Sie muss es selber wissen, Janie.«

Edith war schon den ganzen Morgen aufgeregt durchs Zimmer getänzelt und hatte mir während des Packens vorgeschwärmt, wie herrlich es sein würde, in den Hängematten zwischen den Apfelbäumen zu ruhen, angeregte Gespräche mit diesen zauberhaften Menschen und vor allem mit Pavel zu führen, Gedichte zu lesen, dabei vom wunderbaren Wein zu kosten, der dort im Keller lagerte ... Sie wirkte wie ein quietschvergnügtes Kind, das sich auf einen Ausflug zum Jahrmarkt freut, wo es Zuckerstangen bekommen wird und Freikarten fürs Karussell.

»Zwischen Pavlik und mir herrscht nichts als Klarheit und Einverständnis. Er schaut in meine Seele und ich in seine«, rief sie.

Klarheit und Einverständnis, du lieber Himmel! Der Bluterguss an ihrer Hand war noch immer gut zu sehen gewesen, ich hatte es kaum ausgehalten, nichts dazu zu sagen oder irgendetwas zu unternehmen, um sie vor sich selbst zu schützen. Am liebsten hätte ich sie in ihrem eigenen Kleiderschrank eingesperrt.

Doch ich gab auf, ließ sie ziehen, war, als sie das Haus mit viel Gewese an der Seite des ungewöhnlich wortkargen Cecil Beaton verließ, zum ersten Mal froh, sie für ein paar Tage nicht zu sehen.

Das Drama mit Tchelitchew setzte sich noch weitere zwei Jahre fort, mit den immer gleichen dramatischen Eifersuchtsszenen, Intrigen, Enttäuschungen, Verrat ... Edith zerrieb sich zwischen Glückseligkeit und Verzweiflung, bis sie so sehr heruntergewirtschaftet war, dass sie Kreislauf- und Herzprobleme bekam.

Wenn sie einmal nicht mit ihrer Pavel-Propaganda beschäftigt war, musste sie Publikationen über »Aspekte der modernen Poesie«, Artikel über neu erschienene Gedichtbände oder Aufsätze mit Titeln wie »Der Rhythmus als Vermittler zwischen Traum und Wirklichkeit« und »Betrachtungen zu weiblicher Dichtung« produzieren, auf die sie keine Lust hatte. Auch Helens Zustand setzte ihr immer mehr zu.

Ab und an reiste sie nach London, um mit ihren Agenten oder Verlegern zu verhandeln oder dort die Werbetrommel für den Bojaren zu rühren.

Es waren in jeder Hinsicht schlimme Zeiten für sie.

Und ich? Ich war schon länger nicht mehr in ihre Eskapaden und Seelennöte eingeweiht. Wahrscheinlich hatte ich ihr gegenüber nicht gut genug verborgen, was ich von alldem hielt.

Cecil, der mich oft auf dem Laufenden gehalten hatte, sah ich nach dem Ausflug nach Guermantes für längere Zeit nicht mehr. Fragte ich nach ihm, bekam ich ausweichende Antworten von Edith, die alles Mögliche bedeuten konnten. Er habe viel zu tun, mache jetzt Karriere in Amerika, sei zudem neuerdings Fotograf bei Hofe und im Übrigen wohl vielleicht doch nicht der unverbrüchlich treue Freund, für den man ihn hatte halten wollen. Ich machte mir meinen eigenen Reim darauf: Cecil hatte sich wahrscheinlich das Elend einfach nicht länger mit ansehen wollen. Auch wenn ich seine Abwesenheit bedauerte, hatte ich doch Verständnis dafür. Mir ging es ja kaum anders.

Trotz allem kam mir nie der Gedanke, Edith zu verlassen. Und Edith machte ihrerseits keinerlei Anstalten, meinen Dienst zu beenden. Wenn sie nach meiner Hilfe verlangte, war ich nach wie vor, so gut ich es vermochte, für sie da. Ansonsten begann ich, mein Leben in Paris zu genießen. Das ging nur, wenn ich mir Ediths Liebeskummer und ihren Bojaren vom Leib hielt. Abgesehen davon legte sie ohnehin keinen Wert auf meine Ansichten.

Meine Zimmernachbarin Pauline stellte sich als hervorragende Französischlehrerin heraus. Ich liebte diese Sprache, sie erschloss sich mir so leicht, dass es nicht allzu lange dauerte, bis ich mich recht passabel verständigen konnte. Auch Helen nahm meinen Unterricht gern wieder auf, wenn es ihr mal etwas besser ging. Nach etwa einem halben Jahr wagte ich mich bereits an die Lektüre eines französischen Romans, den Pauline und ich während eines Spaziergangs am nördlichen Seineufer einem Bouquinisten abschwatzten: *Bel-Ami*, die Geschichte eines jungen Mannes von recht zweifelhafter Moral, die mir gut gefiel. Bei schönem Wetter verbrachte ich fortan jeden zweiten Sonntagnachmittag, wenn ich frei hatte, lesend und lernend im Jardin du Luxembourg oder auf der Kaimauer am Fluss sitzend, wo die vornehmlich männlichen Flaneure ihre Hüte lupften und mich »chère Mademoiselle« nannten.

Wenn ich in eine der Buchhandlungen in der Rue de l'Odéon geschickt wurde, packte Mademoiselle Adrienne, die sich an meinen sprachlichen Fortschritten freute, neuerdings auch für mich etwas ein: *Chérie*, einen Roman, in dem es um die unmögliche Liebe zwischen einem jüngeren Mann und einer älteren Frau ging, *Die Geheimnisse von Paris,* ein Buch, das mich mehrere Nächte hintereinander wach hielt, oder, weil mir *Chérie* so gut gefallen hatte, von derselben Autorin, Colette, die Romane um die Abenteuer eines Mädchen namens *Claudine*. Brachte ich die Bücher unbeschadet zurück, musste ich nicht einmal dafür bezahlen. »Ein belesenes Hausmädchen ist mir tausendmal lieber als eine engstirnige Lady«, sagte Mademoiselle Adrienne, und ihre Gefährtin, Miss Sylvia, stimmte ihr zu.

Weil ich wusste, wie sehr ihr das gefallen würde, schrieb ich meiner Mutter, dass ich jetzt französische Bücher las. Von den recht freizügigen Inhalten schrieb ich ihr allerdings nichts. Wovon ich meiner Mutter ebenfalls nicht berichtete, war, dass ich an meinen freien Abenden jetzt manchmal unter Paulines kundiger Führung Jazzclubs und Tanzcafés besuchte. Ich lernte den Boogie-Woogie, war das erste Mal richtig betrunken und verlor im zweiten Pariser Herbst meine sogenannte Unschuld an Maurice, den gut aussehenden Neffen der Concierge aus dem Nachbarhaus, aber das gehört nicht hierher. Hier soll Ediths Geschichte erzählt werden, so wie ich sie erlebt habe.

Im Mai 1934 begleitete ich Edith und Helen, die sich von einer weiteren schweren Operation erholen sollte, zu einem längeren Kuraufenthalt an die italienische Riviera, der von Ediths langjähriger Freundin Allanah Harper ermöglicht wurde.

Wir logierten im Grandhotel Excelsior in Levanto, von dessen großzügiger Frühstücksveranda aus man einen herrlichen Blick auf das Ligurische Meer hatte. Zum ersten Mal war ich an der See! Und auch wenn ich meine Pariser Freunde gelegentlich vermisste, war ich doch hingerissen von dieser Landschaft: die Weite der leuchtend blauen Wasserfläche vor uns, das satte Grün der Pinien und Olivenhaine, die sich die Hügel hinter dem Hotel hinaufzogen.

Edith sah fabelhaft aus in der prachtvollen Kulisse des

Grand Hotels. Hier passte sie hin, hier wirkte sie mit ihrem extravaganten Stil noch majestätischer als in den schlichten Räumen in der Moscow Road oder der Rue Saint-Dominique. Aber selbst hier wurde sie angestarrt, auch hier fiel sie aus dem Rahmen. Wenn sie durch die Flure schritt, verstummten die anderen Hotelgäste und staunten sie kaum weniger unverhohlen an als die einfachen Leute in den Gassen von Paris. Den dicken Herrn von Berstedten, einem deutschen Industriellen, der mit seiner Familie die Zimmer am Ende unseres Flurs bewohnte, hörten wir einmal sonntags unten in der Halle seiner sportlich mit einem Tennisdress bekleideten britischen Gattin zuraunen: »Man könnte meinen, eure Königin Viktoria ist von den Toten auferstanden und dabei in einem Juwelierladen ausgerutscht.«

Die Tennisspielerin stieß ihren Mann grob mit dem Ellenbogen in die Seite und zischte laut: »Halt gefälligst den Mund, Friedhelm! Weißt du denn nicht, wer das ist?«

Ein triumphierendes Lächeln huschte über Ediths Gesicht. Dann schritt sie durch die Halle, ohne den zerknirscht dreinschauenden Friedhelm auch nur eines Blickes zu würdigen, machte einen kleinen Schlenker, reichte der Tennisspielerin die Hand, sagte auf Deutsch: »Habe die Ehre, Frau von Berstedten«, fuhr anschließend auf Englisch fort: »Und richten Sie Ihrem Gatten doch bitte aus, dass ich aktuell die Freude habe, an einem Buch über Königin Viktoria zu arbeiten, sie mir also tatsächlich recht nahesteht.« Dann rauschte sie davon, wie die wahre Herrscherin eines Weltreiches, während ihr das Paar mit offenen Mündern hinterherstarrte.

Helen schlief in Levanto die meiste Zeit auf dem Balkon in einem Liegestuhl, den ich ihr abwechselnd in die wärmende Sonne oder den kühlenden Schatten rückte, je nachdem, wonach ihr gerade war. Tatsächlich erholte sie sich einigermaßen, nahm sogar wieder etwas zu. Edith beschäftigte sich neben der Biografie Königin Viktorias mit einem weiteren Auftragswerk über zeitgenössische Lyrik und widmete sich ihrer ausgedehnten Korrespondenz. Es war offensichtlich, dass auch ihr der Aufenthalt guttat.

In der dritten Woche begann sie sich heftig mit Kritikern zu streiten, die ihr falsche Zitate in ihrem Buch über Alexander Pope vorwarfen. Sie regte sich fürchterlich auf, aber gleichzeitig schien sie auch völlig in ihrem Element.

»Womöglich habe ich nicht wortwörtlich zitiert, aber meine Sätze sind viel besser und auf einer höheren Ebene wahrhaftiger, als es die Originale je hätten sein können, Sie ignoranter Wurm!«, hörte ich sie Helen aus einer Erwiderung vorlesen.

Ein Journalist bei der *Evening Post* hatte es außerdem gewagt, ihre Gedichte »verschroben, altmodisch und überholt« zu nennen. Auch er erhielt Post von Miss Sitwell und wurde »ein von substanzlosen Albernheiten geblendeter Kretin« genannt.

Jemand anderes hatte die drei Geschwister Sitwell in einem Artikel im Literaturteil der *Times* als »Blender und Wichtigtuer« diskreditiert. Er bekam eine Breitseite verpasst, die sich gewaschen hatte: »Sie als Feind der Dichtung zu bezeichnen, würde Ihnen schon zu viel Bedeutung beimessen. Sie sind kein Feind, sondern ein Nichts, ein Niemand! Ein Wicht, der offenkundig versäumt hat, auch nur ein Sandkorn an Wissen zu erwerben. Weil ich ein sehr gutmütiger Mensch bin, möchte ich Ihnen dringend anraten, in Zukunft das Verfassen von Artikeln zu jedwedem Thema, das das Pech hat, sich ins Zentrum ihrer Aufmerksamkeit zu verirren, schlichtweg bleiben zu lassen. Sie tun sich selbst damit den größten Gefallen.«

»Diese minderbemittelten Schreiberlinge, die sich einbilden, jemandem wie mir etwas über Dichtkunst erläutern zu müssen, gehen mir unsagbar auf die Nerven!«, schimpfte sie. »Ich versuche ja auch nicht einem Klempner zu erklären, wie man Rohre verlegt.«

Es war ein großes Vergnügen, im Raum zu sein, wenn Edith ihren Kritikern antwortete. Endlich fand sie zu alter Form zurück, und ihre Stimmung hob sich deutlich.

»Wyndham Lewis hat mich ein streitbares, aber monumentales Weibsbild genannt. Was sagst du dazu, Jane?«

»Ehre, wem Ehre gebührt, Miss Edith!«

Es bekam ihr wirklich ausnehmend gut, nicht mehr in Pavels Nähe zu sein.

Wir blieben vier Monate im Excelsior. Wäre es nach mir gegangen, es hätten gerne Jahre daraus werden können.

Bei unserer Rückkehr nach Paris hatte Tchelitchew gerade sein Stadtatelier aufgelöst, um mit seinem neuen Liebhaber, einem jungen Schriftsteller von sehr eindeutigem Ruf, nach Amerika überzusiedeln. Das war auch der Grund gewesen, warum Edith es auf einmal so eilig gehabt hatte, von Levanto abzureisen. Ich hatte die Koffer noch nicht ausgepackt, da stürzte sie nach der Sichtung der eingegangenen Post Hals über Kopf aus dem Haus, um »das Schlimmste zu verhindern«. Sie erwischte Pavel in letzter Minute am Bahnhof, muss dabei allerdings heftig mit ihm aneinandergeraten sein. Warum genau, habe ich nie herausgefunden.

»Meine Liebe zu ihm hat er jetzt ein für allemal getötet«, erklärte sie.

Was die »Causa Bojar« anging, wie Helen es gern genannt hatte, kehrte mit Tchelitchews Abreise endlich Ruhe ein.

Nach einer Weile begannen Edith und er, sich gegenseitig schwülstige Ergüsse zu schicken. Anders kann ich diese Briefe, die beim Abendessen teilweise laut vorgelesen wurden, nicht nennen. Von »unverbrüchlicher Freundschaft« und »inniger Verbundenheit« war darin die Rede, alle Missverständnisse, Enttäuschungen und Streitereien schienen vergessen.

»Solange sie sich auf verschiedenen Kontinenten aufhalten, funktioniert die ›russische Seelenverbindung‹, oder was auch immer für eine fixe Idee voneinander sie gerade wieder inszenieren, tadellos«, sagte Helen in einem seltenen Anfall von Offenheit zu mir.

»Man möchte sich den Ozean als in alle Ewigkeit unüberwindbar wünschen«, antwortete ich.

»Dein Wort in Gottes Ohr«, sagte Helen. »Wahrscheinlich kommt er wieder angekrochen, wenn er etwas von ihr braucht. Ich bete, dass ich niemals wieder diesem Scheusal ins Gesicht sehen muss!«

Tatsächlich sah Helen Pavel Tchelitchew nie wieder. Nach einem heftigen Rückfall erlag sie dem Krebs im Oktober 1938.

Edith blieb die letzten sechs Monate rund um die Uhr an Helens Seite. Nach Jahren schrecklicher, gegen Ende hin unaussprechlicher Qualen starb Helen schließlich in ihren Armen. Als man die Tote abgeholt hatte, brach Edith zusammen. Sie, die beim Tod ihrer Mutter ein Jahr zuvor nicht eine Träne vergossen hatte, verbrachte den Rest des

Tages und die komplette Nacht laut schluchzend in ihrem Bett. Die folgenden drei Tage starrte sie apathisch aus dem Fenster, ließ sich unter vielen Mühen gerade einmal einige Löffel Hühnerbrühe einflößen. Evelyn und ich hatten Angst, auch sie zu verlieren. Gerade als wir ernsthaft darüber nachdachten, einem der Brüder zu telegrafieren, erschien Edith auf wackeligen Beinen in der Küche, leerte dort ein großes Glas Gin in einem Zug und sagte: »Wir Übriggebliebenen müssen uns jetzt notgedrungen um das Weiterleben kümmern.«

Im Nachhinein kommen mir diese Worte geradezu prophetisch vor. Allerdings musste man keine Prophetin sein, um sich angesichts der Nachrichten, die aus Deutschland kamen, nicht die allergrößten Sorgen zu machen.

Noch aber blieben uns einige Monate in Paris. Ich kümmerte mich um unseren nunmehr verkleinerten Haushalt, ging ab und zu mit Pauline tanzen oder zu den Bouquinisten, sobald wir etwas freie Zeit dafür fanden. Die alte Unbeschwertheit aber stellte sich nicht mehr ein.

Edith trug Trauer, wartete auf Post von Pavel, ging nur aus, wenn Miss Allanah vorbeikam und sie förmlich zu einem Theater- oder Konzertbesuch zwang oder mit auf eine literarische Soirée schleppte. Ansonsten war sie immer noch wie unter Schock: still, abwesend, in sich gekehrt. Helens Tod hatte sie tiefer erschüttert, als ich es für möglich gehalten hatte.

Den Jahreswechsel verbrachten wir noch gemeinsam mit Evelyn in der Rue Saint-Dominique. Dass es aber nicht mehr lange so weiterging, lag auf der Hand. Edith ertrug Evelyns devote Anbiederungen immer weniger, im Gegenzug ließ Evelyn sich zunehmend anmerken, wie sehr Ediths Reserviertheit sie verletzte.

»Zu anderen Menschen ist sie auch nett und herzlich, warum zeigt sie mir die kalte Schulter?«, beklagte Evelyn sich bei mir.

»Miss Edith trauert, sie ist vor lauter Kummer nicht sie selbst.«

»Ich habe meine Schwester verloren. Sollte Edith da nicht eher mich trösten?«

Es war, als sei mit Helen auch der Kitt verloren gegangen, der die beiden Frauen all die Jahre in einer Wohngemeinschaft zusammengehalten hatte. Sie gerieten immer häufiger aneinander, meistens über Lächerlichkeiten wie die Frage, wem ein übrig gebliebenes Brötchen zustand oder ob man den Kohlenhändler weiterhin grüßen durfte, obwohl das Gerücht umging, dass seine Schwester in Berlin lebte und mit einem deutschen Faschisten verheiratet war.

Am ersten warmen Frühlingssonntag des Jahres 1939 spazierten Pauline und ich zum letzten Mal an der Seine entlang, saßen nebeneinander auf der Kaimauer und ließen die Beine baumeln. Am folgenden Tag zog sie mit ihren Dienstherrschaften in den Norden. »Aus Sicherheitsgründen«, sagte Pauline.

Im Juni reiste Edith auf Veranlassung Allanah Harpers ein weiteres Mal nach Levanto, um dort in Ruhe an einer Anthologie mit neuen Texten englischer und amerikanischer Dichtung zu arbeiten, die ein Londoner Verleger bei ihr in Auftrag gegeben hatte.

»Ich kann nur fahren, wenn Jane mich begleitet«, hatte Edith zu Miss Allanah gesagt. »Meine verwachsenen Knochen und meine überstrapazierten Nerven erlauben mir nicht, alleine zurechtzukommen, ich bin unbedingt auf Janes Hilfe angewiesen!«

»Natürlich muss Jane mitfahren!«, war Miss Allanahs Antwort gewesen, und so fand ich mich erneut unter der warmen Sonne der italienischen Riviera wieder, logierte unter dem vornehmen Titel »La Cameriera della Signora Sitwell« im Grand Hotel Excelsior, das trotz der unsicheren Zeiten nichts von seinem Glanz eingebüßt hatte.

Im Nachhinein kann ich es kaum fassen, wie wenig ich und die meisten der Hotelgäste und Bediensteten sich beunruhigt zeigten von dem, was sich da über uns, über ganz Europa, zusammenbraute. Wir hofften wohl, dass das Schreckgespenst des drohenden Krieges irgendwie an uns vorüberziehen würde. Das Hotel war ausgebucht, am Strand sowie in den kleinen Restaurants und Cafés entlang der Promenade herrschte ausgelassene Stimmung, die Leute rauchten, aßen, tranken, tanzten, als gebe es kein Morgen. Wenn irgendwo ein Radio lief und gerade Nachrichten gesendet wurden, konnte die Stimmung kurz absacken, aber immer schrie schnell jemand: »Ausmachen!«, und dann wurde weitergefeiert.

Edith hielt sich von alldem fern. Sie verbrachte ihre Tage arbeitend auf dem Zimmer, ließ sich erst abends von mir vollständig ankleiden, wenn sie zum Dinner in den Speiseraum ging. Bei unserer Anreise hatte sie mir mitgeteilt, dass sie »aus grundsätzlichen Erwägungen« diesen täglichen Dinnergang unternehmen würde und dass ich sie dabei zu begleiten hätte.

Mir war es nur recht. Was man als Gast im Hotelrestaurant serviert bekam, war viel besser als das, was den Bediensteten in den für sie vorgesehenen Speiseräumen vorgesetzt wurde.

Hocherhobenen Hauptes schritt Edith Abend für Abend an meinem Arm durch den hell erleuchteten Speiseraum des Excelsior zu unserem Tisch am Fenster, obwohl ihr die anderen Gäste mit ihrem Gelächter und all der launigen Ausgelassenheit, die sich nur für den einen Moment legte, wenn sie voller Verachtung an ihnen vorbeiging, ein Gräuel waren.

»Verfolgen diese Dummköpfe denn keine Nachrichten?«, schnauzte sie so laut, dass man es auch noch einige Tische weiter mitbekam.

»Vielleicht versuchen die Menschen diese Sommertage noch einmal zu genießen, weil es die letzten im Frieden sein könnten«, erwiderte ich.

»Das mag ja alles sein, aber muss man denn dabei so einen Krach machen?«

Sie schloss keine neuen Freundschaften in diesem Sommer.

Und dann ging alles ganz schnell.

Am ersten September traf die Nachricht ein, dass Hitler in Polen eingefallen sei, zwei Tage später erklärte England Deutschland den Krieg. Am folgenden Nachmittag erreichte uns ein Telegramm von Osbert, das Edith zur sofortigen Abreise drängte. Ich packte eiligst unsere Sachen zusammen. Noch vor Sonnenaufgang brachte uns ein Fahrer nach Genua, wo wir den ersten Zug Richtung Turin nahmen. Von dort aus ging es über Paris weiter nach Calais, und am frühen Abend erreichten wir das letzte Fährschiff nach Dover.

Alles, was wir nicht mit nach Levanto genommen hatten, Ediths Bücher, die Manuskripte und Arbeitshefte, die Gemälde, Zeichnungen, alle Briefe und Papiere, ja sogar die heiß geliebte Katze, blieb bei Evelyn zurück – auch mein goldener Drehbleistift, drei meiner vollgeschriebenen Notizbücher und die alte schwarze Dienstmädchentracht.

10
Insel im Krieg

Ich habe meine Mutter zu ihren Lebzeiten nur zwei Mal weinen sehen. Das eine Mal, als man 1917 die Leiche meines Großvaters Victor auf einem Lastkarren aus dem Rosentreibhaus zu uns brachte, das andere Mal, als ich an einem sonnigen Septembernachmittag im Jahr 1939 überraschend zu Hause auftauchte.

Osbert Sitwell hatte zwar in Ediths Auftrag unsere Ankunft ins Haupthaus melden lassen, aber auf die Idee, auch Emma Banister Bescheid zu geben, die krank vor Sorge im Gärtnercottage hockte, war niemand gekommen. Sie hatte sich in den Tagen nach Kriegsausbruch in den Wahn hineingesteigert, dass ich irgendwo in der Fremde zwischen deutschen und italienischen Faschisten eingekesselt worden sei und sie mich nie wiedersehen würde. Wie sich herausstellte, hatten auch keine Briefe oder Postkarten aus Levanto sie erreicht, sie war seit Monaten ohne Nachricht von mir.

Als sie die Tür öffnete und mich davorstehen sah, schrie sie laut auf, fiel mir um den Hals und hielt mich, von Weinkrämpfen geschüttelt, eng umschlungen. Nach einer Weile wand ich mich mit sanfter Gewalt aus ihrem Klammergriff. »Alles gut, Mama, beruhige dich, bitte!«

Sie heulte weiter, schluchzte und schniefte, stammelte unverständliches Zeug, und es dauerte eine halbe Stunde, bis sie sich wieder einigermaßen gefangen hatte. Absurderweise galten ihre ersten verständlichen Worte nicht mir, sondern Edith: »Niemals werde ich ihr verzeihen, dass sie mich das hat durchmachen lassen!«, schimpfte meine Mutter, während sie mich an den Aufschlägen meines Mantels packte und ins Haus zog.

»Miss Edith kann nun wirklich nichts für die chaotische Weltlage, Mama!«

»Als ich dich ihr anvertraut habe, hat sie versprochen, mich immer wissen zu lassen, wenn etwas mit dir ist. Sie wollte auf dich aufpassen!«

»Es gab einfach keine Möglichkeit, von unterwegs zu telegrafieren«, sagte ich, ärgerlich, dass sie mich mit meinen dreißig Jahren immer noch wie ein unmündiges Kind behandelte.

»Edith hätte sicher einen Weg gefunden, wenn es ihr wichtig gewesen wäre.«

Es hatte keinen Sinn, weiter mit ihr zu diskutieren.

»Aber jetzt bin ich doch da, Mama.«

»Ja«, sagte sie. »Jetzt bist du da, mein Liebling. Aber wo ist dein Gepäck?«

Sie ging davon aus, dass ich ganz zurückgekehrt war und wieder bei ihr im Cottage wohnen würde.

»Meine Sachen sind oben im Haupthaus«, sagte ich, einen Hauch zu kühl. »Als Miss Ediths Dienstmädchen muss ich stets in ihrer Nähe sein.«

Dass Edith es mir freigestellt hatte, im Gärtnercottage zu wohnen und von dort aus zur Arbeit zu kommen oder eines der vielen freien Zimmer auf Renishaw Hall zu nehmen, und ich mich ohne zu zögern für das Haupthaus entschieden hatte, verschwieg ich lieber.

»Verstehe«, sagte meine Mutter. Die Enttäuschung stand ihr ins Gesicht geschrieben.

»Ich werde dich sehr oft besuchen kommen!«

»Den Satz habe ich vor Jahren schon einmal von deiner Herrin gehört.«

So leid es mir für meine Mutter tat, doch ich freute mich auf meine Zeit im Haupthaus.

Bis auf das eine Mal, als sie mich und Edith vor meinem Dienstantritt zu Sir George gezerrt hatte, war ich nie bis in die »heiligen Hallen der erhabenen Trostlosigkeit«, wie Edith das Herrschaftshaus früher manchmal genannt hatte, vorgedrungen. Ab und zu war ich als kleines Kind in der Weihnachtszeit mit in die Dienstbotenhalle genommen worden, wenn es dort Bratäpfel oder Krapfen für die Kinder der Dienerschaft gegeben hatte, und natürlich kannte ich zahllose Geschichten meiner Mutter aus ihrer Dienstmädchenzeit. Aber von diesen seltenen Gelegenheiten abgesehen hatten sowohl Großvater Victor als auch meine Mutter mich vom Haupthaus ferngehalten.

Ich war dreißig Jahre alt und seit über zwölf Jahren im Dienst der ältesten Herrschaftstochter, als ich mit meiner alten Reisetasche in den riesigen schmutziggrauen Kasten einzog, der meine Kindheit überschattet hatte wie ein schlafender Riese.

Inzwischen war Lady Ida bereits über zwei Jahre tot, und Sir George verharrte trotz der politischen Lage stur auf seinem italienischen Landsitz.

»Wir wollen es uns in diesen grauenhaften Zeiten so komfortabel wie möglich machen«, sagte Edith, als sie mich in eine kleine Wohnung im unteren Dienstbotentrakt führte.

Sie hatte mir die verwaisten ehemaligen Räumlichkeiten der Hausdame zugedacht. Ich verfügte jetzt über einen eigenen kleinen Raum mit Sitzecke, Beistelltischen und Teegeschirr, dazu ein ordentliches Schlafzimmer mit Kleiderschrank und breitem Bett aus massivem Buchenholz. Alles etwas in die Jahre gekommen, und Fenster hatte ich auch keines, aber es gefiel mir trotzdem.

Edith bezog wieder ihr altes Zimmer am hinteren Ende des Herrschaftswohntrakts im ersten Stock.

»Komfortabel machen« war allerdings, was Renishaw Hall anging, eine sehr optimistisch gewählte Formulierung. Es gab dort noch immer keine Elektrizität, die Abende wurden im schummrigen Licht von Öllampen verbracht, das Haus war im September bereits ausgekühlt und dunkel wie ein Eiskeller, und ich malte mir lieber nicht aus, wie es sein würde, dort zu überwintern.

In der ersten Woche waren außer Edith und mir nur noch ein grantiges altes Hausmädchen namens Linda und die Küchenmagd Betty, eine Nichte der legendären früheren Köchin Mrs Hobbs, im Haupthaus tätig. Von den übrigen Dienstboten hatten einige die alten Herrschaften vor Jahren nach Montegufoni begleitet, andere waren bei Osbert am Carlyle Square untergekommen, die Mehrzahl von ihnen aber hatte den Dienst der Familie Sitwell verlassen müssen – manche aus Altersgründen, die meisten, weil ihre Weiterbeschäftigung im nunmehr unbelebten Haus als überflüssig und zu teuer erachtet worden war. Auch im Außenbereich gab es kaum noch Bedienstete. Im vormaligen »blauen Garten« war ein Hilfsgärtner damit beschäftigt, Kohl, Salat und anderes Gemüse anzubauen, in den Stallungen versorgte ein Bursche aus dem Dorf die zwei verbliebenen alten Klepper, denen auf

Sir Georges ausdrücklichen Befehl hin das Gnadenbrot gewährt wurde, um die fünf Schweine kümmerte sich Betty neben der Küchenarbeit freiwillig.

Die Gartenanlagen von Renishaw waren derart vernachlässigt worden, dass es mir als Enkelin von Victor Banister schwer ums Herz wurde. Die prächtigen Eibenhecken hatten sich zu unkontrolliert wucherndem Gestrüpp ausgewachsen, die Blumenbeete waren verwildert oder verdorrt, vom einst so liebevoll und aufwändig gestalteten Garten im italienischen Stil war kaum mehr die Anlage zu erkennen. Auch die Treibhäuser waren ein Bild des Jammers, die Scheiben teilweise zerbrochen, die Böden von Unkraut überwuchert, die Pflanzen vertrocknet.

Schon bei unserer Anfahrt über die Ulmenallee hatte Edith Renishaws Verfall bemerkt und bitter kommentiert: »Osbert hat sein Anwesen nicht gut in Schuss gehalten. Ich hätte mich besser darum gekümmert.«

In der ersten Oktoberwoche fuhr Edith von Renishaw aus für einige Tage nach London, weil sie Termine mit Verlegern und Agenten wahrnehmen wollte. Ich bot mich zur Begleitung an, aber sie erwiderte, dass in dem Damenclub, in dem sie logierte, kein Platz für mich sei. Auf Renishaw sei es gegenwärtig sowieso sicherer.

»Wäre es dann nicht besser, wenn Sie ebenfalls hierblieben, Miss Edith?«

»Zweifellos wäre es das, aber ich muss leider mal wieder dringend zu Geld kommen. Ich könnte es nicht ertragen, meinem Bruder auf der Tasche zu liegen.«

Also waren wohl die zusätzlichen Kosten der Grund, weshalb ich nicht mit nach London kommen durfte. Auch lag mein letzter Gehaltsscheck bereits Monate zurück, und wie immer nahm ich es stillschweigend hin. Ich hatte Wohnung und Brot, das mochte fürs Erste genügen.

Da Linda und Betty angewiesen worden waren, mich als amtierende Hausdame zu betrachten und entsprechend zu respektieren, genoss ich alle denkbaren Freiheiten, solange Edith nicht da war. Betty kochte unermüdlich Gemüse und Obstkompott in große Gläser ein, trocknete Minzblätter im Ofen, hing Kräuterbüschel auf, legte Gurken in Essig ein, legte Vorräte an, als bereite sie ganz allein eine größere Gesellschaft vor. Hilfsangebote wies sie freundlich, aber bestimmt ab. Wenn sie einmal nicht in der Küche zugange war, kümmerte sie sich um die Schweine, an denen sie sehr zu hängen schien. Die angebliche Intelligenz dieser Tiere war jedenfalls das einzige Thema, über das man sich mit ihr unterhalten konnte. Was die alte Linda den ganzen Tag trieb, war anscheinend ihr überlassen. Ab und zu sah ich sie mit einem Besen oder Handfeger durch die oberen Etagen huschen, wenn ich näher kam, um einige Worte mit ihr zu wechseln, war sie schon wieder entschwunden.

Ich war also mehr oder weniger auf mich gestellt. Morgens kümmerte ich mich ein wenig um Ediths Garderobe oder staubte in ihrem Zimmer die Regale ab. Den übrigen Tag verbrachte ich damit, das riesige Haus zu erkunden. Ungeniert durchstreifte ich die Wohn-, Schlaf- und Aufenthaltsräume der Herrschaften, schaute mir die vielen Gemälde und die überall herumstehenden Figurinen an, lupfte Leinentücher, mit denen Möbel und Tische verhängt worden waren, nahm mir nachmittags Tee mit in die Bibliothek und setzte mich zum Lesen in einen der gemütlichen alten Polstersessel.

Am fünften Tag von Ediths Abwesenheit, ich hatte mich

gerade mit meinem Notizheft an dem kleinen Sekretär in der Fensternische niedergelassen, von dem aus Sir George einst meiner Anstellung zugestimmt hatte, da öffnete sich auf einmal die Tür.

»Ihre Ladyschaft! Das nenne ich eine steile Karriere!«, feixte Osbert Sitwell und kam mit herrschaftlichem Schwung in den Raum geschritten.

»Ich bitte vielmals um Entschuldigung!«, stammelte ich, sprang hastig auf und wäre dabei beinahe noch über eine der chinesischen Bodenvasen gefallen, die den Schreibtisch flankierten.

Osbert lachte: »Es gibt nichts zu entschuldigen, meine Liebe. Edie hat mir schon erzählt, dass du in unserer Abwesenheit die Geschäfte führst.«

»Auf keinen Fall, Sir, hätte ich geahnt, dass Sie heute schon …«

»Papperlapapp, Jane!«, fuhr er mir dazwischen. »Willkommen auf Renishaw, ich bin von Herzen froh, dich hier zu haben! In diesen Zeiten sind aufrechte und treue Gefährten, auf die man sich bedingungslos verlassen kann, das Allerwichtigste!«

»Danke, Mr Sitwell, Sir, ich freue mich ebenfalls, dass ich hier sein darf.«

»Osbert, solange wir unter uns sind«, sagte er und reichte mir die Hand. »Die Einhaltung von Formalitäten sparen wir uns für die Gäste auf.«

Ich habe es nie fertiggebracht, ihn tatsächlich beim Vornamen zu nennen. Teils aus Respekt, teils aus dem Bedürfnis, eine gewisse Distanz einzuhalten, aber trotzdem habe ich an ihn von diesem Tag an stets als an einen Freund gedacht. Auf seine Weise war er das auch, ist es bis heute geblieben.

Osbert brachte seinen früheren Offiziersburschen John Robins als Butler mit nach Renishaw. Robins Frau Susan war mit von der Partie und übernahm trotz Bettys anfänglicher Skepsis erfolgreich die Regie in der Küche. Susan schätzte Bettys Arbeitseifer, Betty freute sich, dass Susan gut gemästete Schweine zu schätzen wusste, und bald bildeten die beiden ein fabelhaftes Team. Es ist dem Erfindungsreichtum und den vielseitigen praktischen Fähigkeiten dieser beiden Frauen zu verdanken, dass wir ohne wirkliche Not durch die Kriegsjahre kamen.

Edith traf am selben Tag wie Osbert wieder auf Renishaw ein, zufrieden mit dem, was sie in London erreicht hatte. Etwas später stieß noch Osberts Sekretärin Lorna Andrade dazu, die zu Ediths Freude gerne bereit war, fortan auch ihre Texte ins Reine zu tippen. Es dauerte nicht lange, bis aus unserem zusammengewürfelten kleinen Haufen ein, wenn auch nicht gerade traditionell aufgestellter, aber dennoch ganz passabel funktionierender Hausstand geworden war.

Das Ehepaar Robins übernahm die Leitung in der gesamten Dienstbotenetage, akzeptierte aber widerspruchslos, dass Miss Edith allein in meinen Zuständigkeitsbereich fiel. So war es mir am liebsten. Auf meine kleine Hausdamenwohnung erhob ebenfalls niemand Anspruch, da die Robins mit den beiden großen Butlerzimmern mehr als zufrieden waren. Selbst die mürrische Linda taute auf und ließ sich öfter bei uns in der Dienstbotenhalle blicken, wenn dort abends das Radio lief oder Karten gespielt wurden.

Edith und Osbert waren jetzt die Herrschaften. Sie arrangierten sich mit dem Haus ihrer Kindheit, so gut es ging. Edith brauchte dafür länger als Osbert, aber nach und nach eroberte auch sie sich Raum für Raum, begann Möbel zu verschieben, Bilder umzuhängen, Kaminsimse neu zu dekorieren. Beide ließen überall Bücher herumliegen, verteilten Papierstapel, Zettel, Schreibzeug und anderen Krimskram wie Handschmeichler und Zigarrenschneider auf Tischen, Sesseln und Anrichten, mahnten Linda und mich, nichts davon wegzuräumen. Ich nehme an, das war ihre ganz spezielle Art der Geisteraustreibung.

Hätten wir den Winter über nicht so erbärmlich gefroren und wären nicht jeden Abend um neun Uhr zunehmend besorgniserregende Nachrichten im Radio zu hören gewesen, man hätte meinen können, dass wir auf einer von den Weltereignissen unberührten Insel gestrandet waren.

Edith widmete sich wieder ihrer Arbeit, wie zuvor am liebsten im Bett. In der Regel tauchte sie erst zum Fünf-Uhr-Tee im unteren Wohnbereich auf, um den Rest des Tages und den Abend mit ihrem Bruder zu verbringen.

»Es ist so wohltuend, den lieben alten Jungen um mich zu haben«, sagte sie oft.

Tatsächlich war es auch mir eine Freude zu sehen, wie gut die Geschwister sich trotz aller Verschiedenheit verstanden. Beim Abendessen erzählten sie sich Geschichten aus den Jahren, die sie getrennt verbracht hatten, berichteten von ihren Reisen oder interessanten Begegnungen, brachten einander mit Anekdoten zum Lachen oder regten sich mit Begeisterung über ignorante Kritiker und knausrige Verleger auf. Bloß über ihre Eltern sprachen sie so gut wie nie. Auch Sacheverell, der jüngste Bruder, der nach wie vor mit seiner Frau und nunmehr zwei Söhnen auf Weston Hall lebte und keine Absicht erkennen ließ, Zeit mit seinen beiden älteren Geschwistern zu verbringen, war kein

Gegenstand ihrer Unterhaltung. Edith hatte immer Kontakt gehalten zu dem jüngsten Bruder und der glamourösen Schwägerin, die sie sehr mochte, Osbert hingegen hatte noch immer nicht verwunden, dass Sachie wegen Heirat und Familiengründung aus dem Bund des Sitwell'schen Triumvirats ausgetreten war.

Nach dem Dinner lasen sich Osbert und Edith vor, was sie tagsüber geschrieben hatten, am späteren Abend saßen sie oft still beieinander am Kamin im großen Salon und hörten sich auf dem alten Grammophon ihre geliebten Schellackplatten an. Debussy, Stravinsky und Bach, immer wieder Bach. Osbert schaute ins prasselnde Feuer, Edith strickte unförmige Socken oder sackartige Wolljacken, mit denen sie nach und nach jeden von uns zwangsbeglückte.

»Es ist verrückt, aber während um uns herum die Welt in ihren Grundfesten erschüttert wird, versöhne ich mich mit den Schlachtfeldern meiner Kindheitsqualen«, schrieb Edith an ihre Freundin Allanah Harper. »Des Weiteren verbringe ich meine Tage mit Schreiben und Stricken.«

Wahrscheinlich ist Edith so etwas wie einem geordneten Familienleben nie so nahe gekommen wie in diesen Wochen.

Dass der fast achtzigjährige Sir George in Gesellschaft des nunmehr einzigen ihm verbliebenen Dieners auf Montegufoni mitten im feindlichen Gebiet zurückgeblieben war und oft wochenlang keine Nachrichten von dort kamen, schien keines seiner Kinder zu beunruhigen.

»Noch immer keine Meldung vom Rotfuchs?«, fragte Edith einmal, als Osbert vor dem Abendessen noch schnell die Post sortierte.

»Ach, den sonnigen alten Kannibalen zwingt auch kein Krieg in die Knie«, antwortete Osbert, und damit hatte es sich auch schon. Beide waren offenkundig gottfroh, dass der Vater keinerlei Anstalten machte, nach Renishaw zurückzukehren.

Aufgrund seines Alters und seiner angeschlagenen Gesundheit brauchte Osbert selbst nicht mit einer Einberufung zu rechnen. Wegen seines Lebensgefährten, David Horner, den es zur Royal Airforce verschlagen hatte, war Osbert jedoch mehr und mehr in Sorge. Er schrieb dem Geliebten täglich, wie sehr er ihn vermisste und wie sehr er hoffte, dass der Krieg sie nicht auf immer trennen würde. Dass er seiner Schwester offen davon erzählte, zeigt, wie nahe sich die beiden in diesem ersten Kriegswinter gekommen waren.

»Achte auf deine Wortwahl, Os«, ermahnte Edith ihn. »Jedwede Andeutung erotischer Art könnte seinen und deinen Untergang bedeuten, wenn eure Zeilen in die falschen Hände geraten.«

Im Frühjahr 1940 wurde David Horner nach Watnall Charworth versetzt, von wo aus Renishaw leicht zu erreichen war. Er zog daraufhin praktisch mit in den Haushalt ein und verbrachte weitaus mehr Zeit auf Renishaw Hall als bei seinem Regiment. Osbert war überglücklich über diese Wendung, was man von Edith allerdings nicht behaupten konnte.

»Wir hatten es so schön hier, bevor dieser komplizierte Langweiler sich breitgemacht und Osbert mit Beschlag belegt hat.«

Als David Horner das erste Mal leibhaftig vor mir stand, hatte ich vollstes Verständnis dafür, dass Osbert sich, wie es hieß, auf den ersten Blick in ihn verliebt hatte. Der Mann sah schlichtweg umwerfend aus mit seinen blonden Locken, der makellosen alabasterfarbenen Haut, den perfekt geformten Lippen und den wasserblauen Augen, aus denen eine unwiderstehliche Mischung aus Melancholie, Überheblichkeit und Intelligenz leuchtete. Edith hatte Recht, wenn sie ihn als kompliziert bezeichnete, aber einen Langweiler konnte man ihn nun wirklich nicht nennen. Er versprühte Eleganz und bissigen Witz, spielte wunderbar Klavier und brachte mit seinen Extrawünschen die beiden Küchendamen dazu, sich ständig selbst zu übertreffen.

Die drei Herrschaften verbrachten die Abende jetzt meistens gemeinsam vor dem Kaminfeuer im großen Wohnzimmer, Osberts Sessel eng an Davids geschoben, sein Kopf an dessen Schulter gelehnt. Beim ersten Mal, als ich hereinkam und die beiden so sah, erschrak Horner und stieß Osbert heftig von sich. Aber Osbert lachte. »Wegen Jane musst du dir keine Sorgen machen, Liebster. Sie ist eine alte Freundin und schon sehr lange auf unserer Seite.«

Edith saß etwas abgerückt, ihre Aufmerksamkeit scheinbar völlig von ihrer Handarbeit in Anspruch genommen. Vorgelesen wurde nicht mehr. Und wenn jemand etwas erzählte, dann war das meist David Horner. Osbert hing an seinen Lippen, während Edith eisern schwieg und mit den Stricknadeln klapperte.

»Um meines Bruders willen bemühe ich mich sehr, David meine Vorbehalte nicht spüren zu lassen«, gestand sie mir eines Abends. »Es gibt aber Tage, an denen mir das so gar nicht gelingen will.«

Eines Nachmittags begleitete ich Edith gerade die große Treppe zum unteren Wohnbereich hinunter, als durch die nur angelehnte Bibliothekstür die sonore Stimme David Horners zu hören war.

»Wie lange muss ich deine schrullige Schwester noch ertragen? Kann sie nicht ganz im Sesame Club wohnen? Diese grässliche Person hasst mich aus tiefster Seele! Jeden Abend habe ich Angst, dass sie mir eine tödliche Ladung Arsen in den Gin gekippt hat!«

Ohne weiter darüber nachzudenken lief ich an Edith vorbei die Stufen hinunter zur Bibliothekstür, zog sie mit einem Knall ins Schloss und stellte mich mit dem Rücken davor, um zu verhindern, dass sie ihren Bruder zwang, sich zwischen ihr und dem Geliebten zu entscheiden. Ich war mir sicher, dass uns in diesem Fall alle Geschwisterliebe nichts nützen und wir noch am selben Tag des Hauses verwiesen würden. Edith war auf der Treppe stehen geblieben, schaute zu mir herunter und sagte mehr verwundert als erbost: »Jane? Was um Himmels willen tust du da?«

Währenddessen ging hinter mir die Tür wieder auf, und Osbert sagte: »Was ist hier los?«

Ich wandte mich nicht zu ihm um, konnte spüren, wie mir die Röte in Gesicht und Wangen schoss, wäre am liebsten sofort und für immer zwischen den bröckelnden Fugen des Marmorbodens versunken, da kam Edith mir zur Rettung:

»Dein lieber Seelenfreund ist etwas laut geworden, mein Bester. Jane nimmt dankenswerterweise die Notwendigkeit, mich vor jeglichem Lärm zu beschützen, damit ich leben und arbeiten kann, sehr ernst.« Der Unterton in ihrer Stimme hätte heiße Schokolade zu Eis erstarren lassen.

»Entschuldige bitte«, sagte Osbert, erstaunlich unbeeindruckt. »David hat Ärger mit der rachsüchtigen Schwester eines Offizierskollegen. Er beruhigt sich aber gerade schon wieder und freut sich darauf, dich gleich beim Abendessen um deinen weiblichen Rat in dieser Angelegenheit zu bitten. Dinner um halb zehn?«

Ich war sprachlos, wie schamlos er sie anlog.

»Darauf könnt ihr Gift nehmen«, zischte Edith, jedes Wort einzeln betonend. Dann drehte sie auf dem Absatz um und ging in den Oberstock zurück. Es tut mir heute noch leid, dass ich, da Linda und Robins an diesem Tag bedienten, bei besagtem Abendessen nicht anwesend sein konnte. Edith jedenfalls ließ sich dafür von mir die ganz große Garderobe und das riesige goldene Kreuz anlegen, dessentwegen sie einmal von ihrem Bruder Sacheverell »die Äbtissin der Nachtigallen« genannt worden war.

Wie auch immer dieses Abendessen verlaufen war – anschließend versammelten sich die Herrschaften wieder wie gehabt vor dem Kamin und setzten die »unselig zweiseitige Ménage à trois«, wie Edith es mir gegenüber nannte, fort.

Ab Mitte Juni lenkten uns andere Sorgen von den Querelen in der Herrschaftsetage ab. Im Radio wurde gemeldet, dass deutsche Truppen in Paris einmarschiert waren, die Zeitungen brachten Bilder von Hitler vor dem Eiffelturm. Edith tobte vor Zorn: »Was maßt sich dieser abscheuliche Möchtegernführer mit seiner sinnlos brutalen und hirnverbrannten Bagage an! Die Deutschen haben Bach, Goethe und Beethoven hervorgebracht, und nun unterwerfen sie sich einem solchen Monster? Gott allein weiß, was aus den armen Menschen in Paris unter dem Joch dieses uniformierten Pöbels wird. Es ist eine Katastrophe! Ich muss Evelyn und Amber schnellstens da rausholen!«

»Wer ist eigentlich Amber?«, fragte Susan Robins mich.

»Fragen Sie lieber nicht«, entgegnete ich.

Edith setzte alle Hebel in Bewegung, um Evelyn Wiel zu retten, ihr wenigstens Unterstützung zukommen zu lassen. Wie immer, wenn sie sich für jemanden starkmachte, lief sie dabei ungeachtet ihrer eigenen Nöte zur Hochform auf. Sie bemühte sich, Geld über das Rote Kreuz nach Paris zu schicken, schrieb unzählige Briefe an Militärs und Politiker, kontaktierte das Außen- sowie das Handelsministerium, versuchte sogar Osberts Verbindungen zur Königsfamilie zu nutzen, aber nichts von alldem zeigte die erwünschte Wirkung. Nach einer Weile gelangten keine Nachrichten mehr von Madame Evelyn bis zu uns. Edith schrieb ihr dennoch jede Woche. So oft Evelyn ihr auch auf die Nerven gegangen war, so unverbrüchlich war ihre Treue. Wem Edith einmal freundschaftlich verbunden war, den ließ sie nicht wieder im Stich.

Wir hörten erst von Madame Evelyn, als der Krieg vorbei war. Sie schaffte es tatsächlich alleine, sich die gesamte Besatzungszeit über in der Rue Saint-Dominique zu halten und irgendwie zu überleben. Lediglich die Katze war an Altersschwäche eingegangen.

Ende August 1940 fielen Hitlers Streubomben auf das Gebiet um Cripplegate, ab dem 7. September begann die deutsche Luftwaffe den Osten Londons anzugreifen, eine riesige Welle der Vernichtung zermalmte siebenundfünfzig Nächte in Folge die Stadt. Tausende von Menschen fanden den Tod, abertausende wurden verletzt.

Auf Renishaw verharrten wir Abend für Abend wie gebannt vor den Neun-Uhr-Nachrichten, zunächst getrennt nach Dienstbotenhalle und Herrschaftsbereich. Eines Abends kam Osbert zu uns herunter, wies Betty an, den besten Portwein aus dem Keller zu holen, und bat uns alle, mit ihm nach oben in den großen Salon zu kommen. »Wir müssen jetzt zusammenhalten!«, sagte er und sprach damit jedem von uns aus der Seele. Selbst David und Edith hörten eine Weile auf, einander anzufeinden.

Das Schreckgespenst der Luftangriffe kam unaufhaltsam auf uns zu. Im November traf es Sheffield. Hunderte Menschen seien umgekommen, hieß es, der Stadtkern dem Erdboden gleich. Edith ließ sich nachmittags von Robins dort hinfahren und kehrte völlig verstört zurück. »Was für eine dumme, sinnlose, grauenhafte Verschwendung!«, murmelte sie und verzog sich für den Rest des Tages auf ihr Zimmer. Als ich am Abend noch einmal nach ihr schaute, war sie ganz in ihre Arbeit vertieft und wollte nicht gestört werden.

Einige Wochen danach wachte ich kurz nach Mitternacht davon auf, dass Fensterscheiben schepperten und das ganze Haus zu wackeln schien. Ich sprang aus dem Bett, rannte, so wie ich war, über die Dienstbotentreppe nach oben und fand alle, bis auf Edith, im großen Salon versammelt.

»Was ist los?«, fragte ich.

»Sie halten wieder auf Sheffield«, antwortete Osbert. »Diesmal kommen sie uns ziemlich nahe.«

»Schscht!«, zischte David Horner. »Sie kommen wieder!«

Wir hörten das Röhren der Flugzeuge immer lauter werden, im nächsten Moment tat es einen gewaltigen Schlag, der Boden unter uns schien zu beben, alles wackelte und schepperte, Susan Robins begann laut zu schreien: »Der Tod! Das ist das Ende! Wir werden alle sterben!« Betty stimmte mit ein. David Horner brüllte: »Haltet den Mund, ihr hysterischen Kühe!« Osbert rief: »Kein Treffer, es ist kein

Treffer!« Ich verließ den Salon und machte mich auf die Suche nach Edith.

Sie war oben im ehemaligen Schlafzimmer von Lady Ida, das noch immer so aussah, als wäre die Lady gerade eben noch dort gewesen. Ein Negligé aus zitronengelber Seide war über das ungemachte Bett geworfen, zerlesene Groschenromane stapelten sich auf dem Nachttisch, goldene und silberne Bonbonpapiere waren überall verstreut, eine cremeweiß gerüschte Robe aus Crêpe de Chine hing über dem Bettpfosten, es roch nach einer Mischung aus vermoderten Gardenien und Kölnisch Wasser. Edith stand in ihrem schlichten Leinennachthemd, das ihr bis über die nackten Füße fiel, am Fenster und schaute hinaus. Ich trat neben sie, sah den Feuerschein, der glühendes Rot in den Himmel kurz hinter Beighton warf.

»Der Einschlag gerade eben war unten beim großen Fischteich. Gott sei Dank wohnt dort niemand«, sagte Edith leise. »Aber jetzt hat es wohl auch Woodhouse Mill getroffen.«

Ich war unfähig, ein Wort herauszubringen.

»Die Gebeine zumindest können lächeln, ihnen winkt noch der folgende Tag«, murmelte Edith. »Da schreibe ich den ganzen Tag gegen das Grauen an, und dann kommt es nachts auf Besuch.«

Sie schwieg wieder, ein erneuter Einschlag, nicht allzu weit entfernt, ließ mich zusammenzucken, sie fasste nach meiner Hand und drückte sie so fest, dass es schmerzte.

Ich weiß nicht, wie lange wir so dastanden, beide im Nachthemd, uns an den Händen hielten und schweigend dem Inferno draußen zusahen. Der Wahnsinn tobte rund um uns herum, und dennoch wurden wir verschont. Es war wie ein Wunder, ein schreckliches, ein grauenhaftes, weil es gleichzeitig so viele andere traf. Aber wir mussten doch dankbar sein, dass wir es überlebten.

»Wo ist deine Mutter?«, fragte Edith irgendwann, als es bereits zu dämmern begann und schon eine ganze Weile Ruhe eingekehrt war. Mit Entsetzen bemerkte ich, dass ich kein einziges Mal an meine Mutter gedacht hatte.

»Zu Hause, hoffe ich. Wenn sie im Cottage geblieben ist, dürfte ihr nichts passiert sein.«

»Geh hin, Jane, ich gebe dir bis heute Abend frei.«

»Danke, Miss Edith, ich mache mich gleich auf den Weg.«

Daraufhin ließ sie meine Hand los und verließ wortlos das Zimmer.

Im April 1941 erreichte uns die Nachricht, dass Pembridge Mansion in der Moscow Road von einer deutschen Fliegerbombe getroffen worden war und von den Bewohnern, die sich im Haus aufgehalten hatten, kein einziger überlebt hatte. Obwohl ich mit niemandem in diesem Haus näher bekannt gewesen war, konnte ich den ganzen Abend lang nicht aufhören zu weinen. Alles, einfach alles schien in Schutt und Asche zu liegen. Auch wir, davon war ich überzeugt, würden nicht mehr lange verschont bleiben.

Edith entwickelte ihre eigene Strategie, mit den Schrecken des Krieges umzugehen. Sie goss ihr Entsetzen in Verse.

»Wir brauchen völlig neue Rhythmen in dieser Zeit, in der das Donnern der Vernichtung den Ton anzugeben droht!«, erläuterte sie mir eines Abends. »Nie Dagewesenes verlangt nach bislang Ungesagtem. Mit Assonanzen und

Dissonanzen arbeite ich ja schon länger. Jetzt aber versuche ich aus ihnen eine neue Klanggestalt zu bilden, die dieser blutgetränkten Zeit eine aus Schmerz geborene Sprache abtrotzt: Weizen und Feuer, Gold und Blut, die hellen Herzen der Jugend werden verbrannt in einem dunklen Meer aus tausendfach sinnlos gestorbenen Toden – wir müssen alle Metaphern neu denken …«

Sie schrieb wie besessen, füllte Heft um Heft mit immer weiteren Überarbeitungen und Skizzen, wie sie es in den glücklicheren Tagen in Bayswater getan hatte. Jetzt, da Helen nicht mehr bei ihr war und Osbert als Zuhörer kaum mehr zur Verfügung stand, bekam ich vorgelesen, was den Tag über entstanden war, bevor sie es Lorna Andrade zum Abtippen gab.

In Ediths Versen tauchten jetzt nicht nur Tod, Skelette, Aasvögel und Feuer, immer wieder Feuer auf, sie waren voller Albtraumvisionen, sprachen in einer Weise von Vergänglichkeit und Finsternis, wie sie es vorher nie getan hatte, zeugten zudem von einer neuen, aus Verzweiflung geborenen Gläubigkeit.

»Dichtung ist Hingabe an Gott, Jane. Teilhabe am heiligen Akt der Schöpfung!«

Ich muss gestehen, dass mich all das irritierte, aber gleichzeitig entwickelte es eine Kraft, einen Sog, den ich mir nicht erklären konnte. Edith hatte tatsächlich eine neue Stimme für sich gefunden. Und diese neue Stimme sollte bald bis weit über England hinaus gehört werden. Die Kriegsgedichte wurden mit Abstand die erfolgreichsten ihrer gesamten Karriere. Ich kann es mir nur so erklären, dass sie etwas auf den Punkt brachte, das viele von uns fühlten, aber nicht in Worte fassen konnten.

In der Literaturausgabe der *Times* wurde ein Gedicht vorabgedruckt, das die Bombardierung Londons zum Thema hatte, und bekam eine breite Aufmerksamkeit. Im darauffolgenden Frühjahr erschien mit *Street Songs* ein ganzer Band mit Kriegsgedichten. Die Kritiker überschlugen sich mit Lob und Respektbezeugungen. Stephen Spender schrieb im *New Statesman*, Edith Sitwell gelinge es, auf unvergleichliche Weise reine und harte Bilder aufscheinen zu lassen, bei deren Lektüre einem der Atem stockte. Die Verkaufszahlen waren beachtlich, innerhalb von neun Monaten wurden sechs Auflagen gedruckt. Mit Mitte fünfzig erkämpfte Edith sich endlich den Platz in der Welt der Dichtung, den sie sich immer erhofft hatte. Sie wurde »Sprachrohr ihrer Zeit« genannt, konnte all den Aufträgen und Anfragen, die auf sie einstürmten, gar nicht nachkommen, erhielt mehr Einladungen zu Lesungen und Vorträgen, als das Jahr Tage hatte, wurde mit Yeats, Swinburne und anderen von ihr bewunderten Größen auf eine Stufe gestellt.

Ich hätte mich vorbehaltlos über diese Entwicklung freuen können, wenn nicht zeitgleich eine andere in Gang gekommen wäre, die uns noch viel Kummer bereiten sollte. Edith begann, den Gin in Wasserkaraffen mit aufs Zimmer zu nehmen, sie kippte Glas um Glas.

Zunächst versuchte sie noch, es vor mir zu verheimlichen. Eines Nachts fand ich sie vor dem Bett auf dem Fußboden zusammengekrümmt, als ich noch einmal nach ihr schaute.

»Bin unpässlich geworden, einfach umgefallen«, lallte sie, während ich sie unter größten Mühen zurück ins Bett bugsierte.

»Die Unpässlichkeit riecht ziemlich hochprozentig, wenn ich mir diese Bemerkung erlauben darf, Miss Edith«, sagte ich.

»Ich weiß gar nicht, was mit mir los ist, Jane. Früher habe ich doch auch das eine oder andere Gläschen vertragen.«

Es sollte nicht die einzige Nacht werden, in der ich ihr mit Spuckschüssel und kalten Kompressen beistand. Mir schien, je ruhmreicher ihr Tag war, desto schwerer wurde die darauffolgende Nacht. Wenn ihre Rückkehr von einer Lesung angekündigt war oder ich sie, was immer öfter vorkam, zu Auftritten begleitete, richtete ich mich darauf ein, die Nacht auf der Chaiselongue in ihrem Schlafzimmer zu verbringen, um weitere »Unpässlichkeiten« möglichst unfallfrei zu gestalten. Ich schlief kaum noch in der hübschen Hausdamenwohnung.

Irgendwann bekam auch Osbert mit, dass Ediths »Kreislaufprobleme« selbstgemacht waren. Er nahm mich eines Nachmittags an die Seite und sagte: »Kannst du nicht dafür sorgen, dass meine Schwester weniger trinkt, Jane?«

»Wäre das nicht eher Ihre Aufgabe, Sir?«

Osbert murmelte eine Entschuldigung und sprach das Thema mir gegenüber nie wieder an.

Ich tat, was ich konnte, um ihr zu helfen, verdünnte den Gin, ließ Brandyflaschen verschwinden, versuchte das Unheil irgendwie aufzuhalten. Das gelang mal besser, mal schlechter – meistens schlechter. Dennoch muss ich voller Achtung bezeugen, dass Edith eine fast übermenschliche Kraft und Willensstärke bewies, wenn man bedenkt, was sie all die Jahre trotz ihrer vor den Hausgästen und dem Agenten »Kreislauf-Malaise« genannten Zustände noch alles bewältigte. Sie kämpfte wie eine Löwin. Meistens gegen sich selbst. Aber auch darin war sie auf erschreckende Weise großartig.

»Lass uns den alten Kasten zu einem Zufluchtsort für Künstler erklären«, sagte Edith im dritten Kriegssommer zu ihrem Bruder, als sie einmal mehr von Nachrichten aus London erschüttert war. »Wir brauchen die Dichter, die Maler, die Musiker in diesen düsteren Zeiten mehr denn je. Was sonst soll die Menschen denn wieder aufrichten, wenn diese Barbarei eines Tages zu Ende ist? Wir müssen das Unsrige dazu beitragen – und wenn es nur ein altes Haus ist, in dem einem beim Schreiben keine Bomben auf den Kopf fallen.«

Osbert war begeistert von der Idee, noch am selben Tag wurden die ersten Einladungen verschickt. In den kommenden Wochen und Monaten waren fast durchgängig eines oder zwei, manchmal auch mehr Gästezimmer mit befreundeten Künstlern belegt, die die Ruhe und Abgeschiedenheit Renishaws nutzten, etwas zu arbeiten oder sich zumindest von den Strapazen der ständigen Bombenangriffe in den Städten zu erholen. In den Salons und der Bibliothek, oft auch im Garten, wurde geschrieben, gezeichnet, gelesen, musiziert, je nachdem, wer gerade im Haus war. Es ging locker zu, jeder konnte machen, was er wollte, und mitbringen, wen er mochte. Alec Guinness kam mit Frau und Kind angereist und veranstaltete im Wohnzimmer eine szenische Lesung aus *Große Erwartungen*. Edith teilte er die Rolle der Estella zu und versicherte ihr im Anschluss, sie hätte problemlos neben ihm im Old Vic Theater auf der großen Bühne stehen können. Evelyn Waugh löste die Familie Guinness als Gast ab und verbrauchte die Hälfte der Papiervorräte für den Entwurf eines Romans. Er installierte sich mit seiner Reiseschreibmaschine am kleinen Sekretär in der Bibliothek, und Linda oder ich mussten abends die zusammengeknüllten Papierbögen zusammenfegen, die Mr Waugh rund um seinen Arbeitsplatz auf dem Boden verteilte. Als ich zwei Jahre später *Wiedersehen mit Brideshead* las, kamen mir einige Szenen darin bekannt vor. Im Juli verbrachte Lady Ellerman, die sich als Schriftstellerin den Namen »Bryher« gab, eine Woche auf Renishaw. Sie war als Bekannte Osberts gekommen, entwickelte aber bereits am ersten Tag ihres Aufenthalts eine tiefe Bewunderung für Edith, aus der echte Freundschaft wurde. Der blasse Dichter Eliot kam ebenfalls für einige Wochen zur Erholung. Er lag meistens auf der Wiese vor der Südveranda und starrte in die Wolken. Der Maler John Piper blieb zwei Monate bei uns und fertigte unzählige Aquarelle und Zeichnungen von Haus und Garten an, mit denen Osbert eine Ausstellung in der großen Eingangshalle organisierte.

Manche der Gäste schliefen, wie Edith, bis Mittag, andere kamen kurz nach Sonnenaufgang im Morgenrock in die Küche geschlichen, um sich bei Betty einen Buttertoast zu erbitten oder einen Tee aufgießen zu lassen. Zum Dinner traf man sich im großen Speiseraum, auf Abendgarderobe wurde dabei aber ebenso verzichtet wie auf die Einhaltung gesellschaftlicher Etikette. An milden Abenden wurden die Tische und Stühle schon mal kurzerhand über die Veranda in den Rosengarten geschafft, der zu diesem Zweck durch Butler Robins persönlich von Unkraut befreit worden war.

Der Weinkeller wurde geplündert, Bettys sämtliche Einkochgläser geleert, drei ihrer Schweine hinter ihrem Rücken illegal geschlachtet und zu Bratwurst, Schinken und Black Pudding verarbeitet. Bettys rasender Zorn darüber war an manchen Tagen realer als die tatsächliche Bedrohung, die wir fortwährend zu vergessen suchten.

Eines schönen Nachmittags kam Harold Acton über den Hintereingang in den Salon geschlendert und erregte Anstoß bei der ebenfalls gerade anwesenden Lorna Andrade, indem er auf mich zustürmte, mich um die Taille fasste, hochhob und durch die Luft schleuderte.

»Engelchen!«, rief er. »Noch immer so leicht wie ein Vogel. Aber nicht einmal du wirst jünger, was?«

Lorna rümpfte indigniert die Nase, was Acton dazu anfeuerte, mich noch ein weiteres Mal herumzuwirbeln.

»Warum bist du nicht mit mir nach China geflohen, als ich dir einen Palast zu Füßen legen wollte, meine Schönste?«

Daraufhin verließ Miss Andrade den Salon.

Wir hatten viel Spaß mit Harold Acton. Zu unser aller Freude blieb er mehrere Wochen und veranstaltete gemeinsam mit John Piper sowie mit Osbert und David bis weit in die Nacht feuchtfröhliche Bridgeturniere auf der Südterrasse. Wenn David ausnahmsweise bei seinem Regiment sein musste, wurde kurzerhand Robins zum Bridge eingespannt, einmal, auf Actons ausdrücklichen Wunsch hin, sogar ich. Edith gesellte sich oft dazu, spielte allerdings nie mit. »Das Bridgespielen erinnert mich zu sehr an meine Mutter, ich bekomme Brechreiz, wenn ich die Spielkarten auch nur berühre«, gestand sie mir. Sie saß an diesen Abenden, wie es ihre Gewohnheit war, etwas abseits in einem Lehnstuhl, trank ihren Gin oder Brandy und strickte. Wenn es zum Handarbeiten zu dunkel wurde, ließ sie das Strickzeug in den Schoß sinken und schlummerte mit dem Kopf auf der Brust, bis ich kam und sie weckte.

Als Ende August 1944 im Radio die Befreiung von Paris verkündet wurde, tranken und weinten Edith und ich abends lange gemeinsam, bis sie hintenüber auf ihr Bett kippte und glückselig lächelnd einschlief.

Meine Mutter, Emma Banister, starb am 8. Mai 1945 alleine im Gärtnercottage an einer inneren Blutung, während Edith im Sesame Club mit ihren Gästen auf das Ende des Krieges anstieß und ich oben im Haupthaus ausgelassen mit der Dienerschaft feierte.

Zur Beisetzung erschien Edith in letzter Minute, bevor der Sarg in die Erde gelassen wurde. Sie drängte sich energisch durch die kleine Gruppe der Dorfleute aus Renishaw, die sich mit mir am Grab versammelt hatten, blieb dicht neben mir stehen, legte ihren Arm um meine Schultern und flüsterte mir zu: »Jetzt hast du nur noch mich.«

11
Priesterin in Backpapier

London, 1964

»… und darum tut es mir nicht besonders leid, Sir, Ihnen mitteilen zu müssen, dass ich keinen meiner Texte für Ihre Anthologie zur Verfügung stellen kann. Haben Sie das so weit, Elizabeth?«
Miss Salter hat kaum die auf ihrer Expedition in Paris geborgenen Schätze abgestellt und den Hut abgenommen, da sitzt sie schon wieder bei Edith und stenografiert. Sie nickt, ohne von ihrem Block aufzusehen, Edith setzt ihr Diktat fort: »Als Verfasserin von Texten wie *Der Schatten des Kain* kann ich wohl kaum der Drückebergerei bezichtigt werden, aber ich wünsche meinen Zeilen nicht, für immer neben den stinkenden Toiletten anderer Leute eingekerkert zu werden.«
Der Bleistift in der Hand der Sekretärin bleibt mitten im Schreibfluss auf dem Papier stehen. Ich stelle das Teetablett, mit dem ich gerade hereingekommen bin, leise neben dem Bett ab, Edith lächelt mir zu: »Danke, meine Liebe!«
Erstaunlich, wie gut es ihr heute zu gehen scheint, sie gibt sich aufgeräumt und kampfeslustig wie schon lange nicht mehr.
Miss Elizabeth räuspert sich. »Möchten Sie ernsthaft die Werke Ihrer Kollegen mit Toiletten vergleichen, Dame Edith?«

Ich kann mir das Grinsen nicht verkneifen, während ich den Tee eingieße.

»Na gut«, sagt Edith. »Dann setzen Sie hinzu: ›Ich bevorzuge nämlich Chanel Nummer 5‹, das hinterlässt final die bessere Duftnote.«

Ich muss laut lachen. Miss Salter verdreht die Augen, notiert aber artig Ediths Worte.

»Hochachtungsvoll, bla bla, das Übliche ... Alle drei Ehrendoktortitel anfügen, den von Oxford bitte ganz ausgeschrieben, das wird ihm vielleicht etwas Respekt beibringen. Kann das heute noch abgeschickt werden?«

»Schon. Der Herausgeber wird aber wenig begeistert – vermutlich sogar ernsthaft verstimmt sein, Dame Edith.«

»Das, meine liebste Elizabeth, ist exakt meine Absicht.«

Jetzt lacht auch die Sekretärin. »Sehr wohl, Dame Edith. Haben Sie sonst noch einen Wunsch?«

Einmal mehr denke ich, was für ein Glücksfall diese Australierin ist. Seit sechs Jahren ist sie nun fester Bestandteil unseres Lebens. Eines Tages tauchte sie im Sesame Club auf und ließ sich kurzerhand engagieren. Seitdem weicht sie nur für mehr als eine Nacht von Ediths Seite, wenn sie auswärts etwas für sie zu erledigen hat. Wahrscheinlich hilft ihr ihre australische Robustheit dabei, sich derart lässig durch die komplizierten Verhältnisse zu bewegen, die sie bei uns vorfindet.

»Für heute haben Sie wahrlich genug geschafft, meine Beste, genießen Sie ihre wohlverdiente Ruhe. Alles Weitere kann Jane erledigen.«

Miss Salter nickt mir freundlich zu, bevor sie aus dem Zimmer geht. Sie ist die ganze Nacht von Paris aus durchgefahren, und man muss sie allein schon für diese Unverwüstlichkeit bewundern. Dass sie mich nie wie eine mindergestellte Dienstbotin, sondern immer neid- und eifersuchtslos als Ediths älteste Vertraute behandelt, macht sie mir natürlich ebenfalls sympathisch.

Mit keinem Wort hat Miss Salter die drei Kartons und die fünf in Packpapier eingewickelten Bilderrahmen erwähnt, die sie vor der Frisierkommode deponiert hat – ein weiteres Indiz dafür, wie gut sie sich inzwischen in Edith einfühlen kann. Vielleicht ist sie aber auch müde von der langen Reise und hat keine Lust, umgehend in das nächste Drama hineingezogen zu werden.

»Und was ist jetzt damit?«, stelle ich die Frage, auf die Edith wartet.

Sie richtet sich im Bett auf, streicht sich eine Haarsträhne hinter das Ohr. »Du hilfst mir jetzt bitte erst einmal beim Anziehen, meine Liebe.«

Sie muss mir nicht sagen, dass heute, obwohl sie nicht mehr ausgehen wird, die ganz große Garderobe angesagt ist.

»Bestimmten Angelegenheiten kann man sich nur gut gekleidet, mit Edelsteinen bewehrt und vollständig geschminkt stellen«, sagt sie. Keine Frage, dass wir es hier mit einer solchen Angelegenheit zu tun haben.

»Rot, Mitternachtsblau oder Dunkelgrün?«, frage ich.

»Entscheide du«, sagt sie.

Ich öffne den Kleiderschrank und mache mich daran, etwas Passendes herauszusuchen: die scharlachrote Kappe mit den schwarzen Chiffonrosetten und der großen Tulpenbrosche, dazu die schwarz-silberne Samtjacke mit den chinesischen Ornamenten und das ebenfalls scharlachrote Satinkleid, das einer ihrer beiden New Yorker Verleger zu ihrem letzten Geburtstag hat anfertigen und überreichen lassen. Auch das Unterkleid sollte angenehm auf ihrer Haut sein, wir haben noch ein ungetragenes aus feinster Seide im Unterwäschefach. Aus der oberen Schmuckschublade wähle ich die dreireihige Kette mit den großen Süßwasserperlen, das Silbercollier mit den Smaragden, die mit Jadeperlen besetzte Rosenquarzbrosche und die große dreigeteilte Hyazinthbrosche. Aus der zweiten Schublade entnehme ich zwei Aquamarine, einen runden, einen in Form eines Bären, dazu den großen Saphir und den grünen Amethyst mit der breiten Goldfassung sowie vier breite Armreife, zwei aus Gold, einen aus Elfenbein, einen weiteren aus gepunztem Silber. Nichts von diesen Sachen ist von Pavel Tchelitchew entworfen worden, darauf habe ich geachtet.

»Wäre das so recht, Dame Edith?«

»Perfekt! Such bitte nach Shadow, ich möchte ihn gern hierhaben.«

Bis ich den vermaledeiten Kater herangeschafft habe und Edith endlich fertig geschminkt und gepudert in ihrem Rollstuhl sitzt, sind anderthalb Stunden vergangen. Draußen ist es bereits dunkel.

»Wie lange habe ich diese Bilder nicht mehr gesehen, Jane?«

»Ziemlich genau vierundzwanzig Jahre, Dame Edith.«

»Haben wir sie damals in dieses hässliche Papier gewickelt?«

»Wohl kaum. Wir hatten gar keine Gelegenheit, in der Rue Saint-Dominique noch irgendetwas einzupacken, wenn ich Sie daran erinnern darf.«

Sie nickt, schaut auf die hintereinandergereihten Rahmen, bewegt dabei die Lippen wie bei einem stummen Gebet. Das nächste Drama kündigt sich an, denke ich und widerstehe dem Impuls, die Brandyflasche aus ihrem Versteck zu holen.

»Das dritte von vorn«, sagt sie schließlich. »Das müsste von der Größe her die Sybille sein.«

Ich ziehe den Rahmen heraus, befreie ihn vom Packpapier, lasse mir absichtlich mehr Zeit dabei, als nötig wäre. Edith hat Recht. Es ist das Porträt von ihr als Sybille, entstanden in der Zeit, in der sie häufig an den Wochenenden bei Pavel draußen auf dem Land in Guermantes gewesen ist. Sie hat es ihm später mit Hilfe einer ihrer Gönnerinnen für eine stattliche Summe abgekauft, wenn ich mich recht erinnere. Da wir in ihrem kleinen Zimmer in der Rue Saint-Dominique keinen Platz zum Aufhängen gefunden hatten, stand es lange seitlich an die mannshohen Bücherstapel angelehnt. Ich habe es damals schon nicht besonders gemocht, jetzt noch viel weniger. Der Bojar hat Edith in der Mitte platziert, als ob sie auf einem unsichtbaren Thron sitzt, die überproportional großen Hände halten eine weiße Schreibfeder und einen blanken Bogen Papier in ihrem Schoß, bekleidet ist sie mit einem mönchsartigen Gewand mit weiten Ärmeln, die riesige Brosche auf ihrer Brust sieht aus wie glänzende Blutklumpen, ihre Haare fallen ihr strähnig auf die Schultern. Dass sie keine Kopfbedeckung trägt, gibt ihr etwas Ungeschütztes und Nacktes. Was mir aber am wenigsten gefällt, ist der Ausdruck, den er ihrem Gesicht verliehen hat, sie starrt stumpf geradeaus, und ihr Blick wirkt, wie auf sämtlichen Tchelitchew-Porträts, die ich von ihr gesehen habe, ebenso leer wie freudlos. Rechts neben ihr ist eine verzerrte Skizze zweier geballter Fäuste zu erkennen, hinter ihr ein dicker grauer Vorhang.

Wir betrachten beide lange still das Gemälde, bis Edith mit heiserer Stimme sagt: »Ist es nicht wunderbar?«

Ich habe mir im Lauf der vergangenen siebenunddreißig Jahre an ihrer Seite hart erkämpft, jetzt ungestraft weiter schweigen zu dürfen.

»Es gibt noch ein anderes, ein Profil, das ist fast noch besser. Aber wir packen am besten jeden Tag nur eines aus, dann haben wir länger etwas davon«, sagt Edith.

Ich zähle stumm die Rahmen durch und Tage ab, bis Donnerstag sollten wir es hinter uns haben.

»Hat Miss Salter auch Nachrichten von Madame Evelyn aus Paris mitgebracht?«, versuche ich von den Tchelitchew-Porträts abzulenken. »Ist die Arme noch immer mit der gebrochenen Hüfte im Hospital?«

Ich sollte es inzwischen wirklich besser wissen. Edith wechselt ein Thema, wenn Edith ein Thema wechseln will.

»Stell dir das vor, Jane. Die ganze Zeit haben diese Meisterwerke dort in der kalten und verlassenen Wohnung darauf gewartet, wieder mit mir vereint zu werden«, sagt sie, fortwährend den Blick auf die trostlose Sybille geheftet.

»Findest du, dass sie mir noch immer ähnlich ist? Sah ich vor fünfundzwanzig Jahren so aus?«

»Nein«, sage ich. »Finde ich ganz und gar nicht. Fand ich noch nie.«

Sie wendet sich mir zu, wirkt amüsiert über meinen galligen Ton, dann wird sie wieder ernst.

»Pavlik hat mich *gesehen*, Jane! Alle anderen haben immer nur ihre eigene Vorstellung von mir inszeniert.«

Mühsam beherrsche ich mich.

»Ich denke, ich darf behaupten, dass ich Sie inzwischen auch recht gut kenne, Dame Edith.«

»Völlig richtig, mein Liebling, aber kennen und sehen sind zweierlei.«

»Dann nehmen Sie eben Cecil! Seine Fotografien von Ihnen geben Sie in jeder Phase Ihres Lebens als die wieder, die Sie waren und immer noch sind.«

Sie lacht, als ob mir ein besonders absurder Witz gelungen wäre.

»Jane Banister«, sagt sie, »jetzt beleidigst du aber deine Intelligenz! Cecil Beaton ist seit eh und je der oberste Anführer derer, die sich ein Bildnis von mir angefertigt haben, das ich wahrscheinlich gar nicht bin.«

Ich muss an die Porträts denken, die Cecil noch im vergangenen Jahr anlässlich Ediths fünfundsiebzigsten Geburtstags gemacht hat. Welche Leuchtkraft er in ihrem alten Gesicht eingefangen hat, welche Stärke und gleichzeitig Eleganz sie ausstrahlt! Und das ist umso beeindruckender, weil sie an diesem Tag nicht einmal gut genug beieinander gewesen ist, auch nur aus dem Bett gehoben zu werden. Cecil und ich hatten Stunden gebraucht, bis alles so arrangiert war, dass es passte.

»Nirgends sind Sie schöner als auf Mr Cecils Bildern, egal in welchem Alter die Aufnahmen gemacht wurden!«, entgegne ich trotzig.

»Ebendrum, meine Beste, ebendrum!«

Ich gebe auf, rechne fest damit, dass ihre Stimmung jetzt doch noch kippt, aber nichts dergleichen geschieht. Sie schaut wieder lange auf das Gemälde, lächelt dabei still vor sich hin. Dann sagt sie: »Ich war seine Hohepriesterin. Was auch immer später seine Sinne verwirrt haben mag, das Porträt beweist es: Ich war seine geliebte Priesterin!«

Wenn ich daran zurückdenke, was sich bei ihrer allerletzten Begegnung mit dem Bojaren zugetragen hat, über fünfzehn

Jahre nachdem er aus Paris fortgegangen war, könnte ich heute noch vor Wut platzen. Wir hatten damals fälschlicherweise angenommen, er könne sich ihr gegenüber inzwischen wenigstens für die Dauer eines Abendessens wie ein halbwegs gesitteter Mensch benehmen. Doch nicht einen Satz hatte Edith, der zu Ehren die Gesellschaft in einem New Yorker Restaurant veranstaltet worden war, beenden können, ohne dass Tchelitchew laut und verächtlich geschnauft oder sich demonstrativ seinem Tischnachbarn zugewandt hatte, einem aufstrebenden New Yorker Galeristen, den Edith extra ihm zuliebe hatte einladen lassen. Als das Dessert aufgetragen worden war, hatte sie schon seit mindestens einer halben Stunde keinen Ton mehr von sich zu geben gewagt, da ließ der Bojar wie aus dem Nichts plötzlich seine Faust auf den Tisch niederkrachen, dass es schepperte, und brüllte: »Ich liebe Sie nicht! Ich bin niemals Ihr Freund gewesen! Ich ersticke in Ihrer Gegenwart!« Er sprang so heftig auf, dass sein Stuhl dabei nach hinten umfiel, hob seine beiden geballten Fäuste in Richtung Edith, die am anderen Ende der Tafel saß und den Kopf gesenkt hielt, als erwarte sie seine Schläge. Ich war ebenfalls aufgesprungen, bereit, mich dem Russen entgegenzustellen, sollte er sich ihr auch nur einen weiteren Schritt nähern, da stürmte er in entgegengesetzter Richtung unter den verstörten Blicken der versammelten Gäste aus dem Lokal. Am Tisch machte sich betretenes Schweigen breit, und keiner von den Anwesenden, Journalisten, Schriftstellerkollegen und sonstigen Honoratioren, war in der Lage, etwas zu sagen. Nach einer Weile hob Edith den Kopf, griff äußerlich ungerührt nach dem kleinen Silberlöffel neben ihrem Teller und löffelte in aller Ruhe ihr Zitronensorbet aus. Ich setzte mich wieder, auf die vordere Kante meines Stuhls, bis sie mir ein Zeichen gab und sich mit meiner Hilfe sehr langsam erhob. »Meine Damen, meine Herren«, sagte sie, nickte in die Runde und schritt dann mit versteinerter Miene an meinem Arm aus dem Restaurant. Noch im Taxi brach sie zusammen, und für den Rest der Woche mussten sämtliche Termine unter Vorgabe einer akuten Halsentzündung abgesagt werden. Abend für Abend betrank sie sich bis zur Besinnungslosigkeit, ich wich kaum von ihrer Seite. Am achten Tag stand sie nachmittags halbwegs ausgenüchtert wieder auf, sagte: »Weiter geht's!« und absolvierte den Rest der Lesereise mit Bravour. Wie stets, wenn sie vor amerikanischem Publikum auftrat, wurde sie in ausverkauften Hallen von einer begeisterten Menge bejubelt. In der Presse erschienen Hymnen über die »mitreißenden Darbietungen der herrlich britischen alten Dichterin«, niemand bekam etwas davon mit, wie es in ihr aussah. Pavel Tchelitchew wurde für den Rest der Reise mit keinem Wort mehr erwähnt, auch nicht, wenn wir unter uns waren und ihre Stimmung sich zur Nacht hin wieder verfinsterte.

Zum Glück sahen wir ihn nie wieder. Als zwei Jahre später auf Renishaw ein Telegramm mit der Nachricht von seinem Tod eintraf, weinte Edith bittere Tränen um ihn, und fortan war er auf ein Neues »mein bester Freund, der herrliche, begabte, überaus liebenswerte Pavlik, der viel zu früh von uns gegangen ist«.

»Trotzdem sind meine Reisen nach Amerika die schönsten, lustigsten und ruhmreichsten gewesen, an die ich mich zurückerinnern kann«, unterbricht Edith die Stille. Sie hatte sich ganz offenkundig in ähnlichen Erinnerungen verfangen wie ich.

Ich werde einen Teufel tun, den Russen auch nur mit einer Andeutung zu erwähnen.

»In Los Angeles war alles so viel größer als zu Hause, sogar die Eichhörnchen«, füge ich hinzu.

Edith kichert: »Oh ja, ich weiß noch, diese Monsterhörnchen, die immer vor den Hotelfenstern herumgeturnt sind. Vor denen hätte sogar unser furchtloser kleiner Shadow hier die Flucht ergriffen. Stimmt's, Alterchen?«

Sie greift nach dem Kater, der es sich auf ihrem Schoß bequem gemacht hat, hebt ihn mit beiden Händen an ihr Gesicht und küsst das sich windende Tier. Dann setzt sie Shadow auf ihren Knien ab, wo er sich wieder einrollt.

»Glaubst du, ich werde noch einmal in der Lage sein, den Ozean zu überqueren, Jane?«

»Ganz bestimmt werden Sie das!«, lüge ich.

»Und würdest du mich dabei wieder begleiten?«

»Selbstverständlich, Dame Edith. Mit Freuden!«

Worauf will sie hinaus? Sie weiß ganz genau, wie gerne ich mit ihr in die Vereinigten Staaten gereist bin. Ebenso muss ihr bewusst sein, dass sie, trotz Elizabeth Salters und Doris Farquhars unbestreitbaren Qualitäten, ohne mich auf einer solchen Reise gar nicht mehr zurechtkommen würde, selbst wenn sie, was momentan einem Wunder gleichkäme, körperlich dazu je wieder in der Lage sein sollte. Sie braucht mich allein schon für ihre diskrete und reibungslose Versorgung mit Gin und Brandy.

»In Amerika würde man sich bestimmt außerordentlich freuen. Dort waren sie immer begeistert, wenn sie mich gesehen haben. Waren sie doch, oder, Jane?«

»Ja, Dame Edith, Sie wurden von allen gefeiert!«

»Und was du für einen Erfolg bei den Herren hattest, Jane!«

»Daran kann ich mich allerdings nicht erinnern. Ich ging bei unserer letzten Amerikatour im Übrigen auch schon auf die fünfzig zu, Dame Edith.«

»Gib zu, dass es phänomenal war!«

»Natürlich war es phänomenal.«

»Elizabeth bräuchte nur einen einzigen Anruf bei meinem Buchungsagenten zu tätigen, und wir hätten binnen weniger Stunden wieder einen vollständig gefüllten Terminkalender mit Reiseplan und Reservierungen, das kannst du glauben.«

»Ich hege nicht den geringsten Zweifel«, sage ich, zunehmend alarmiert.

»Und auf den Amerikatourneen wurden auch immer die mit Abstand besten Honorare gezahlt.«

Jetzt verstehe ich. Und weil ich verstehe, versuche ich mich nicht auf ihr Spiel einzulassen, sondern diese Unterhaltung zu beenden. Ich beginne Ordnung im Zimmer zu machen, die Laken gerade zu ziehen, schüttle Ediths Decke auf, staube die Schminktiegel ab. Dabei bewege ich mich möglichst so zwischen ihrem Rollstuhl und der Frisierkommode, dass ich ihren Blick auf das Tchelitchew-Porträt bestmöglich einschränke. Sie lässt sich davon nicht aufhalten.

»Mit dem Geld aus einer neuen großen Lesereise könnten wir endlich das Telefon an mein Bett verlegen und andere Verbesserungen in dieser Wohnung vornehmen lassen.«

Ich wische gerade den Deckel der großen Coldcream-Dose ab, als sie von hinten an meinem Rock zupft.

»Und es müsste auch keines dieser Bilder verkauft werden, das wären doch alles nette Nebeneffekte einer solch herrlichen Reise, oder etwa nicht, Jane? Hörst du mir überhaupt zu?«

Ich werde ihr bestimmt keinen Vorwand liefern, diese Leinwände zu behalten, deren Anblick sie früher oder später nur noch quälen wird.

»Sie werden nicht darum herumkommen, einiges zu veräußern, Dame Edith«, sage ich streng. »Das haben wir doch schon zur Genüge besprochen. Sie haben selbst gesagt, dass das in anderer Hinsicht womöglich auch besser für Ihre Gesundheit sein könnte. Nicht am Alten festhalten, damit neue innere Räume sich öffnen, haben Sie gesagt. Ein schöner Gedanke, den man wirklich beherzigen sollte.«

Tatsächlich waren das ursprünglich meine eigenen Worte gewesen, aber anders lässt sie diesen Gedanken nicht an sich heran.

»So etwas soll ich gesagt haben?«

»Jedenfalls ging es in diese Richtung.«

»Aber es ist so furchtbar ungerecht! Kaum ist etwas lang Vermisstes wieder da, soll ich schon wieder Abschied nehmen. Nichts, nichts, nichts von dem, was ich liebe, bleibt bei mir!«

»Es tut mir leid, wenn Sie das so sehen, Dame Edith.«

»Ach, Jane, du weißt genau, dass deine Person immer ausgenommen ist. Wir sind zu lange zusammen unterwegs, als dass darüber noch eigens gesprochen werden müsste. Aber dass ich mir in meinem Alter und mit meinen Verdiensten für dieses Land noch immer über jedes Pfund Gedanken machen muss, ist einfach entsetzlich und unwürdig. Ich bin weltberühmt, verdammt nochmal! Und statt dass man mir einen Landsitz und eine Leibrente gibt, hause ich zur Miete und plage mich mit permanenten Existenzsorgen. Geld, Geld, Geld, als ob es nichts Wichtigeres gäbe auf der Welt als die Versorgung meiner Schulden. Ich kann ja nicht einmal mehr etwas von meinem Schmuck veräußern. Die Stücke, die ich noch besitze, sind mir alle geschenkt worden.«

Es klopft. Schwester Farquhar kommt mit dem Spritzenbesteck und den Medikamenten für die Nacht. »Du lieber Himmel, sie sind ja komplett ausgehfertig, Dame Edith. Habe ich etwas verpasst?«

Sie sieht das Gemälde auf der Frisierkommode an den Spiegel gelehnt und mich, wie ich es abzuschirmen versuche. Ich deute ein Kopfschütteln an.

»Jane und ich planen gerade unsere nächste ruhmreiche Amerikareise, Doris, da möchte man doch einigermaßen gekleidet sein.«

Die Schwester hebt die Brauen, sagt aber nichts.

Während Doris sich Edith zuwendet, um ihr die Tabletten anzureichen, nutze ich die Gelegenheit, das Bild wieder hinter den anderen, noch eingepackten Rahmen verschwinden zu lassen.

Als ich fertig bin, bemerke ich, dass Edith mir in ihrem Rollstuhl aufmerksam dabei zugesehen hat.

»Ach, Jane«, sagt sie. Dann entledigt sie sich der schwarzen Samtjacke, zieht sich die rote Kappe vom Kopf und hält mir beides entgegen. »Könntest du bitte? Für heute ist es genug.«

Ich gehe zu ihr, nehme ihr dann auch den Schmuck und den Rest der Kleider ab. Doris Farquhar ist zur Seite getreten und wartet, bis wir fertig sind.

Edith streckt mir ihre beiden Hände entgegen, legt sie mir um den Nacken, ich verschränke meine Arme um ihren Rücken, hebe sie aus dem Rollstuhl. Die Schwester stützt von hinten, gemeinsam schaffen wir sie zurück ins Bett.

»Dame Edith muss jetzt unbedingt ruhen«, sagt Schwester Farquhar.

Ich nicke, will gehen, dieses Krankenzimmer verlassen, das mich heute noch viel mehr bekümmert als sonst.

»Halt!«, ruft Edith. »Von heute an bleibt Jane im Zimmer, wenn Sie mich in den Hintern spritzen, Doris, nur damit das klar ist!«

12
Fanfare für eine wasserstoffblonde Königin

»Wir schreiben das Jahr 1533 auf der glücklichen Insel und befinden uns auf dem Weg zum Landschloss des Königs – des Riesen mit dem goldenen Bart und dem eisernen Willen …‹ – Zu den Bildern einer durch die grüne Ebene fahrenden Kutsche hört man Laurence Oliviers unverwechselbare Stimme die ersten Zeilen meines Buchs rezitieren, getragen und doch beschwingt, fünf oder sechs Minuten lang, während die Kamera sich mit der königlichen Kutsche der Londoner Vorstadt nähert. Dies würde die richtige Stimmung für das herstellen, was dann folgt: Trompetenfanfaren zur prunkvollen Ankunft Heinrich des Achten bei Hofe. Und da darf Hollywood dann ruhig mal alles auffahren, was es zu bieten hat! Die Damen und Herren von Columbia Pictures werden sicher begeistert sein, dass ich so viele Ideen für die konkrete Umsetzung unseres wunderbaren Projekts mitbringe!«

Es war in der Nacht des 10. Juni 1954, als Edith mir ihre Vision vom Anfang der Verfilmung ihres Werks über Elisabeth die Erste vortrug. Sie war in Hochstimmung.

Auf Renishaw war an diesem Abend mit einer größeren Gesellschaft die Ernennung Ediths zur *Dame Commander of the British Empire* gefeiert worden, und es war reichlich Champagner geflossen. Die Königin selbst hatte ihr diese Ehrung wegen »herausragender Verdienste« verliehen, »längst überfällig«, wie einer der Gäste ihr geschmeichelt hatte. Aus aller Welt waren Glückwunschtelegramme eingegangen, und man hatte im großen Salon die »frisch Nobilitierte«, die »damenhafteste aller Damen« lautstark hochleben lassen. Es war bereits nach Mitternacht, als die Feier endlich vorbei war und ich Edith aufs Zimmer bringen konnte.

»Jetzt bin ich schon fast siebenundsechzig Jahre alt, und noch immer öffnen sich mir neue Türen!«, schwärmte sie, während ich mich daranmachte, ihre Reisegarderobe in den zwölf großen Koffern zu verstauen, mit denen sie für gewöhnlich unterwegs war.

»Zur Dame geadelt werde ich morgen in die Staaten reisen! Meinst du nicht auch, dass das den Respekt der Filmleute vor mir und meiner Elisabeth noch steigern wird, Jane?«

»Sie sollten jetzt schlafen gehen, *Dame* Edith. Wir brechen morgen zu einer langen Reise auf, *Dame* Edith.«

»Ach, es ist herrlich, wie du das immer wieder sagst!«

Wir verdankten diese Reise nach Los Angeles Ediths Buch über die Kindheits- und Jugendjahre Elisabeth Tudors, das sie während der Kriegszeit geschrieben hatte. »So sehr und so lange ich mich während der Abfassung dieses Textes auch geplagt habe, aber zweifelsohne ist ›Fanfare für Elisabeth‹ am Ende die mit Abstand beste meiner leidigen Auftragsarbeiten geworden«, hatte sie höchst zufrieden konstatiert, nachdem ihr ein Jahr nach Kriegsende vom Macmillan Verlag mitgeteilt worden war, dass die Startauflage bei 20 000 in England und 10 000 in Amerika liegen würde und man große Hoffnungen in dieses Werk setze.

Die Erwartungen des Verlags wurden mehr als erfüllt, bereits nach einer Woche war die erste Auflage vergriffen gewesen, und es musste nachgedruckt werden. »Fanfare« wurde ein beachtlicher Erfolg. Dass dieses Werk entgegen ihrer Aussage viel mehr für sie bedeutete als die Erledigung eines lukrativen Auftrags, lag auf der Hand. Sie fühlte zu Elisabeth der Ersten eine »mystische Verbundenheit«, wie sie mir gestand. Auch vergaß sie nie zu betonen, dass sie und »Englands größte wie tragischste Herrscherin« am gleichen Tag Geburtstag hatten. Edith sagte mit Freuden zu, wenn sie zu einem Vortrag über »die jungfräuliche Königin« geladen wurde, sie liebte es, über sie zu sprechen.

»Diese unvergleichliche Frau vereinte in sich den Stolz und die unantastbare Schönheit des Pfaus sowie den feinen Geist einer bedingungslos Liebenden, deren überragende Liebesfähigkeit keinen Ausdruck in der körperlichen Vereinigung finden durfte. Alles opferte sie für ihre Berufung, für das Volk, nichts blieb für ihr eigenes einsames Herz. Einige, die sich angemaßt haben, über Elisabeth die Erste zu urteilen, behaupten, sie habe gar kein Herz besessen, aber ich bin der Überzeugung: Ihr Herz war riesig. Sie war voller Hunger nach Liebe. Wie wir alle es sind. Darin ist sie uns nah. Aber sie war auch eine unerbittlich kämpfende Löwin, wenn es darum ging, für ihre Überzeugungen einzustehen.«

Bei einem Vortrag in Oxford, zu dem ich Edith begleitet hatte, war die Abbildung eines Gemäldes vor dem Lesepult aufgebaut worden, das Elisabeth die Erste darstellte. Edith war höchst erfreut gewesen. »Es gibt Menschen, die eine deutliche physische Ähnlichkeit zwischen mir und Elisabeth Tudor sehen. Die mir eigene Ehrlichkeit verlangt zu-

zugeben, dass dies ganz offensichtlich tatsächlich der Fall ist«, hatte sie ihre Darbietung eingeleitet.

Als Christin konnte Edith natürlich nicht an Wiedergeburt glauben, aber wenn, dann hätte sie sich ohne Frage der Herrscherin zugeordnet, »unter deren Regentschaft Männer wie Shakespeare möglich gewesen waren«.

In »Fanfare für Elisabeth« hatte Edith der Geschichte der einsamen, ungeliebten und vernachlässigten jungen Elisabeth die Form eines berührenden, tragischen und gleichzeitig üppig-unterhaltsamen Märchens gegeben, das mit bösartigen Stiefmüttern, infamen Onkeln und sonstigen höfischen Intrigen aufwartete.

Es war nicht weiter verwunderlich, dass sich auch die Filmindustrie irgendwann dafür interessierte.

Anfang der fünfziger Jahre war über Ediths New Yorker Agentur eine Anfrage der *Columbia Pictures* ins Haus gekommen, die neben einer Option auf die Filmrechte auch die Bearbeitung des Stoffs durch »die hochverehrte Miss Sitwell persönlich« wünschten. Edith war entzückt, ließ den Agenten umgehend zusagen und begann noch am selben Tag mit der Abfassung eines Drehbuchs, obwohl sie, wie sie mir eingestand, keine Ahnung hatte, wie so etwas aussehen musste.

Die Euphorie erhielt einen ersten Dämpfer, als die Rückmeldung auf das von Edith übersandte Material seitens der Columbia eher verhalten ausfiel.

»Was soll das heißen, sie können das nicht so umsetzen?«, schimpfte Edith. »Was haben die denn erwartet? Ich bin Dichterin, ich habe einen höchst anspruchsvollen Beruf auszuüben und weißgott Besseres zu tun, als diesen Filmkaspern zu erklären, wie sie ihre Arbeit machen sollen!«

Die Wogen glätteten sich zunächst wieder, als der Regisseur George Cukor persönlich zur Teestunde im Londoner Sesame Club erschien, um Edith seine respektvolle Aufwartung zu machen. Cukor hatte genug Erfahrung im Umgang mit kapriziösen Persönlichkeiten, um die richtigen Worte zu finden. Edith war nach dem Treffen jedenfalls in bester Stimmung und bereit, einem erneuten Drehbuchentwurf zuzustimmen, den diesmal ein Autor, den die Filmgesellschaft unter Vertrag hatte, vorlegen sollte.

»Dieser entzückend wohlerzogene Mensch behauptet, dass er nicht länger zulassen möchte, wie ich mit dieser lästigen Arbeit überstrapaziert und von meiner eigentlichen Profession abgehalten werde«, erzählte mir Edith nach diesem Treffen. »Da ich nicht ganz blöd bin, ist mir natürlich klar, dass in Hollywood meine Kompetenz angezweifelt wird, aber dem lieben George ist ›Fanfare‹ ein Herzensprojekt, und da will ich ihn auf keinen Fall enttäuschen. Abgesehen davon zahlt die Columbia dafür, dass ich dem Projekt weiterhin als Beraterin zur Seite stehe, eine stattliche Summe. Soll der junge Autorenkollege doch erst einmal zeigen, dass sein Talent meinem Werk gewachsen ist. Notfalls kann ich ihn später noch in die richtige Richtung lenken.«

Dass von George Cukor die Namen der jungen und aufstrebenden Schauspielerinnen Elizabeth Taylor und Audrey Hepburn als mögliche Darstellerinnen der Elisabeth ins Spiel gebracht worden waren, hatte auch nicht geschadet.

»George ging davon aus, dass ich keines dieser Mädchen kenne. Er zauberte mit feierlicher Geste großformatige Fotografien aus seiner Aktentasche, fächerte sie neben meiner Teetasse auf und fing an, mich über diese Kandidatinnen aufzuklären. Wir haben sehr gelacht! ›Wer hätte gedacht, dass die größte englische Dichterin so tief in die Niederungen des amerikanischen Filmgeschäfts eingedrungen ist, dass sie sogar unsere Talente kennt, noch bevor sie zu Weltstars aufgestiegen sind‹, hat er gesagt. Selbstverständlich habe ich daraufhin verlangt, die jungen Schauspielerinnen mit demselben Respekt zu behandeln, den er mir gegenüber an den Tag legt, und er hat es mir in die Hand versprochen. Diese Amerikaner sind immer so überaus freundlich und unkompliziert, sie verstehen mich viel besser als die Engländer!«

Als ich mit Edith die gewaltige Freitreppe zur Eingangshalle des Hotel Bel Air hinaufstieg, verschlug mir die Pracht der kalifornischen Vegetation rechts und links des Weges den Atem. Üppige Farnwedel bogen sich elegant zur Seite, als wollten sie mich persönlich begrüßen, Akazien und Eukalyptus warfen ihre kühlenden Schatten auf die Stufen, Hibiskusbüsche setzten verspielte Farbtupfer in Weiß, Rosé und Dunkelrot, es war, als beträte ich ein orientalisches Märchen, wo die Papageien mit den Palmen sprechen und sich als verwunschene Prinzen entpuppen.

Im Innenbereich verströmte die weitläufige Halle eine überbordende und doch dezente Eleganz, breite Ledersessel waren um niedrige Glastische gruppiert, auf denen prachtvolle weiße Rosensträuße in kugelförmigen Milchglasvasen arrangiert waren. An einem lackschwarz glänzenden Flügel in der Ecke saß ein junger Mann in Frack und Fliege, der sanfte Jazzmelodien klimperte.

Auf dem Weg zu unserer Suite musste man den großen Innenhof durchqueren, der mit Farnen, Palmen und Blüten ebenfalls an einen Paradiesgarten erinnerte. Eine gebogene Brücke führte über ein Wasserbassin, in dem große bunt gefleckte Fische schwammen, wie ich sie noch nie gesehen hatte.

Edith schien unsere Umgebung gar nicht wahrzunehmen. Die Koffer waren kaum abgestellt, da ließ sie sich umgehend ihre Schreibutensilien aushändigen und war bereits dabei, Korrekturen in das Drehbuch einzuarbeiten, das am Empfang für sie hinterlegt gewesen war, als ich noch nicht einmal entschieden hatte, welche der unzähligen Schubladen in dem völlig überdimensionierten Ankleideraum für die Unterbringung ihrer Strümpfe dienen könnte.

Während unserer ersten Zeit in Hollywood wurde Edith regelmäßig gegen Mittag zum Lunch von einer großen dunklen Limousine abgeholt und anschließend zu Besprechungen in die Studios, zu Cocktailpartys in den Villen von Produzenten, Regisseuren und Schauspielern gefahren, während ich im Hotel zurückblieb. Zunächst war ich enttäuscht, dann entdeckte ich die angenehmen Seiten, die eine solche Aufteilung hatte, und begann die Zeit im Bel Air zu genießen. Sobald ich Ediths täglich neues Chaos beseitigt hatte, machte ich es mir auf der zur Suite gehörigen Veranda mit einem Buch im Liegestuhl bequem und ernährte mich auf Ediths ausdrückliche Weisung hin von den Köstlichkeiten aus den Delikatesskörben, die täglich für sie angeliefert wurden. Am späteren Nachmittag schlenderte ich meistens durch den kleinen Orangenhain hinter dem Seerosenteich, wo nie jemand war und ich die saftigen Früchte direkt vom Baum pflücken konnte, oder ich spazierte über die Kieswege an den Außenterrassen entlang, wo die rührigen Pagen zwischen den Gartensuiten hin und her flitzten. Ich versuchte unter all den Menschen, die sich hier bedienen ließen, bekannte Gesichter aus dem *Life Magazine* zu entdecken. Ab und zu setzte ich mich auch in die Halle auf einen der Sessel, der etwas versteckt hinter einer Säule stand, und hörte dem Pianisten zu. Solange ich wieder verschwunden war, wenn sich gegen fünf Uhr nachmittags die Halle mit Hotelgästen und Barbesuchern füllte, ließen der Portier und das übrige Personal mich gewähren. Zum Strand zu laufen, hätte zu lange gedauert, für den Bus war ich zu geizig, abgesehen davon wollte ich in der Nähe bleiben, falls Edith unerwartet wiederkam und meine Dienste benötigte.

Sie kehrte in der Regel spät am Abend, oft erst mitten in der Nacht zurück, völlig erschöpft und cocktailselig. Ich bekam dann einen Anruf von der Rezeption, weil sie von mir abgeholt zu werden wünschte. Ab und zu brauchte ich allerdings die Unterstützung eines der Hotelmitarbeiter, um sie heil auf ihr Zimmer zu bringen. Anschließend ließ ich ihr, wenn sie nicht sofort komatös ins Bett fiel, ein Schaumbad ein und hörte ihren Berichten vom Tag zu, während sie mit geschlossenen Augen in der Wanne lag. Zunächst war sie noch sehr angetan von der großen Filmwelt, erzählte, wie nett und zuvorkommend alle waren und wen sie getroffen hatte. Einmal hatte sie mit Vivien Leigh und Laurence Olivier über das Projekt geplaudert, ein anderes Mal mit Burt Lancaster und William Holden einen Drink genommen, dann den lieben Alec Guinness in den Kulissen von »Die seltsamen Fälle des Pater Brown« getroffen. Ich hätte sie gerne wenigstens einmal zu den Studios begleitet, aber da sie von sich aus keine Anstalten machte, mich mitzunehmen, mochte ich sie nicht darum bitten.

Anfangs lief auch mit ihrem Filmprojekt noch alles erstaunlich glatt. Die Leute, mit denen sie an der Umsetzung ihres Buchs arbeitete, wurden »Lieblinge« und »herzallerliebste Schätze« genannt. Sie ging gern zu den Besprechungen und genoss die Wertschätzung, die ihr entgegengebracht wurde.

»Diese jungen Leute sprühen geradezu vor Ideen, ihre Lebendigkeit ist hinreißend! Sie sind klug, unkonventionell und vor allem: zutiefst dankbar für meine Mitarbeit!«, schwärmte Edith. »All die Strapazen, die ich auf mich nehme, werden sich lohnen, Jane, Elisabeth Tudor und Edith Sitwell werden auf der ganzen Welt in einem Atemzug genannt werden, du wirst es sehen!«

Leider währte diese Hochphase nicht allzu lange.

Ein eingeklemmter Ischiasnerv zwang Edith gegen Ende der zweiten Woche, starke Schmerzmittel zu nehmen, was in Kombination mit ihrem Alkoholkonsum verheerende Auswirkungen auf ihre Verfassung hatte. Dazu kam, dass sie mit dem, was man ihr bezüglich des Films präsentierte, von Tag zu Tag weniger zufrieden war.

»Sie werden meine Arbeit in so unerhört ekelhafter Weise verhollywoodisieren, dass von der Essenz des Ganzen nur noch klebriger Brei übrig bleibt!«

»Das klingt schlimm, Dame Edith.«

»Du kennst mich, Jane. Ich werde das zu verhindern wissen! Das bin ich mir selbst, aber noch viel mehr meiner Elisabeth schuldig. Ich weiß, dass wir Geld brauchen, aber unsere Würde hat keinen Preis! So ist es doch, oder, Jane?«

»In der Tat«, sagte ich und befürchtete das Schlimmste. Die Mitarbeiter der Columbia Pictures begannen mir ein bisschen leidzutun.

Edith zog von da an morgens in die Studios wie in eine Schlacht. Sie nannte es tatsächlich »meinen Feldzug für die Königin«. Wie früher ihren Kritikern schrieb sie wütende Briefe an Regie und Produktion, gespickt mit Vorwürfen und Erläuterungen. Sie bereitete sich bereits beim Frühstück auf Reden vor, die sie in den Besprechungen und Konferenzen halten wollte, indem sie die Manuskriptseiten, die an diesem Tag drankommen würden, über und über mit nicht gerade freundlichen Kommentaren versah: »Sie haben hier ein trauriges kleines Mädchen, völlig auf sich gestellt in einer Umgebung, die ihr niemals Verständnis entgegenbrachte, aber Sie machen ein infantiles Dummchen aus ihr, Sie unverständiger Hornochse!« – »Mag sein, dass Sie Ihre Kindheit lang mit dem Hintern auf rosa gefärbter Watte gesessen haben, aber Sie zerstören die Intention des Ganzen, wenn das Elend auf den Straßen nicht mehr sichtbar gemacht wird!« – »Eine Bettszene statt des Gesprächs mit Anne Boleyn an dieser Stelle? Leben Sie gefälligst Ihre schmutzigen Fantasien woanders aus!«

Wenn sie endlich bereit zum Aufbruch war, streckte sie den schmerzenden Rücken durch, spülte in der Hotellobby noch eine Handvoll Tabletten mit Wodka hinunter und stieg mit dem Schlachtruf »Keine Kompromisse!« in die wartende Limousine.

An der Rezeption war man sichtbar hingerissen von diesen Abgängen. Ich war jetzt heilfroh, dass ich sie nicht in den Kampf begleiten musste.

In der Nacht zum Samstag nach Beginn ihres Feldzugs wachte ich kurz nach drei Uhr morgens davon auf, dass Edith meinen Namen rief. Ich eilte durch die Zwischentür ins Nachbarzimmer und fand sie blutüberströmt am Boden liegen. Bei dem Vorhaben, sich einen nächtlichen Drink zu gönnen, war sie gestolpert, wahrscheinlich über die Teppichkante, und hatte sich den Kopf am Nachttisch aufgeschlagen. Die Wunde blutete so stark, dass ich sämtliche Handtücher ruinierte und den Nachtportier anrief, damit er sofort einen Arzt schickte. Den Krankenwagen, den ich ursprünglich hatte rufen wollen, lehnte Edith strikt und mit lautem Gezeter ab.

Doktor Bertram, ich schätzte ihn auf Anfang vierzig, wohnte nicht weit vom Hotel entfernt, war entsprechend schnell da und sah aus wie James Stewart, den man in einen Arztkittel gesteckt hatte. Er stellte die Patientin mit einer Spritze ruhig und versorgte anschließend in aller Ruhe die Wunde. Als das geschafft war, lächelte er ein gedankenschweres James-Stewart-Lächeln und kramte eine Visitenkarte aus dem hinteren Fach seiner ledernden Arzttasche.

»Melden Sie sich, wenn es der alten Dame schlechter gehen sollte oder sie sich stark übergeben muss, ja?«

Ich nickte.

»Sie muss für mindestens eine Woche strenge Bettruhe halten«, sagte er. »Liegen bleiben und ausruhen ist jetzt die allererste Pflicht.«

Ich sah die Sauerei am Boden, die ich würde beseitigen müssen, mir war übel vor Müdigkeit und Erschöpfung, und ich hatte schlichtweg Angst, so weit weg von zu Hause mit dieser Situation alleine zu sein.

»Das wird schon wieder«, versuchte der Arzt mir gut zuzureden. Da begann Edith laut zu schnarchen. Doktor Bertram lachte: »Na, das klingt ja recht vital!« Dann wurde er wieder ernst: »Eine Ausnüchterung sollten Sie aber mit Vorsicht angehen. Wenn sie in diesem Stadium zu schnell durchgeführt wird, können leicht Herz oder Kreislauf oder beides kollabieren, und das endet unter Umständen letal. Rufen Sie mich an, wenn die alte Dame sich doch noch bereitfindet, in eine Klinik zu gehen. Ich könnte eine Einrichtung empfehlen, wo man sich sehr diskret ihrer annehmen würde.«

Ich muss ihn völlig entgeistert angestarrt haben, denn Doktor Bertram legte seine Hand auf meine rechte Schulter und sprach mit mir wie mit einem unverständigen Kleinkind: »Miss, Ihnen wird doch nicht entgangen sein, dass Ihre alte Dame des Öfteren mal ein bisschen zu viel intus hat, oder?«

»Aber deswegen muss man sie doch nicht gleich ins Krankenhaus bringen!«

Er zuckte resigniert mit den Schultern, murmelte »Sie haben ja meine Nummer« und verließ die Suite durch die offene Terrassentür. Ich ging ins Wohnzimmer an die Bar, füllte zwei Gläser mit Scotch und Soda, kippte eins selbst und stellte das andere auf Ediths Nachttisch, so dass sie nur die Hand danach auszustrecken brauchte, falls sie aufwachen und durstig sein sollte. Die Tür zwischen unseren Zimmern ließ ich offen, hörte den Rest der Nacht dem Rhythmus des Schnarchens zu, um sicher zu sein, dass sie noch lebte.

Edith sah am nächsten Tag aus, als wäre sie verprügelt worden: Die rechte Gesichtshälfte war blau angelaufen und geschwollen, über ihrer rechten Braue war der Verband blutverkrustet, sie konnte einen Arm nur um wenige Zentimeter anheben. Sie ließ zu, dass ich ihr alle zwei Stunden einige Löffel Hühnersuppe einflößte, doch mein Vorschlag, einen ihrer Brüder anzurufen und um Unterstützung zu bitten, stieß auf taube Ohren.

»Osbert ist krank, und Sacheverell muss sich um seine Familie kümmern. Meine Brüder wegen dieses dummen kleinen Missgeschicks aufzuscheuchen ist absolut unnötig!«

Immerhin befolgte sie Doktor Bertrams Anweisung und blieb im Bett. Nachdem sie sich in dem Handspiegel betrachtet hatte, den ich ihr vors Gesicht hielt, ließ sie mich sämtliche Termine mit der Begründung absagen, sie leide unter einer stark ansteckenden Grippe.

Dreieinhalb Wochen lang verließ sie ihr Zimmer nicht, niemand außer mir durfte zu ihr, nicht einmal der Zimmerservice wurde hereingelassen.

Zunächst ließen die *Columbia Pictures* sowie die Produzenten und sogar George Cukor Blumensträuße mit Genesungswünschen bringen, doch irgendwann blieben die Blumen aus, genau wie die handgeschriebenen Karten und die Präsentkörbe mit Kaviar, Gebäck und kleinen Champagnerflaschen. Ich begann mir Gedanken darüber zu machen, wie lange sie noch die Hotelrechnung und den Zimmerservice übernehmen würden.

In der vierten Woche nach Ediths Sturz – das Gesicht war abgeschwollen, vom Bluterguss nur noch ein grün-blauer Schatten übrig – klingelte am frühen Abend das Zimmertelefon. Der Portier ließ fragen, ob Dame Edith Sitwell zu sprechen sei. Ich gab ihm die gleiche Antwort, wie ich sie schon an die hundert Mal gegeben hatte: »Dame Edith ist unpässlich, sie kann nicht an den Apparat kommen«, und legte wieder auf. Eine Minute später klingelte es noch einmal. Als ich abhob, hörte ich die Stimme des Portiers rufen: »Ich muss darauf bestehen, Sir ...«, dann knackte es mehrfach in der Leitung, schließlich tönte aus dem Hörer eine Stimme, über die ich mich so freute, dass ich beinahe in Tränen ausgebrochen wäre: »Jane, hier ist Cecil. Der Dienstmensch hier weigert sich, mir Edies Zimmernummer zu nennen. Also entweder tust du das jetzt, oder ich muss dem Idioten den Kopf abreißen.«

»Sieben B«, sagte ich. »Durch den ersten Innenhof, über die Brücke und dann nach links zu den Gartensuiten. Aber geben Sie uns mindestens eine halbe Stunde.«

Doch Cecil hatte schon aufgelegt.

Ich warf den Hörer auf die Gabel, rannte ohne anzuklopfen in Ediths Schlafzimmer, riss dort die Tür zum Ankleideraum auf und zerrte die Schachtel mit dem schwarzen Samthut und dem Gesichtsschleier vom obersten Board. Edith verstand sofort und fragte: »Wer?«

»Mr Cecil. Er wollte sich nicht abwimmeln lassen.«

Edith, die mich am Nachmittag noch angefahren hatte, dass nach wie vor niemand, aber auch wirklich niemand zu ihr gelassen werden durfte, klatschte begeistert in die Hände.

Aus irgendeiner geheimen Quelle schienen ihr mit einem Mal frische Kräfte zuzufliegen, es war verblüffend und auch eine enorme Erleichterung.

»Brillante Idee, der kleine Schleier! Aber erst das Make-up und dann der Hut, Jane!«

Als es exakt zwanzig Minuten später an der Tür klopfte, sah Edith so aus, wie die Öffentlichkeit es von ihr erwartete, und das war gut so, denn Cecil Beaton hatte jemanden mitgebracht.

Die junge Frau in hellem Trenchcoat, Sonnenbrille und dem kastanienbraunen Kopftuch, das sie sich tief in die Stirn gezogen und unter dem Kinn zusammengeknotet hatte, war mir bereits am Vortag aufgefallen. Sie hatte allein vor einer der östlichen Gartensuiten in einem Korbsessel gesessen, mit der gleichen riesigen Sonnenbrille im Gesicht und dem gleichen Tuch auf dem Kopf. Vermutlich hätte ich mich nicht einmal daran erinnert, wenn mir nicht im Vorbeigehen aufgefallen wäre, dass sie hoch konzentriert etwas in ein Notizbuch notierte, das genauso aussah wie die, die Edith und ich immer benutzten.

Cecil war alt geworden. Noch immer schlank, noch immer schön, lugten jetzt weißgraue Haarspitzen unter dem verbeulten Strohhut hervor, den er schräg auf dem Kopf sitzen hatte. Zu dem hellen Anzug und dem orange-grün gestreiften Einstecktuch sah es etwas seltsam aus, stand ihm aber doch ausgezeichnet.

»Jane, altes Mädchen!«, begrüßte Cecil mich fröhlich.

»Entschuldigen Sie, dass wir Dame Edith so überfallen«, murmelte seine Begleiterin so leise, dass ich sie kaum verstand.

»Ach was«, sagte Cecil. »Edie wird völlig aus dem Häuschen sein vor Freude, stimmt's, Janie?«

»Zweifellos«, sagte ich.

»Du weißt, wen wir hier haben? Du kennst sie doch?«, sagte Cecil, und ich wunderte mich, dass er dabei so aufreizend guckte. Der jungen Frau waren Cecils Fragen unangenehm, sie winkte ab und zischte: »Cess, lass das doch bitte!«

»Wir wurden einander noch nicht vorgestellt«, antwortete ich kühl. »Aber Sie wohnen auch hier im Hotel, Miss, richtig?«

Cecil brach in schallendes Gelächter aus und gluckste: »Ich habe dir doch gesagt, Schätzchen, Jane ist etwas Besonderes, die haut nichts um. Sie und Edith sind fast schon so etwas wie ein altes Ehepaar.«

Ich warf Cecil einen strengen Blick zu und bat die Herrschaften herein.

»Bleiben Sie bloß sitzen, Miss Sitwell!«, sagte die junge Frau und ging zum Sofa, wo ich Edith, gestützt von zwei großen Kissen, platziert hatte. Sie beugte sich herunter und nahm dabei die Sonnenbrille ab, küsste Edith auf beide Wangen. Erst da fiel bei mir der Groschen.

»Sie sollen mich doch Edith nennen!«, sagte Edith.

»Na gut«, sagte Marilyn Monroe. »Edith. Wie geht es Ihnen?«

»Jetzt schon viel besser!«

Ich hatte bis dahin nur einen Film mit der Monroe gesehen und den nicht besonders gemocht. »Warum veranstalten alle so ein Gewese um diese gekünstelte Wasserstoffblondine?«, war mir anschließend herausgerutscht, als Edith mich nach meinem Kinobesuch gefragt hatte, und war scharf dafür gerügt worden: »Bist du etwa so dumm, dass du nicht zwischen einer Rolle und einer realen Person unterscheiden kannst, Jane Banister? Miss Marilyn ist eine höchst angenehme, höfliche, sehr belesene und kluge junge Frau. Ich schätze sie!«

Bei dieser Gelegenheit erfuhr ich zum ersten Mal, dass Edith und die berühmte Filmdiva einander kannten.

Als Edith kurz darauf nach einer Lesung von einem BBC-Reporter abgefangen und um ein Statement zum Nacktfotoskandal der Monroe gebeten worden war, der durch die Gazetten wütete, hatte ihm Edith eine ordentliche Lektion erteilt: »Skandal? Wovon reden Sie, Sie scheinheiliger Spießer? Die Frage, die Sie mir stellen, sagt mehr über Ihre eigene Verderbtheit aus als über irgendetwas anderes. Ich sehe auf diesen Bildern Reinheit und Schönheit. Ohne Aktmodelle hätte die Welt auf die herrlichsten Meisterwerke verzichten müssen. Miss Monroe war im Übrigen sehr jung und sehr arm, als diese Bilder gemacht wurden. Allein deshalb sollten Sie und Ihre schmierigen Kollegen von ihrem hohen Ross herunterkommen. Haben Sie sich noch nie in einer Notsituation befunden, dass Sie sich so aufspielen müssen?«

Ich hatte bei diesem Ausbruch direkt hinter ihr gestanden, die umstehenden Lesungsbesucher hatten spontan applaudiert und »Bravo!« gerufen, der Reporter war düpiert von dannen gezogen. Ich hatte noch einige Tage auf eine entsprechende Schlagzeile gewartet, aber die war nicht gekommen. Dass die große Dichterin Edith Sitwell für den Filmstar Marilyn Monroe wegen eines vermeintlichen Sexskandals vehement in die Bresche gesprungen war, hatte anscheinend niemand für eine Nachricht gehalten.

»Nun«, hatte Ediths Kommentar gelautet. »Ich habe den guten Mann zum Schweigen gebracht. Geben wir uns damit zufrieden.«

Und jetzt stand ich also da, im Mahagonitürrahmen einer Luxussuite in Los Angeles, und beobachtete diese beiden Frauen, die einander ganz offensichtlich mochten und vertrauten.

Edith war so aufgeräumt und heiter wie schon lange nicht mehr. Sie lachte und plauderte, es war eine Freude, sie in derart guter Verfassung zu sehen.

»Was macht das Drehbuch?«

»Es stirbt einen schmachvollen Tod. Diese Kretins wollen den Film jetzt mit einer Szene beginnen lassen, die wie eine

Kissenschlacht unter geisteskranken Clowns anmutet. Man hat es letzthin eigens für mich in Szene setzen lassen, damit ich es mir besser vorstellen kann.«

»Unfassbar! Als ob ausgerechnet Sie ohne Imagination wären!«

»Ich wünschte, ich wäre es, meine Liebe, denn dann hätte ich diesen Unfug nicht als solchen entlarven müssen.«

»Es ist immer das Gleiche: Sie machen aus den großartigen Stoffen langweilige Soße, und unsereins muss es dann schlucken!«

»Oh nein, meine liebste Marilyn, ich würge gar nichts herunter. Und Sie sollten es auch nicht tun!«

Miss Monroe lachte bitter. »Manchmal muss es eben sein.«

»Im Ernst«, sagte Edith. »Frauen wie Sie und ich, die mit einer gewissen, andere Menschen mitunter irritierenden Intelligenz gesegnet sind, müssen dagegen aufbegehren, etwas darzustellen, das nicht unserem Wesen entspricht. Das ist unsere einzige Chance zu überleben, weil wir sonst ersticken an den seelenlosen Maschinerien, in die man uns zwingen will. Die Leute glauben, sie sehen uns und wissen über uns Bescheid. Ist es nicht so?«

Miss Marilyn lächelte. »Ja, so ist es. Aber wir lassen uns nicht in die Karten schauen, Sie und ich, Edith, nicht wahr?«

Es war faszinierend, sie zu beobachten. Diese beiden äußerlich so verschiedenen, aus scheinbar völlig gegensätzlichen Welten kommenden Frauen hatten sich so viel zu sagen, waren sich auf eine Weise einig, wie ich es selten bei Edith erlebt habe.

Cecil hielt sich etwas abseits am Fenster und hantierte mit seiner Kamera, immer noch eine Kodak, wie ich mit einer Anwandlung von Nostalgie feststellte. Als der Auslöser klickte, schaute Edith zu ihm hin und sagte:»Cecil, mein Bester, es gibt doch bestimmt genug Leute, die darauf brennen, sich von dir ablichten zu lassen. Sei ein Schatz und schenk uns ein wenig Privatsphäre.«

Sie nickte mir zu.»Jane, begleite unseren Freund Cecil bitte nach draußen!«

Beaton schob seinen verbeulten Strohhut, den er auch in der Suite nicht hatte absetzen wollen, in den Nacken und gab die Sicht auf seine kahl werdende Stirn frei.

»Na, dann lassen Jane und ich euch zwei Turteltäubchen mal in Ruhe miteinander zwitschern!«

Ich sah ihn fragend an. Er grinste. Offenbar hatte er Vergnügen an der Doppeldeutigkeit seiner Bemerkung.

Dass er diesen Satz in genau dem doppelten Wortsinn gemeint hatte, den ich mich zunächst zu überhören bemühte, realisierte ich erst, als Miss Monroe sich bereits wieder verabschiedet hatte und ich feststellte, dass sie zu zweit in gut eineinhalb Stunden die große Bourbonflasche aus der Bar geleert hatten.

Cecil und ich gingen spazieren, plauderten über Bekannte aus den Pembridge-Mansion-Tagen oder der wilden Zeit in Paris, während er sieben oder acht Filme verschoss, und ich realisierte, wie sehr ich ihn vermisst hatte.

Nach anderthalb Stunden schaute Cecil auf die Uhr und sagte:»Du lieber Himmel, ich müsste längst bei einem Empfang in Beverly Hills sein! Der Gastgeber hat mich bei der Seele meiner verstorbenen Großmutter schwören lassen, dass ich ihm Marilyn Monroe anschleppe. Wir müssen die traute Zweisamkeit der beiden Ladys jetzt hier beenden!«

»Da seid ihr ja schon wieder«, sagte Edith, als wir zurück im Wohnzimmer waren. Ihre Wangen hatten sich gerötet, sie sah etwas fiebrig, aber sehr glücklich aus, ihre Besucherin ebenfalls.

»Ich muss dir Marilyn jetzt entführen, Edie«, sagte Cecil. »Wir haben zu arbeiten.«

Dann waren sie gegangen, und Edith und ich schauten noch eine Weile auf die Tür, die die beiden unter Winken und Gelächter hinter sich geschlossen hatten.

»Sie wäre von allen Kandidatinnen mit Abstand die beste gewesen,«, murmelte Edith. »Sie hätte der Rolle der jungen Prinzessin die Tiefe gegeben, die nur eine gebrochene, aber zugleich starke Seele ihr verleihen kann. Sie ist meine wahre Elisabeth. Aber so etwas können diese Banausen ja nicht sehen. Mir reicht es jedenfalls jetzt. Ich bin müde, ich vermisse meine Katzen, ich brauche Ruhe.«

Mit dem Frühstückstablett ließ sie sich am nächsten Morgen auch den Telefonapparat ans Bett bringen und führte den restlichen Vormittag lang ein Gespräch nach dem anderen.

Gegen vier Uhr nachmittags rief sie nach mir und sagte: »Du kannst mit dem Packen anfangen. Es wird keinen Film geben. Wir fahren nach Hause.«

Nach Hause hieß damals nach Renishaw Hall. Edith gewöhnte sich allerdings bald an, immer öfter auf den Sesame Club nach London auszuweichen, selbst wenn sie keine Termine in der Stadt wahrnehmen musste.

»Es tut mir nicht gut, wenn ich den ganzen Tag darüber nachdenke, auf welche Weise ich David Horner ermorden könnte«, sagte sie.

Die Spannungen im Haus waren mit der Zeit für alle Beteiligten immer unerträglicher geworden.

Bei Osbert hatten die Ärzte Parkinsonsche Schüttellähmung diagnostiziert, und man konnte zusehen, wie ihn die Krankheit mehr und mehr schwächte. Anfangs kümmerte David sich noch sehr liebevoll und fürsorglich um ihn, mit fortschreitendem Verlauf der Krankheit aber war er zunehmend überfordert. Ich hatte ein gewisses Verständnis dafür, auch ich hatte oft meine Probleme damit, den Anblick des einst so stattlichen Mannes zu ertragen, der jetzt kaum mehr das Wasserglas zum Mund führen konnte. Edith, um deren eigene Gesundheit es auch nicht gut bestellt war, litt sehr wegen ihres Bruders. Darüber hinaus aber war sie der Meinung, dass David Horner, wie sie es immer vorausgesagt hatte, auf ganzer Linie versagte. Bei allem Verständnis für Horners emotionale Überforderung, Edith hatte nicht ganz Unrecht. Einmal ließ Horner Osbert unter der Vorgabe, sich kurz die Hände waschen zu gehen, sieben Stunden lang ganz allein in einem Restaurant in Covent Garden sitzen, während er sich in irgendeinem obskuren Club vergnügte. Ich selbst wurde Zeugin, wie David Osbert bei einem Abendessen mit Freunden auf Renishaw mit beispielloser Hartherzigkeit wie einen lästigen Krüppel behandelte, den man ihm aufgezwungen hatte. Edith explodierte innerlich, wenn sie solche Vorfälle mitbekam, bemühte sich aber um Osberts willen, dessen Liebe zu Horner offensichtlich durch nichts zu erschüttern war, die Situation nicht eskalieren zu lassen. Wenn der Bruder nicht in der Nähe war, stritt sie sich dafür umso heftiger mit ihm.

»Soll ich etwa mein eigenes Leben vollkommen aufgeben?«, hörte ich David einmal brüllen.

»Exakt das sollst du!«, brüllte Edith zurück. »Wenn man

aufrichtig liebt, dann tut man so etwas, und zwar ohne darüber nachzudenken!«

»Kümmere dich gefälligst um deine eigenen Angelegenheiten!«

»Er ist mein Bruder, er ist viel mehr meine Angelegenheit als deine!«

»Dann pfleg du ihn doch!«

»Das würde ich gerne, aber du hast ihn dir ja hörig gemacht!«

Manchmal saß Osbert währenddessen mit gesenktem Kopf im Nachbarzimmer und wartete, stumm vor sich hin zitternd, bis der Streit endlich vorbei war. Wenn ich ihn wegführen und außer Hörweite bringen wollte, winkte er ab: »Lass nur, Jane. Ich weiß ja, wie schwer es alle mit mir haben.«

Im Frühjahr 1960 kehrten wir nach einer längeren Lese- und Vortragsreise wieder nach Renishaw zurück und mussten feststellen, dass dort in Zukunft nicht mehr Ediths Zuhause sein würde.

David Horner hatte Osbert schließlich doch noch vor die Wahl gestellt: mit der Schwester oder mit ihm, dem Geliebten, zusammenzuleben. Osbert weinte, als er Edith bei ihrer Ankunft davon erzählte. Sie umarmte ihren Bruder, sagte ihm, dass sie ihn mehr liebe als jeden anderen Menschen auf der Welt, und ließ mich unsere Koffer gar nicht erst auspacken. Auch David Horner wurde zum Abschied von ihr umarmt. »Wenn du dich nicht gut um meinen Bruder kümmerst, bringe ich dich tatsächlich um!«

Man muss es Horner trotz allem zugutehalten, dass er ernst, aber nicht unfreundlich antwortete: »Tu das, Edith! Aber ich denke, es wird nicht nötig sein.«

Als der Wagen vorgefahren war, der sie zum Bahnhof zurückbringen sollte, bot Edith mir an, auf Renishaw zu bleiben.

»Du könntest wieder ins Gärtnercottage ziehen. Mein Bruder schätzt dich, er würde schon dafür sorgen, dass du dein Auskommen hast.«

»Auf gar keinen Fall!«, erwiderte ich.

13
Letzter Satz, und der Vorhang fällt

London, 1964

Die drei Mädchen von gegenüber stehen der Größe nach aufgereiht am Zaun vor unserem Haus, als ich von der Hampstead High Street in die Greenhill Street einbiege. Die Älteste, Esther – sie ist vielleicht zwölf oder dreizehn Jahre alt – sieht mich, zieht ihre dicke graue Wollmütze tiefer über die Ohren und macht einen Knicks: »Guten Tag, Miss Banister, wie geht es der Baroness Sitwell?«

Seit die Kinder Edith in einer Fernsehübertragung gesehen haben, fragen sie mich jedes Mal nach ihr, wenn sie mir über den Weg laufen.

»Es heißt immer noch *Dame*, Schätzchen«, antworte ich. »*Dame* Edith. Und es geht ihr heute leider nicht besonders gut.«

»Das tut mir leid«, sagt Esther und tritt vor Kälte schlotternd von einem Bein auf das andere.

»Wird sie denn nicht ans Fenster kommen?«, fragt Lilly, die jüngste. Sie ist im August sieben geworden, hat sie mir letzte Woche gesagt. Ihre Nase hat sich von der kalten Dezemberluft gerötet, sie trägt die gleiche Mütze wie ihre ältere Schwester, hat die Hände in grob gestrickten weißen Fäustlingen, die auf und ab flattern wie zwei dicke Schmetterlinge.

»Lungert ihr drei deswegen hier draußen herum?«

Esther und Lilly zucken gleichzeitig mit den Schultern, grinsen verlegen, als hätte ich sie beim Äpfelklauen erwischt. Die dritte, Susan, die bislang immer stumm dabeigestanden hat, wenn die beiden anderen mich angesprochen haben, schaut auf ihre Stiefelspitzen und murmelt: »Wir kennen doch sonst niemand Berühmtes.«

Es wird Edith freuen, wenn ich ihr erzähle, dass drei kleine Mädchen unten in der Kälte ausharren, in der Hoffnung, einen Blick auf sie zu erhaschen, als wäre sie die Königin und das Schlafzimmerfenster der Balkon von Buckingham Palace.

»Geht nach Hause und wärmt euch auf, Kinder. Morgen fühlt Dame Edith sich bestimmt besser, und dann ziehe ich die Vorhänge auf, schiebe sie ans Fenster und sage ihr, sie soll euch von oben winken. Wie wäre das?«

»Fabelhaft!«, jubelt Lilly.

»Das würden Sie wirklich tun?«, fragt Esther, und Susan will die Uhrzeit wissen.

»Vor dem Nachmittagstee«, sage ich ihr. »Um halb fünf.«

Jetzt ist auch Susan zufrieden.

Esther boxt ihr mit dem Ellenbogen in die Seite und verspricht mit leuchtendem Gesicht, dass sie pünktlich sein werden, selbst wenn es stürmt und schneit.

»Das wird Dame Edith sehr zu schätzen wissen.«

Ich schaue den fröhlich über die Straße hopsenden Mädchen noch einen Moment lang nach, bevor ich ins Haus gehe.

»Warum begraben sie uns nicht? Oh, warum begraben sie uns nicht? Es wäre wärmer dort.«

Ihre Stimme ist laut genug, dass ich sie durch die geschlossene Schlafzimmertür hören kann, das ist ein gutes Zeichen. Ich klopfe, trete ein. Edith unterbricht das Diktat, sinkt zurück in die Kissen, keucht wie nach starker körperlicher Anstrengung. Ich habe mich zu früh gefreut. Ihre Haut hat wieder diese unnatürlich wächserne Farbe, die mich seit Tagen beunruhigt.

»Ihr Blut wird nicht mehr ausreichend mit Sauerstoff versorgt«, hat Schwester Farquhar mir erklärt.

Miss Salter schaut dankbar von ihrem Stenoblock auf, als sie bemerkt, dass ich auch für sie eine Tasse Tee zubereitet habe.

»Wir sind endlich am letzten Absatz dieser lästigen Autobiografie«, sagt Edith.

»Sollten Sie nicht lieber Ihre Kräfte schonen, Dame Edith?«

»Sehen Sie!«, sagt Miss Salter. »Jane möchte auch, dass sie sich ausruhen!«

»Ich habe ein Werk zu beenden, meine Lieben. Ausruhen kann ich noch lange genug, wenn ich tot bin.«

»Sterben ist etwas für Faulpelze, hat meine Mutter immer gesagt.«

Zum ersten Mal lacht sie nicht über diesen Satz.

Ich setze mich auf die Bettkante, führe die Teetasse an ihren Mund, sie nippt daran, schiebt die Tasse von sich.

»Es dauert nicht mehr lange. Heute ist ein guter Tag für den letzten Satz, das kann ich in jedem meiner morschen Knochen fühlen!«

Sie nickt auffordernd ihrer Sekretärin zu: »Also. Können wir?«

»Aber ja, Dame Edith«, sagt Miss Salter und greift nach ihrem Stenoblock.

»Außerhalb meines Hauses wirbelt noch immer der Staub auf ...«

Ich sollte mich freuen, dass Edith überhaupt in der Lage ist, sich so weit zu sammeln, dass sie sich konzentriert ihrer Arbeit widmen kann.

»Alles, was ich noch habe, sind die Worte in meinem Kopf«, hat sie gestern zu mir gesagt.

»Die Worte und die Katzen«, habe ich leise ergänzt, aber da war sie schon weggedämmert.

Seit vier Wochen kann sie nicht mehr eigenständig schreiben. Der Füller ist ihr immer wieder aus der Hand geglitten, mitten im Satz, zunächst nur ab und zu, dann immer öfter, bis sie es schließlich aufgegeben und das Schreibgerät einfach liegen gelassen hat, wo es hingerollt ist.

»Wie soll man existieren, wenn die Kraft nicht einmal mehr dafür reicht, etwas durchs Zimmer zu werfen«, hatte sie geschimpft. »Wenigstens die Kontrolle über meine Hände hätte man mir doch lassen können, verdammt!«

Danach hatte sie geweint, und ihre Verzweiflung war sehr viel schwerer auszuhalten als ihr Zorn.

Nach einer Stunde tiefsten Kummers hatte sie schließlich das Kinn gehoben, sich mit dem Zipfel ihrer Bettdecke die Tränen von den Wangen gewischt und gesagt: »Elizabeth wird einfach noch mehr Überstunden machen und für mich den Stift führen.«

Seitdem diktiert Edith, solange Atem und Kraft dazu reichen. Anschließend tippt Miss Salter den Text ins Reine, liest es ihr später noch einmal laut vor und fügt mit unendlicher Geduld sämtliche Korrekturen ein, die ihre Auftraggeberin wünscht.

Und jetzt sind sie also beim letzten Absatz ihrer Lebensgeschichte, um die der Verlag seit Jahren bettelt.

Doris Farquhar und ich sitzen beim Lunch, als Elizabeth Salter in die Küche kommt, ohne vorher anzuklopfen, was mehr als untypisch für sie ist.

»Sie sollten gleich mal nach ihr schauen, Doris«, sagt sie.

Schwester Farquhar springt sofort auf und eilt aus dem Raum.

Elizabeth lässt sich auf den freien Stuhl sinken, schaut geistesabwesend auf den Teller, in den Doris Farquhar ihren Löffel hat fallen lassen.

»Möchten Sie auch etwas Tomatensuppe, Miss Salter?«

Sie sieht mich an, als hätte ich ihr eine sehr komplizierte Frage gestellt, und murmelt: »Dann wird alles vorüber sein, abgesehen vom Geschrei und den Würmern.«

»Wie bitte?«

»Das ist der letzte Satz.«

»Typisch«, sage ich und hole ihr einen frischen Teller aus dem Schrank.

Heute Nacht ist Schwester Farquhar bei Edith. Seit der letzten großen Krise Ende November wechseln wir uns mit der Krankenwache ab. Edith hat sich so unruhig im Bett hin und her geworfen, als ich sie zur Nacht fertig machen wollte, dass ich angeboten habe, ebenfalls zu bleiben, aber Doris wollte nichts davon wissen. »Sie haben letzte Nacht schon kein Auge zubekommen, Jane.«

Da es sinnlos ist, ihr zu widersprechen, und ich tatsächlich todmüde bin, gehe ich zu Bett und kann schon beim Auskleiden kaum die Augen aufhalten.

Um kurz vor vier wache ich davon auf, dass etwas gegen meine Zimmertür poltert. Im Flur ruft jemand: »Jane, wa-

chen Sie auf!«, ich brauche einige Sekunden, um zu realisieren, dass es die Stimme von Schwester Farquhar ist, so schrill und aufgeregt, wie ich sie noch nicht erlebt habe.
»Hier entlang, bitte!«
»Joe!«, ruft ein fremde Männerstimme.
»Ist verdammt eng hier!«, antwortet eine andere.
»Jane!«
Das ist wieder Doris, diesmal von weiter weg.

Barfuß und im Nachthemd stürze ich aus dem Zimmer, renne durch den kleinen Küchenflur die Treppe hinauf, nehme zwei Stufen auf einmal zu Ediths Schlafzimmer und komme gerade noch rechtzeitig, um zu sehen, wie zwei Krankenpfleger Edith, die leblos in ihrem Bett liegt, mitsamt dem Laken anheben wollen. Doris Farquhar steht daneben, will helfen, wird aber von einem der Sanitäter, einem breitschultrigen Kerl mit Glatze, mit einer beinahe liebevoll anmutenden Geste zur Seite geschoben: »Lassen Sie uns das mal machen, Ma'am.«

»Eins, zwei, und …« Die beiden Männer heben Ediths großen Körper an, als wiege sie nicht viel mehr als ein Vogel. Ich kann nicht länger hinsehen.

»Hoppla!«, ruft einer der Sanitäter. Der Kater ist auf die Trage gesprungen, schlägt seine Krallen in das Laken, mit dem Edith zugedeckt worden ist, und faucht. Ich trete hinzu, will nach dem Kater greifen, da öffnet Edith die Augen. »Jane!« röchelt sie heiser.

»Es wird alles gut, Dame Edith!«

Ich packe Shadow im Genick, versuche ihn von Edith herunterzunehmen, dabei möglichst sanft die Krallen aus dem Leinen zu lösen.

»Jane!«, sagt Edith noch einmal.

Die Männer sind stehen geblieben, der größere, der vorher Doris zur Seite geschoben hat, sagt: »Nehmen Sie die Katze in aller Ruhe an sich, Miss. Ich hab einen Heidenrespekt vor diesen Biestern!«

Erstaunlicherweise beißt der Kater mich nicht, sondern drückt seinen Kopf gegen mein Kinn, beginnt zu schnurren.

»Kümmerst du dich um ihn?«, flüstert Edith.

Ich nicke: »Ja. Um die anderen auch.«

Keuchend streckt sie ihre Hand aus. Ich beuge mich zu ihr hinunter, damit sie Shadows Fell erreichen kann. Fast glaube ich, einer Sinnestäuschung erlegen zu sein, als ich ihre Hand an meiner Wange spüre, kalt und ein bisschen feucht. Sie fällt kraftlos zurück auf die Trage, ich nehme sie, drücke einen leichten Kuss hinein, lege sie dann in das warme Katzenfell.

»Miss, wir müssen los«, sagt der Sanitäter.

Mir schießt durch den Kopf, dass dies wahrscheinlich die letzte Gelegenheit ist, nach meinem leiblichen Vater zu fragen, und dass ich diese Gelegenheit verstreichen lasse, damit sie sich von ihrem Kater verabschieden kann.

Der Hauch eines Lächelns huscht über ihre wachsbleichen Züge, bevor die Sanitäter sie hinaustragen.

»Wohin?«, fragt der Taxifahrer. Im Rückspiegel kann ich einen Ausschnitt seines Gesichts sehen, ein dunkler, südländischer Typ, er würde Edith gefallen.

»St. Thomas Hospital. Schnell, bitte!«

»Das ist südlich der Westminster Bridge, Madame, wird ein bisschen dauern. Wir können es auch über die Waterloo versuchen, um diese Uhrzeit ist da wenig …«

»Fahren Sie einfach, Mann!«

Als wir endlich vor dem großen Backsteingebäude halten,

werfe ich ihm meine zwei letzten Geldscheine durchs Fenster und renne zum Haupteingang.

Die Pförtnerin, von der ich wissen will, wo sie Edith hingebracht haben, ist von aufreizender Langsamkeit, blättert in Papieren, fährt wie in Zeitlupe mit dem Zeigefinger die Liste herunter, bewegt dabei stumm die Lippen. Schließlich murmelt sie: »Dritter Stock im zweiten Seitenflügel, Eingang B, Zimmer 723 oder 725.«

Ich verlaufe mich mehrere Male, renne kalte, verlassene Klinikflure entlang, frage in mehreren Schwesternzimmern nach dem Weg, reiße schließlich die Tür zu einem Flur auf, hinter deren Glasscheibe ich eine Handvoll bekannter Gesichter ausgemacht habe.

Sacheverell ist da, mit Georgia und den beiden Söhnen, sie sitzen nebeneinander auf vier Stahlrohrstühlen. Doris Farquhar, die im Krankenwagen mitgefahren ist, aber anscheinend nicht ins Behandlungszimmer vorgelassen wurde, steht mit dem Rücken an die Wand gelehnt. Sie hat die Arme vor der Brust verschränkt und starrt auf die hellgrünen Bodenfliesen. Francis, Sacheverells jüngerer Sohn, der in den letzten Jahren häufig bei uns zu Besuch war, kommt auf mich zu: »Jane, da sind Sie ja endlich!«

In diesem Moment stürzt Elizabeth Salter hinter mir in den Klinikflur: »Ich hab in Wembley einfach keinen Wagen bekommen«, keucht sie.

»Wie geht es ihr?«

Schwester Farquhar zuckt mit den Schultern, starrt weiter auf ihre Füße.

»Nicht gut«, sagt Sacheverell. Ich sehe, dass seine Augen gerötet sind, bevor er das Gesicht wieder in seinen Händen vergräbt.

Elizabeth steht neben Doris, lässt sich nach wenigen Sekunden die Wand hinuntergleiten und bleibt einfach auf dem Boden sitzen. Am Ende des Gangs ist ein Fenster, ich gehe dorthin und schaue hinaus. Zäher Morgennebel steigt über dem Fluss auf und verwandelt einen vorbeischippernden Lastkahn in ein Geisterschiff.

»Schreib das auf!«, würde Edith jetzt sagen, und fast hätte ich um Stift und Papier gebeten.

»Was ist mit Sir Osbert?«, fragt Elizabeth.

»Er ist mit David auf Montegufoni«, sagt Francis. »Ohnehin würde er die Reise nicht mehr schaffen.«

Der Lastkahn ist nicht mehr zu sehen.

Plötzlich steht Schwester Farquhar dicht neben mir. »Ich soll Ihnen etwas geben«, flüstert sie, ohne mich dabei anzusehen.

Sie greift in die vordere Tasche ihrer Schwesternschürze, holt den quadratischen Aquamarin, das Geschenk von Ediths Großmutter, hervor und überreicht ihn mir.

»Und da ist noch etwas.« Sie hält mir einen Zettel hin, den sie in der Mitte zusammengefaltet hat. »Sie hat es mir im Krankenwagen diktiert.«

Als ich den Zettel auffalte und zu lesen beginne, zieht sich Schwester Farquhar wieder auf ihren Platz an der Wand zurück.

Die Schrift ist undeutlich, schwer zu entziffern:

Liebste Jane,
    seit siebenunddreißig Jahren schulde ich dir ein Wissen, das dir gehört. Jetzt bleibt mir nicht mehr viel Zeit. Deiner Mutter wurde bei der Feier meines 21. Geburtstags Gewalt von einem jungen Amerikaner namens Jonathan Gregson ange-

tan. Er kam aus Boston und war der Sohn eines Geschäftspartners meines Vaters. Ich habe die Wahrheit selbst erst an dem Morgen erfahren, bevor ich zu euch ins Gärtnercottage kam, um dir eine Stellung anzubieten. Es gab eine Vereinbarung mit dem Fuchs, von der ich nichts wusste. Verzeih. Wir wollten dich schützen, Emma und ich. Osbert wird dir das Gärtnercottage überschreiben. Francis weiß Bescheid.

Hier endet die Nachricht.
Ich lese noch einmal. Falte das Stück Papier wieder zusammen und stecke es ein.
Irgendwann verzieht sich der Nebel, die Themse glitzert in der Morgensonne, eine Stationsschwester kommt mit einem Teewagen, Francis besorgt Sandwiches, die niemand von uns anrührt. Die Kanten des Aquamarins schneiden in meine Handflächen. Ich verliere jedes Zeitgefühl.

»Sind Sie die Familie?«, fragt ein untersetzter Mann im Arztkittel.
»Ja«, sagt Georgia Sitwell. »Das sind wir.«
»Es tut mir sehr leid. Dame Edith ist soeben von uns gegangen.«
Sacheverell springt auf, stützt sich dabei auf die Schulter seiner noch immer schönen Frau. Georgia legt ihre Hand auf seine. Schwester Farquhar schluchzt.
»Es tut mir leid«, sagt der Arzt noch einmal.
Ich wende mich um und gehe Richtung Ausgang.

Ich weiß nicht, wie lange ich am Fluss entlangspaziert bin. Irgendwo schlägt eine Kirchenglocke, und mir fallen die

Nachbarmädchen ein. Vielleicht ziehen sie sich jetzt schon die Mäntel an und setzen ihre Mützen auf, um auf keinen Fall Ediths Auftritt zu verpassen.

Einen Moment lang denke ich, ich sollte zurückfahren und den Kindern Bescheid sagen.

Nachbemerkung

Der Roman verwendet zahlreiche Motive und Begebenheiten aus dem Leben der Dichterin und Schriftstellerin Edith Sitwell, 1887–1964, nimmt sich dabei aber alle Freiheiten der Literatur. Für die biografischen und historischen Hintergründe dienten folgende Bücher als Quelle und Inspiration:

Edith Sitwell: Gold Coast Customs, London, Duckworth, 1929.

Edith Sitwell: English Eccentrics, Faber & Faber, London, 1933. Deutsche Ausgaben: Edith Sitwell: Piraterie & Pietät, mehr englische Exzentriker, übersetzt von Karl A. Klewer, Frankfurter Verlagsanstalt, Frankfurt, 1991. Edith Sitwell: Englische Exzentriker, übersetzt von Kyra Stromberg, Wagenbach, Berlin, 2000.

Edith Sitwell: Victoria von England, übersetzt von C. F. W. Behl, Wolfgang Krüger, Berlin 1936.

Edith Sitwell: I live under a black sun, John Lehmann, London, 1937. Deutsche Ausgabe: Edith Sitwell, Ich lebe unter einer schwarzen Sonne, L. Schwann, Düsseldorf, 1950.

Edith Sitwell: Poems New And Old, Faber and Faber, London, 1940.

Edith Sitwell: English women, William Collins, London, 1942. Deutsche Erstausgabe: Edith Sitwell: Englische Frauen, übersetzt von Karl A. Klewer, Frankfurter Verlagsanstalt, Frankfurt, 1992.

Edith Sitwell: Street Songs, Macmillan, London, 1942.

Edith Sitwell: A Poet's Notebook, Macmillan, London, 1943.

Edith Sitwell: Green Song, Macmillan, London, 1944.

Edith Sitwell: The Song Of The Cold, Macmillan, London, 1945.

Edith Sitwell: Fanfare for Elizabeth, Macmillan, London, 1946. Deutsche Ausgabe: Edith Sitwell: Fanfare für Elisabeth: übersetzt von Margarete Rauchenberger, Josef Schaffrath Verlag, Köln, 1947.

Edith Sitwell: The Queens and the Hive, Macmillan, London, 1962.

Dame Edith Sitwell: Gedichte, englisch und deutsch, herausgegeben von Werner Wordtriede, übersetzt von Christian Enzensberger, Erich Fried und Werner Vordtriede, Insel, Frankfurt, 1964.

Edith Sitwell: Taken Care Of, Atheneum, New York, 1965. Deutsche Ausgabe: Edith Sitwell: Mein exzentrisches Leben, übersetzt von Karl A. Klewer, Frankfurter Verlagsanstalt, Frankfurt 1989.

Victoria Glendinning: Edith Sitwell, übersetzt von Karl A. Klewer, Frankfurter Verlagsanstalt, Frankfurt, 1995.

Richard Green, Hrsg.: Selected Letters of Edith Sitwell, Virago, London, 1997.

Richard Greene: Edith Sitwell, Avant-Garde Poet, English Genius, Virago, London, 2011.

John Pearson: Façades. Edith, Osbert & Sacheverell Sitwell, Macmillan, London, 1978.

Fritz J. Raddatz: Die ausgestopfte Welt des luxuriösen Irrsinns, Edith Sitwell, in: Literarische Grenzgänger, Ullstein List, München, 2002.

Elizabeth Salter: The Last Years of a Rebel. A Memoir of Edith Sitwell, Houghton Mifflin Company, Boston, 1967.

Elizabeth Salter & Allanah Harper, Hrsg.: Edith Sitwell, Fire of the Mind, The Vanguard Press, New York, 1976.

Elizabeth Salter: Edith Sitwell, Bloomsbury Books, London, 1988.

Desmond Seward: Renishaw Hall. The Story of the Sitwells, Elliott & Thompson, London, 2015.

Harold Acton: Memoirs of an Aesthete, Faber and Faber, London, 2008. Erstausgabe: Methuen, London, 1948.

Truman Capote: Marilyn, Cecil Beaton, in: Die Hunde bellen, Reportagen und Portraits, Goldmann, München, 2010.

Osbert Sitwell: Linke Hand – Rechte Hand, übersetzt von N.N., Wolfgang Krüger Verlag, Hamburg, 1948.

Hugo Wickers: Cecil Beaton, Phoenix Press, London, 2002.

Andrea Weiss: Paris war eine Frau, Rowohlt, Reinbek, 1998.

Brassaï: Das geheime Paris, Fischer, Frankfurt a.M., 1976.

Handbook to Paris, 13. Auflage, Ward, Lock & Co., London, ca. 1930.

London and its environs, Handboook for Travellers by Karl Baedeker, 19. Auflage, London, 1930.

Patricia Clough: English Cooking, dtv, München, 2001.

Dank

Ich danke meiner wunderbaren Tochter und klugen Erstleserin Charlie sowie dem geliebten Kollegen vom Nachbarschreibtisch, ohne die es diesen Roman nicht gegeben hätte. Außerdem danke ich Petra Eggers, Peter von Felbert, Hilal Sezgin, Isabell Polak, Katerina Poladjan, Jan Kollwitz, Franziska Risthaus und Christiane Neudecker für Ermutigung, Unterstützung, Freundschaft und Zuspruch.

Veronika Peters wurde 1966 in Gießen geboren. Mit »Was in zwei Koffer passt« landete sie 2007 einen Bestseller. In ihrem aktuellen Roman »Die Dame hinter dem Vorhang« setzt sie der englischen Exzentrikerin Edith Sitwell ein Denkmal. Veronika Peters lebt in Berlin.

Mehr zur Autorin unter www.veronika-peters.com.

Sollte diese Publikation Links auf Webseiten Dritter enthalten, so übernehmen wir für deren Inhalte keine Haftung, da wir uns diese nicht zu eigen machen, sondern lediglich auf deren Stand zum Zeitpunkt der Erstveröffentlichung verweisen.

Dieses Buch ist auch als E-Book erhältlich.

Das in diesem Buch eingesetzte Papier stammt aus nachweislich kreislauforientierter, nachhaltiger Forstwirtschaft.

Wunderraum-Bücher erscheinen im
Wilhelm Goldmann Verlag, München,
einem Unternehmen der Random House GmbH.

1. Auflage
Originalveröffentlichung September 2019
Copyright © 2019 by Veronika Peters
Copyright © dieser Ausgabe 2019
by Wilhelm Goldmann Verlag, München,
in der Verlagsgruppe Random House GmbH,
Neumarkter Str. 28, 81673 München
Umschlaggestaltung und Konzeption: Buxdesign | München
Umschlagmotiv: © Ruth Botzenhardt/shutterstock
Satz: Buch-Werkstatt GmbH, Bad Aibling
Druck und Bindung: GGP Media GmbH, Pößneck
Printed in Germany
ISBN 978-3-336-54808-8

www.wunderraum-verlag.de

Auf Wiedersehen im
WUNDERRAUM

www.wunderraum-verlag.de